TRAPO

CRISTOVÃO TEZZA

TRAPO

2ª edição

EDITORA RECORD
RIO DE JANEIRO • SÃO PAULO
2018

CIP-BRASIL. CATALOGAÇÃO NA PUBLICAÇÃO
SINDICATO NACIONAL DOS EDITORES DE LIVROS, RJ

T339t
2ª ed.

Tezza, Cristovão
Trapo / Cristovão Tezza. – 2ª ed. – Rio de Janeiro:
Record, 2018.

ISBN 978-85-01-11439-6

1. Romance brasileiro. I. Título.

18-48547

CDD: 869.93
CDU: 821.134.3(81)-3

Texto revisado segundo o novo Acordo Ortográfico da Língua Portuguesa.

Direitos exclusivos desta edição reservados pela
EDITORA RECORD LTDA.
Rua Argentina, 171 – Rio de Janeiro, RJ – 20921-380 –
Tel.: (21) 2585-2000.

Impresso no Brasil

ISBN 978-85-01-11439-6

Prefácio

Estantes e vãos de uma biblioteca aberta

*Beth Brait**

Afinal, nós *somos* nossa linguagem.
Cristovão Tezza

Em algum lugar, alguém já escreveu que é difícil dizer alguma coisa sobre o escritor brasileiro contemporâneo Cristovão Tezza que ainda não tenha sido escrita por ele mesmo e/ou pela crítica, presente de forma acessível em dispositivo on-line. De fato, a consulta ao site http://www.cristovaotezza.com.br/ demonstra o registro cuidadoso da vida e da obra do autor de *O filho eterno*, de maneira a per-

* Crítica, ensaísta, professora associada da Pontifícia Universidade Católica de São Paulo (PUC-SP) e da Universidade de São Paulo (USP), pesquisadora do CNPq. Graduada em Letras, com doutorado e livre-docência na USP, e pós-doutorado na École des Hautes Études en Sciences Sociales, Paris/França. Foi crítica militante de literatura no *Jornal da Tarde* e outros periódicos paulistas. Editora criadora e responsável pelo periódico *Bakhtiniana. Revista de Estudos do Discurso*, é autora de várias obras, entre elas *A personagem*, *Ironia em perspectiva polifônica*, *Literatura e outras linguagens*, e organizadora de várias coletâneas sobre *Bakhtin e o Círculo*.

mitir ao internauta conhecer sua biobibliografia detalhada e atualizada: um mapa do conjunto das obras de ficção e de não ficção — aí incluídas as produções acadêmicas do autor —, além de poesia (rara, mas existente), edições no exterior e edições digitais exclusivas, completadas por depoimentos, entrevistas, crônicas, resenhas, textos críticos, palestras e debates, rodapé literário etc., fotos do autor e das capas das obras. E, como não poderia deixar de ser, ali está, também, a farta e positiva recepção crítica, atestada por resenhas em jornais, revistas e blogs, assim como artigos em periódicos científicos, capítulo de coletâneas acadêmicas, teses, dissertações e prêmios recebidos.

O leitor de Tezza, neófito ou acompanhante de cada nova produção, que por pura paixão literária e/ou escolha acadêmica se depara via site com o dinâmico mapa desse conjunto já inserido no que a literatura brasileira atual tem de mais consistente e significativo terá de fazer, a partir do que ali está *dito*, *escrito*, *reescrito* e *registrado*, algumas escolhas na direção de um encontro pessoal e efetivo com uma escritura que, ao longo de quatro décadas, vem se consolidando como prosa singularmente inquieta, irrequieta, buliçosa, por vezes insatisfeita com seu modo de ser e de estar no mundo. São narrativas que personificam olhares múltiplos, voltados para mundos (internos e externos), para movimentos desses mundos na arte e na vida, para as (*im*) possibilidades de expressá-los. A leitura dessa prosa, não apenas na combinatória ficção/não ficção, mas especialmente no diálogo leitor/escritura, envereda por meandros que certamente apontam para coisas que, mesmo tendo sido ditas, explicadas, reditas, quer pela crítica, quer pelo autor enquanto sujeito de carne e osso, constroem relações únicas, singulares, produzidas no diálogo perpetuamente inacabado que apenas a literatura enquanto arte sintonizada com a vida, e com as demais artes, é capaz de promover. E esse é o caso de Cristovão Tezza.

Assim, ao assumir um percurso pessoal, o leitor, impulsionado pelo desejo de adentrar cada uma das narrativas e (por que não?) bisbilhotar o que se disse (e continuam dizendo) sobre elas, toma contato com o que academicamente se denomina *fortuna crítica* do autor e, ao mesmo tempo, tateia e perambula por uma *biblioteca* que se ilumina diferentemente a cada toque de (re)leitura, ao longo do ir e vir dos movimentos do singular olhar/ouvido. A organização do *mapa/site*, que imperiosamente se quer completo, passível de ser compreendido e esgotado ao clicar dos links, na verdade se revelará indicativa, talvez sugestiva, mas inteiramente dependente das idiossincrasias das obras, das (re)leituras, do leitor. Para além da superfície site, ocorrem os múltiplos diálogos espaço-temporais, concretizados pelos embates vivos, travados nos incontáveis processos de (re)leitura. Diante da escritura pulsante de Cristovão Tezza, há sempre um leitor à espreita, pronto para dar o bote e circunscrever uma (re)leitura, com toques de ourivesaria e descobertas que, por vezes, surpreendem tanto o sujeito leitor, que sai alterado do embate, como a própria obra, que se revê e, muitas vezes, se coloca lado a lado com o diálogo que se faz escrita e se ajeita na *biblioteca*.

Seria possível dar vários exemplos nesse sentido. Basta, entretanto, fazer aqui referência a uma das muitas leituras do romance *O professor*.[1] Em meio ao justificado interesse

---

[1] TEZZA, C. *O professor*. Rio de Janeiro: Record, 2014.

despertado por essa obra desde sua publicação, um trabalho acadêmico recente, intitulado *O professor, de Cristovão Tezza: uma paródia fáustica*,[2] destaca-se pela originalidade analítica e pela tentativa de circunscrever o conjunto da produção do autor. Nele, a pesquisadora ausculta a narrativa, surpreendendo, entre muitas outras coisas curiosas e significativas, um poderoso diálogo com a tradição literária, que se acrescenta aos demais assumidos pelo escritor e apontados pela crítica:

> [...] o tema de Fausto[,] [...] uma personagem marcada pela busca de controle sobre o humano e sobre a natureza, projeta sua sombra sobre o narrador-protagonista, Prof. Heliseu, lembrando a força de uma ideologia fáustica [...]. Portanto, a leitura do romance deve encontrar uma chave de abertura para o convincente universo monológico criado pelo discurso autoritário do narrador. A chave é fornecida pela teoria bakhtiniana da linguagem, que inescapavelmente conduz ao questionamento da palavra unilateral desse narrador [...].[3]

O aprofundamento dessa questão, formulada de maneira singular e coerentemente desenvolvida, acontece por meio de uma perspectiva bakhtiniana, uma das paixões teóricas

[2] FERNANDES, M. A. *O professor, de Cristovão Tezza*: uma paródia fáustica. 2017. Dissertação (Mestrado em Literatura e Crítica Literária) — Programa de Estudos Pós-Graduados em Literatura e Crítica Literária, Pontifícia Universidade Católica de São Paulo, São Paulo, 2017. Disponível em: <https://tede2.pucsp.br/handle/handle/20257>. Acesso em: fev. 2018.
[3] Idem, p. 6.

de Tezza, e da observação aguda, por exemplo, dos "jogos que entrelaçam diferentes tipos de discurso [...]: poesia, historiografia, ensaio, lenda", estabelecendo a relação existente entre "aspectos da antiga sátira menipeia com a paródia", explorando "a associação entre os gêneros literários sérios e cômicos" e, ainda, afirmando que "a presença do grotesco cria uma atmosfera carnavalizada que permeia o todo da narrativa".[4]

Se esse for o trabalho que o leitor escolheu (aleatória ou motivadamente) para conhecer um pouco das muitas leituras de obras de Cristovão Tezza, e se estiver há algum tempo perambulando pela *biblioteca* do autor, perceberá que existe, nessa relativamente recente narrativa de *O professor*, assim como em vários elementos referidos na dissertação de Maria Aparecida Fernandes, ecos da ficção e da não ficção do autor de *O fotógrafo*, alguns nominalmente mencionados pela crítica — e não apenas por esse estudo específico —, e outros não. São aspectos de diferente natureza que constituem fios específicos da escritura de Tezza, os quais formam um tecido em franco desenvolvimento, refletindo e refratando, ao longo de sua tessitura, a imagem de um tecelão que retoma cores, texturas, motivos, obsessões éticas e estéticas, buscando na linguagem e na passagem da vida, como na tapeçaria de Bayeux, eventos-chave para a compreensão de tempos, espaços, personagens que aí transitam e que podem reaparecer aqui e ali. Daquilo que se faz tecido não estão alijadas as muitas dobras, movimentos criados por fortes tonalidades, configurando *reflexão*, *metarreflexão*,

[4] Ibidem.

trazendo para a superfície as (im)possibilidades de uma tessitura que se *autoexamina*, crítica e impiedosamente, na maioria absoluta do percurso.

Se assim é, uma narrativa que pode ser tomada como exemplo das peculiaridades, variantes e invariantes da escritura de Tezza, é este *Trapo*, um dos textos com o qual o autor se consagrou. Escrito em 1982, por vários contratempos só foi publicado em 1988 (Editora Brasiliense), trazendo um curioso posfácio de Paulo Leminski, que considerou, como a principal influência dessa obra, o poeta, contista e romancista Charles Bukowski (1920-1944). Contestando essa interpretação, Tezza afirma só ter tido conhecimento do posfácio quando o livro já estava publicado e, mais importante que isso, que só foi ler Bukowski depois de ter escrito *Trapo*. Nem sempre a crítica acerta, mesmo quando escrita por um poeta... Uma segunda edição acontece em 1995 (Editora Rocco), uma terceira em 2007 (Editora Record) e uma edição especial saiu em 2011, na coleção Vira-Vira da Edições BestBolso, junto com *O filho eterno*. E agora *Trapo* se (re)apresenta mais uma vez nesta edição da Record, comemorativa dos trinta anos de publicação da obra.

Nessa narrativa, dois polos movimentam a trama. De um lado, um professor, viúvo, solitário, próximo dos sessenta anos, metódico, vida monótona, habitante de um sobrado decadente em Curitiba, cercado de prédios que se encarregam de jogar lixo sobre ele o tempo todo. Aposentado, dedica seus dias e noites às "sutilezas da literatura e da lingüística, com um prazer que nunca tive nos meus trinta anos de magistério" (p. 29-30). A circunscrição espacial por si já é bastante indicativa da maneira como o autor-criador, impiedoso nesse sentido e em vários outros, apresenta o professor Manuel, considerado um velho, com todo o peso físico, moral, social que isso pode significar, e que, para completar o quadro, tem uma mãe, que, mesmo morando em outra cidade, o domina inteiramente. De outro lado, dois pacotes enormes de papéis (mais de mil páginas) escritos por um poeta "neorromântico", autodenominado Trapo, que se suicidou aos 20 anos, e que chegam ao professor por intermédio de Izolda, uma dona da pensão, despachada, que sem cerimônia vai se aboletando na vida do pacato Manuel. Nesse embate, entre a velhice mediocremente assentada e a barafunda dos escritos de um jovem rebelde, o professor, como tal, é instado a ler, classificar e, se possível, reunir e quem sabe publicar a obra de Trapo. E é no processo da leitura e do encontro com personagens tão distantes de suas vivências que ele vai ganhando a carnadura de escritor, ficcionista e não apenas compilador.

Nos anos 1980, portanto, professor e escritor protagonizavam a escritura de Tezza. O fato de ele mesmo ser professor e escritor não é suficiente para explicar a consistência vital e estética dessas presenças ficcionais. A força, intensa em vários sentidos, vem da maneira como é trabalhada, e concretizada em diferentes obras, a singularidade pendular de cada uma dessas personagens, estabelecendo uma tensão entre *ensinar linguagem* e *vivenciar a escrita*, o que pode ser constatado em *Ensaio da paixão*, *O fantasma da infância*, *Um erro emocional*, *A suavidade do vento*, *Uma noite em Curitiba*, *O professor* e, ainda, com Beatriz, enquanto revisora, professora de português, tradutora, protagonizando *Beatriz*, *Um erro emocional* e *A tradutora*.

O professor Manuel, a bem da verdade, tem um destino muito melhor que o do desventurado e fáustico Heliseu de *O professor*, não deixando de ser, por vários aspectos além do fato de ambos terem como profissão ensinar linguagem, uma das faces de um *duplo*. Aposentado da sala de aula, o narrador protagonista de *Trapo* tem a oportunidade (e o tempo necessário e exclusivo) de experimentar o outro lado (ser seu *outro*?), ou seja, a escritura enquanto tal, instância em que sujeito e linguagem estão amalgamados. Se aquele que ensina parece menos *realizado*, vivendo terceirizadamente o objeto de seu desejo — a literatura —, embora próximo dela e das outras formas de conhecimento que com ela se relacionam — a língua, a linguística, os estudos literários —, ele parece não ter, de fato, uma relação de constitutivo prazer (gozo?) com esse objeto. A possibilidade de ser o *outro* se oferece por um caminho que, apesar de espinhoso, torturado, inseguro, longamente tateado (por vezes jocoso e até mesmo um tantinho carnavalizado), culmina com a concretização do até então distante objeto de desejo: ser protagonista da escritura, vivê-la por dentro, escrever um romance e não apenas falar sobre.

A confissão explícita a esse respeito acontece na sequência: "É evidente que sempre tive vontade de escrever um romance, com traços autobiográficos" (p. 198). Essa é parte de uma fala do narrador protagonista, em um momento em que ele, na pele da personagem *professor aposentado*, está sendo convencido (ou se convencendo) da real possibilidade de escrever seu desejado romance, a partir dos escritos de Trapo. É quando então vislumbra o escritor: lá está *ele*, do outro lado da *ponte* formada pela névoa de álcool e palavras, enquanto bebe, em sua casa, com um amigo de Trapo. "Fui mordido pela mosca azul, uma alfinetada certeira. Bebi mais vodca" (p. 198). Tal qual Golyádkin, protagonista de *O duplo*, de Fiódor Dostoiévski, mas sem a tragicidade e a angústia daquele, Manuel começa a encarnar seu sósia, seu outro eu, a alteridade que o tira do incômodo (des)conforto de ter sido apenas aquele que ensina, que fala de literatura, de linguagem. O projeto da escritura, assumido como ideia, começa a ganhar corpo:

> De algum ponto da sala Trapo me vigiava, sem rosto, esperando com um desespero infantil que eu lhe desse atenção, que eu fosse o seu pai [p. 199] [...] eu já estava completamente tomado pelo projeto do romance (e pela vodca). [p. 200] [...] Vagarosamente o romance de Trapo — e o meu — começava a se compor na minha cabeça, fragmentos isolados. [p. 201] [...] No terceiro [gole] — e agora sinto a doce euforia do escritor — contemplo meu romance imaginário [p. 271-272].

A questão do *outro*, do *sósia*, do *duplo*, num certo sentido um motivo presente na escritura de Tezza, na ficção e na não ficção, dissolve, como se pode observar em *Trapo*, uma possível dualidade binária, excludente. Ao contrário, existe a incorporação de faces (como na tela *Mulher no espelho*, de Pablo Picasso?): professor aposentado/poeta jovem, professor/narrador protagonista, poeta/prosador. Esse *argumento ficcional* se organiza de forma a expor os opostos, articular suas aproximações e manter as tensões vitais que os constituem. A revelação do escritor vivo, existente no professor aposentado, se dá pela *existência* de originais de um jovem autor-morto, formados por poemas, cartas, manifestos, num estilo que achincalha a gramática, se volta para a oralidade abusiva (do ponto de vista do vetusto professor, claro...), coloca-se visceralmente contra o sistema, a autoridade instituída, a poesia assimilada pelas instituições, propondo o antissistema, a antipoesia. Um típico rebelde do final da década de 1960, começo da de 1970, ouvindo Janis Joplin e seu *Kozmic Blues*, Ella Fitzgerald e seu *Summertime*, proclamando, numa pretensa carta de amor: "Que se fodam todos e tudo exceto nós dois, os novos românticos. Que falta me faz uma tuberculose!" [p. 238] ou, mais adiante, em outra carta à mesma amada, "Viva o Neorromantismo! Em vez de tuberculose, filhos, filhos filhos a mancheias" [p. 280]. Ao olhar e praticamente assumir esse outro (ele mesmo?), seu avesso, o velho professor se dá conta de várias coisas, entre elas a relação estabelecida entre o desejo de fazer literatura e a necessidade de compreensão da vida:

> E havia algo neste filho nascido morto que era um mistério maior, sob o pretexto da literatura: a morte. Entendê-la em Trapo era entendê-la em mim. Talvez essa — e o álcool me estimulava a elucubrações — talvez essa a razão de recusar e querer Trapo tão sistematicamente. Por trás do comodismo, o medo da revelação. Trapo exige um mergulho que é também um mergulho na própria realidade, à tristeza bem comportada da minha solidão [p. 201-202].

E aqui é impossível deixar de reconhecer o diálogo (um bakhtiniano diria *relações dialógicas*...) entre essa fala do narrador protagonista de *Trapo* (escrito e publicado no decorrer dos anos 1980) e um comentário feito por Tezza mais de três décadas depois, quando o autor procura, por meio de um ensaio e não pela ficção, compreender, avaliar sua produção ficcional, assim como questões literárias em movimento entre os anos 1970 e 1990:

> [...] o foco seria o momento em que me transformei em escritor. Mas há outra razão: escrever, para mim, é uma forma mais precisa de conhecimento — apenas uma parte incerta já está na cabeça antes da primeira palavra escrita; o que realmente importa vem na viagem, e eu queria esmiuçar meu próprio processo com mais clareza. Assim nasceu *O espírito da prosa*. Chamei de "autobiografia" justamente para marcar a diferença da ficção — no ensaio, em cada linha está presente uma "pressuposição de verdade"; em todo ensaio, o narrador desespera-se para ser idêntico ao autor (o que, na ficção, é mortal).[5]

A razão que, segundo Tezza, o leva a escrever o ensaio *O espírito da prosa: uma autobiografia literária*, publicado em 2012, retoma, num certo sentido, o que está efetivamente presente e concretizado em *Trapo*, isto é, em uma obra de ficção por ele definida, na mesma entrevista de 2015, da seguinte maneira:

> Com *Trapo, Aventuras provisórias, Juliano Pavollini, A suavidade do vento, O fantasma da infância* ou *Uma noite em Curitiba*, os romances que me fizeram

[5] *Revista Cult*, São Paulo, n. 202, jun. 2015. Disponível em: <http://www.cristovaotezza.com.br/entrevistas/p_junho_2015_revista_cult.htm>.

> escritor, eu era predominantemente um observador da realidade, que é em geral a espinha dorsal de todo narrador.

Aqui, além de reiterar e sublinhar a ideia expressa no trecho "romances que me fizeram escritor", aspecto que novamente faz ecoar a concretização do *escritor* no *professor*, do pensador no criador, cabe, talvez, uma impertinente licença leitora: discordar da afirmação "eu era predominantemente um observador da realidade". Apesar da modalização imposta por *predominantemente*, ao longo de toda a produção, até o momento, Tezza continua sendo um exímio, refinado e, entre outras coisas, cáustico observador da realidade, quer essa realidade diga respeito à arte, à vida ou às duas indistintamente. Se, em *Trapo*, o leitor de fato pode compreender certa realidade de um dado momento brasileiro, delineado social, cultural, artística e geograficamente, não pode deixar de reconhecer que ali também já estão realizadas, ficcionalmente, duas constantes da escritura de Tezza, as quais ele retoma racionalmente em *O espírito da prosa: uma autobiografia literária*: a compreensão da *literatura como forma precisa de conhecimento* e o gesto de *esmiuçar o processo* de construção da escritura. Os supostos originais de um escritor morto, que chegam às mãos de um professor aposentado, tornam-se o motivo da busca da escritura e da reflexão sobre ela, como se observa em trechos de um diálogo entre o professor e o amigo de Trapo:

> — Ué, em vez do livro ser do Trapo, o livro fica sendo seu. — [...] Por que o senhor, que sabe escrever e entende de literatura, não faz um relato do que aconteceu

> com o senhor mesmo? Conta a história dos originais, da Izolda, até eu posso entrar aí. [p. 198] [...] — E tem mais, professor: invente à vontade [...]. Já que as coisas do Trapo vão ficar à parte, integrais, do seu lado o senhor pode enfeitar o pavão. Se bem que vai ser difícil inventar mais que o Trapo. [p. 201] [...] — Digamos que eu escreva um romance, enxertando textos do Trapo. [p. 200] [...] Meu silêncio prolongou-se, enquanto eu navegava no romance imaginário. Se eu não me deixasse levar pela retórica, se me disciplinasse à imparcialidade, se evitasse o excesso de adjetivos — poderia, realmente, escrever um bom romance. Por que não? Bebi mais vodca — garrafa a meio — na euforia apavorada do projeto tomando corpo [p. 201].

Da primeira à última página, a alternância entre escritos de Trapo e a enunciação do narrador/protagonista vai constituindo o tecido narrativo que, a um só tempo, exibe os *originais*, possibilitando o conhecimento de um tipo de escritor de uma época localizada, promove a discussão sobre como essa *matéria-prima* poderia se tornar literatura, prosa de ficção, e se faz *o original* diante dos olhos do leitor. A voz do datado poeta rebelde somada à voz do narrador protagonista, esse prosador que se vale das vozes alheias para constituir sua própria voz, instaura a natureza metaficcional de *Trapo*. Ao valer-se de estratagema literário consagrado pela tradição (originais que casualmente chegam a um escritor) e do desejo de escritura de um velho professor, a narrativa se faz e se pensa diante do leitor. Reunindo *médico e monstro*, poeta e prosador, *Trapo* tece vozes e imagens de uma *bivocalidade* constitutiva, alteridade integradora que, vista por esse prisma, diz respeito à escritura, suas (im)possibilidades, à tortura vivida por quem, sem álibi na existência, é imperiosamente levado a (re)criar mundos pela linguagem.

A *metaficção*, presente em *Trapo*, é uma das formas de a arte, no caso a literatura, expor suas entranhas, seus impasses, seus bastidores, uma espécie de bordado visto pelo avesso. Ao voltar-se sobre si mesma, ao refletir sobre seus caminhos, a escritura constitui-se como *duplo*, exibindo bivocalidades — vida/morte, ser/não ser, prosa/poesia —, trazendo reflexões filosóficas, teórico-literárias, ético-estéticas para dentro da construção artística. O que não quer dizer, de forma alguma, que Tezza seja partidário da *literatura pela literatura*. Ao contrário. Essa reflexão sobre o fazer literário, tecida ficcionalmente em *Trapo* e reinstaurada sob a forma de ensaio em *O espírito da prosa: uma autobiografia literária*, tem como pilar a ideia bakhtiniana de que a prosa é um macrogênero moderno, que se define especialmente pela possibilidade de trazer para dentro de si *vozes alheias*. Não são apenas variantes sociolinguísticas, como se poderia pensar, embora elas sejam importantíssimas. São posições axiológicas, são pontos de vista sobre o mundo, são olhares que os escritores, e todos os demais falantes, enunciam ao se constituírem como sujeitos nas diversas *línguas*, entrelaçadas na multiplicidade dos usos, no rico e complexo movimento das linguagens, literárias ou não. Se há forças centrípetas que atuam para a preservação da estabilidade de uma língua (caso do *professor* instalado em suas confortáveis crenças linguístico-literárias), ao mesmo tempo há forças centrífugas que impulsionam o plurilinguismo, a multiplicidade de falas, de discursos, de olhares, garantindo a vitalidade, o multicolorido das línguas.

Em texto intitulado "Por que ler os clássicos brasileiros", publicado em fevereiro de 2008,[6] Tezza expõe sua concepção de literatura — "a literatura é o território das diferenças, ela revela milhares de modos de ver [...] e nos propõe um ângulo do olhar" — e confirma a questão das múltiplas vozes e pontos de vista que se configuram a partir de uma língua, no caso o português falado no Brasil:

> [...] penso que podemos defender a literatura brasileira sem recorrer a álibis, observando apenas um ponto de partida — a língua portuguesa do Brasil, não como uma entidade oficial, mas como a linguagem que criou a forma da nossa visão de mundo, em toda a sua imensa variedade.
>
> Do histórico pessoal e social da língua, não podemos nos livrar por escolha; a língua dirige nosso olhar, escolhe objetos e referências, estabelece relações, cria entonações, se multiplica em subentendidos e muitas vezes fala por nós. E, dentre todas as formas da língua, do padrão escolar aos mil dialetos populares da oralidade cotidiana, a literatura consolida um padrão de civilização, a passagem entre a liberdade da fala e a dureza da escrita; e, mais que isso, é o grande elo de ligação entre o indivíduo — esse desejo

---

[6] TEZZA, C. Por que ler os clássicos brasileiros. *Folha de S.Paulo*, São Paulo, 17 fev. 2008. Disponível em: <http://www1.folha.uol.com.br/fsp/especial/fj1702200803.htm>. Acesso em: fev. 2018.

solitário de dizer, que é a alma da literatura — e a sociedade, a quem respondemos com nossa palavra.

Essa relação poderosa entre a nossa língua e o olhar que ela encerra, em estado de liberdade, pode ser encontrada na literatura brasileira com grande nitidez.

Esse é o caso de *Trapo*, que incorpora vozes alheias, diferentes olhares sobre o mundo, presentes na fala-escrita de personagens que conferem à narrativa multivocalidade, pluralidade de visões, ainda que sob a batuta de um autor-criador, ele mesmo desdobrado em prosador e poeta. Assim, pelas páginas circulam a linguagem próxima da oralidade escrachada, realizada pelo poeta rebelde nos vários gêneros por ele praticados, a do professor, claramente representante da *norma culta*, e, finalmente, do *autor do romance*, que acolhe a diferença, a alteridade, como marcas de sua narrativa, por meio da alternância de trechos *assinados* por Trapo e pelo narrador-protagonista, dando voz, entre outras, a uma dona de pensão, a um amigo artista de Trapo, à *juventude intelectualizada* da Curitiba da época. É fato que essa concepção de prosa como o gênero que se define por alimentar-se de vozes alheias, de diferenciados olhares, está presente no conjunto da obra de Tezza, podendo ser flagrada em outra referência à sua própria ficção, presente no texto da *Revista Cult*, em 2015:

> Sinto os três gêneros que pratiquei — ficção, ensaio e crônica (poderia incluir a poesia também, com algumas incursões secretas...) — têm substâncias bastante diferentes. A ficção acaba por englobar todas

> as outras linguagens (na verdade, apenas na superfície ela tem uma linguagem própria — ela vive das vozes alheias).[7]

Se, da perspectiva da produção ficcional de Tezza, o leitor está perfeitamente convencido, pela leitura das obras e por afirmações colhidas aqui e ali, de que a convicção teórica e prática do autor pode ser resumida na sequência "A ficção acaba por englobar todas as outras linguagens", a referência à poesia merece atenção e, de certa forma, exige algumas considerações importantes no que diz respeito à configuração *work in progress* da *biblioteca*, referida no título deste estudo, e pela qual o leitor de Tezza perambula, sem pressa e sem destino traçado.

No ano da publicação de *Trapo*, o jornal *O Estado*, em matéria intitulada "O drama urbano de um jovem poeta", publicou o seguinte trecho:

> Cristovão Tezza utilizou seus poemas escritos quando ainda era estudante de Letras na Universidade Federal do Paraná e deu a autoria para Trapo. "Como não sou poeta e minhas tentativas nesse campo estão encerradas, resolvi criar um romance sobre um possível futuro poeta".[8]

---

[7] *Revista Cult*, São Paulo, n. 202, jun. 2015. Disponível em: <http://www.cristovaotezza.com.br/entrevistas/p_junho_2015_revista_cult.htm>.

[8] O drama urbano de um jovem poeta. *O Estado* — Caderno 2. Florianópolis, 4 set. 1998. Disponível em: <http://www.cristovaotezza.com.br/critica/ficcao/f_trapo/p_98_set.htm>. Acesso em: fev. 2018.

A afirmação de Tezza "Como não sou poeta e minhas tentativas nesse campo estão encerradas", somada às referências negativas feitas aos poemas de Trapo pelo narrador protagonista, pareciam querer convencer o leitor da predominância definitiva do prosador (mas quem teria dúvidas?) sobre o poeta, aquele mesmo que se desvencilhou de seus versos de juventude, emprestando-os a um rebelde neorromântico, *desaparecido* aos 20 anos. Entretanto, quando em 2015 Tezza afirma que, entre os gêneros praticados, "poderia incluir a poesia também, com algumas incursões secretas...", o mesmo leitor, atento às pistas aí existentes, suspeita de alguma coisa e aguarda um possível inesperado. Eis que, em dezembro de 2017, vem a público uma coletânea de poemas intitulada *Eu, prosador, me confesso.*[9] Trata-se de um bonito e pequeno livro (55 páginas), cuja forma se aproxima, pelo tipo de papel, pelo formato, a um caderno, realizado basicamente em duas cores. Todos os títulos e números de páginas foram compostos em vermelho. À primeira vista, ao primeiro toque, a impressão é de obra muito próxima ao artesanal, aparentada, especialmente pelas cores (mas sem os desenhos), àquela primeira edição do *Primeiro caderno do alumno de poesia Oswald de Andrade* (1927), escritor brasileiro também poeta, prosador e teatrólogo.

Essa sensação se confirma quando, à página 2, lemos as informações de que "Este livro foi totalmente feito em processos artesanais de composição de texto, impressão e acabamento na Tipografia Quelônio", com minucioso detalhamento sobre o processo. Quase um livro-objeto..., certamente um já não mais secreto objeto de desejo do prosador. O conjunto dos

[9] TEZZA, C. *Eu, prosador, me confesso.* São Paulo: Editora Quelônio, 2017.

34 poemas merece a atenção do leitor pela qualidade e pela coerência com os demais escritos, especialmente no sentido de que a literatura do autor, via prosa ou poesia, constitui-se como gestos vitais, tramados na confluência vida/língua, podendo sempre transitar entre o lirismo, a ironia, o humor e, vez ou outra, a carnavalização do que poderia parecer angústia em estado bruto. Aqui, entretanto, a ideia principal é mostrar a poesia assumida adentrando a *biblioteca aberta*. Finalmente, a face *poeta* junta-se à face *prosador*, e o *fazer* protelado é título e mote de um dos poemas, abrindo espaço para o eu lírico assumir a cena: "voltar a ser poeta — quebrar o gesso da alma / assumir a bissetriz / e dizer".[10]

Para finalizar essa incursão pela escritura de Tezza, não poderiam deixar de ser mencionados alguns dos importantes escritos acadêmicos, presentes nas estantes da *biblioteca*, reforçando aspectos entrevistos em sua ficção, em sua poesia, especialmente os que dizem respeito à literatura, ao fazer artístico, ao fazer crítico, ao ensino e, em todos eles, à forma bakhtiniana, dialógica, de conceber essas questões. Esse é o caso da obra *Entre a prosa e a poesia: Bakhtin e o formalismo russo*,[11] fruto das pesquisas desenvolvidas em sua tese de doutorado. Curiosamente, no título já se encontra, de forma premonitória, o que o momento atual da produção do autor finalmente revelou: um estado de criação *entre a prosa e a poesia*, quer o poderoso prosador conceda ou não novos espaços ao poeta. Se em 2017 ele assume (confessa?) a condição de poeta, essa dimensão já estava incluída em

[10] Idem, p. 12.
[11] TEZZA, C. *Entre a prosa e a poesia: Bakhtin e o formalismo russo*. Rio de Janeiro: Rocco, 2003.

Trapo nos anos 1980, assim como na reflexão teórica do final dos anos 1990, início dos anos 2000, quando se dá o aprofundamento da *concepção de prosa e de poesia*, discutida a partir do pensamento bakhtiniano, incluindo os escritos do Círculo, especialmente os que foram desenvolvidos por Valentin Voloshinov e Pável Medviédev. Isso em um momento em que as pesquisas de arquivo ainda não tinham sido plenamente divulgadas e muito do que se conhece hoje ainda não estava publicado. O estudo oferece uma reflexão original e fundamentada a respeito do assunto, tratando com rigor a questão do formalismo, do dialogismo, da polifonia, noções fundamentais para dimensionar a natureza da prosa e da poesia. É importante sublinhar aqui a consonância entre a perspectiva bakhtiniana, assumida pelo autor em vários momentos, incluindo a concepção de prosa e a maneira de fazê-la. Essa obra teórica de fôlego é constantemente referenciada em trabalhos acadêmicos e quem olhar essa estante da *biblioteca* mais detidamente vai se deparar com outros estudos, ensaios mais curtos, mas também expressivos do forte vínculo mantido por Tezza com o autor de *Problemas da poética de Dostoiévski*: "Discurso poético e discurso romanesco na teoria de Bakhtin";[12] "Sobre *O autor e o herói*: um roteiro de leitura";[13] "A construção das vozes no romance";[14]

---

[12] TEZZA, C. Discurso poético e discurso romanesco na teoria de Bakhtin. In: FARACO, C. A. et al. *Uma introdução a Bakhtin*. Curitiba: Hatier, 1988. p. 51-71.

[13] TEZZA, C. Sobre *O autor e o herói*: um roteiro de leitura. In: ______; FARACO, C. A.; CASTRO, G. (Orgs.). *Diálogos com Bakhtin*. Curitiba: Editora da UFPR, 1996. p. 273-303.

[14] TEZZA, C. A construção das vozes no romance. In: BRAIT, B. (Org.). *Bakhtin, dialogismo e construção do sentido*. Campinas: Editora da Unicamp, 2001. p. 219-228.

"Polyphony as an ethical category";[15] "Sobre a autoridade poética";[16] e "Poesia".[17]

Mikhail Bakhtin (que já passou por aqui várias vezes) é, sem dúvida, uma referência essencial para Tezza, confessada de várias maneiras e em diversas etapas de sua produção. Antes da pesquisa acadêmica que resultou em seu doutorado, Tezza já havia percorrido outro caminho "acadêmico" que reitera sua face fortemente bakhtiniana. Fruto de sua experiência com o ensino e em parceria com o também conhecido e reconhecido bakhtiniano Carlos Alberto Faraco, Tezza produziu dois livros didáticos: *Prática de texto para estudantes universitários*[18] e *Oficina de texto.*[19] Se o sucesso da empreitada didática pode ser medido pelo impressionante número de edições, uma leitura criteriosa e sistematizada de *Prática de texto para estudantes universitários*, feita por Cavalcante em seu trabalho de doutoramento,[20] demonstra que esses são dois bakhtinianos "até na escuma do bofe", como diria

---

[15] TEZZA, C. Polyphony as an ethical category. In: ZILKO, B. (Org.). *Bakhtin & his intellectual ambience*. Gdansk: Wydawnictwo Uniwersytetu Gdanskiego, 2002. p. 185-192.

[16] TEZZA, C. Sobre a autoridade poética. In: ______; FARACO, C. A.; CASTRO, G. (Orgs.). *Vinte ensaios sobre Bakhtin*. Petrópolis: Vozes, 2006. p. 235-254.

[17] TEZZA, C. Poesia. In: BRAIT, B. (Org.). *Bakhtin*: outros conceitos-chave. São Paulo: Contexto, 2006, p. 195-219.

[18] TEZZA, C.; FARACO, C. A. *Prática de texto para estudantes universitários*. Petrópolis: Vozes, 2001. [24ª ed., 2016].

[19] TEZZA, C.; FARACO, C. A. *Oficina de texto*. Petrópolis: Vozes, 2003. [11ª ed., 2016].

[20] CAVALCANTE, C. G. *Análise dialógica e ensino de língua portuguesa para universitários*. Tese (Doutorado em Linguística) — Pontifícia Universidade Católica de São Paulo, São Paulo, 2014. Disponível em: <https://sapientia.pucsp.br/handle/handle/13665>. Acesso em: fev. 2018.

Guimarães Rosa. Cavalcante sublinha que Tezza (juntamente com Faraco) concretiza com essa obra "um espaço de construção de autoria e contribui para o ensino da escrita de estudantes universitários", o que não é pouco nesse flutuante e discutível mercado dos didáticos:

> [...] o posicionamento teórico do autor é decisivo para constituir a obra como espaço discursivo que permite compreender a construção da autoria e, o que é muito importante, como espaço indissociável entre linguagem e ética, o qual se reflete em uma pedagogia comprometida com a formação de cidadãos leitores e produtores de textos.

Essa rápida incursão pela biblioteca produzida por Cristovão Tezza revela que, ao longo de pouco mais de quatro décadas (se contados os experimentos ficcionais iniciados no final dos anos 1960, antecedendo sua primeira obra publicada, *Gran Circo das Américas*, em 1979), ele construiu um significativo espaço na tradição literária brasileira, transitando, além da ficção, por vários outros gêneros, reflexões teóricas e fazer didático. Ao final desse percurso, apenas um dos possíveis pelos vãos e estantes desse *work in progress*, o leitor sai, apaga as luzes e fica cismando, olhando para trás, com a certeza de que terá de voltar muitas outras vezes.

Para Ana,
que nasceu com este livro;
e para Beth,
Chandal,
Lúcia,
Rosa
e Sônia

Tentei de novo falar com você esta madrugada, mas o quintal estava povoado de lobos ganindo contra minha sombra. As feras da tua família são estúpidas o tempo todo, numa insistência que me impressiona. Vou matar todos aqueles bichos, aquelas cadelas negras, apesar da admiração que nutro pelas bestas puras. É um cerco medieval, minha musa de castelo. E como de tudo faço literatura, graças à fidelidade com que desprezo a vida e conforme minha incapacidade aberrativa de viver, acabei achando bonito aquele espetáculo de urros e pulos, de dentes e unhas na escuridão da casa, tudo para preservar a imaculada jovialidade dos teus dezesseis anos. Reconheço: o teu pai, esse monstro de asas de morcego e orelhas de burro, é mesmo um homem sutil, joga com as minhas armas, e mal sabe.

E como, para completar, havia lua cheia — das derramadas — sentei no meio-fio e puxei dois charutos de maconha, com os cães latindo atrás de mim num furor melancólico.

Não é comum que batam à porta depois do *Jornal Nacional*, quando desligo a televisão e volto para meus livros, para as sutilezas da literatura e da linguística, com um prazer que nunca tive nos meus trinta anos de magistério. Descubro o que há de melhor, mais interessante, mais ensinável, aos cinquenta e tantos anos, quando nos aposentam e nos tornamos pequenos trastes simpáticos. Forço um pouco minha amargura, é verdade. Enfim, um homem que só teve uma mulher e que a perdeu cinco anos depois, e a quem faltou disposição (talento?) para se juntar a outra, e que foi se adaptando à sua solidão empilhada de livros, um homem desses tem a obrigação de cultivar alguma amargura — seria inverossímil o contrário, como nos ensinam os bons romances.

Bateram novamente à porta. Desço a escada que tem a minha idade, que range como eu, e vou passando a mão por este verniz sebento, já um prolongamento da minha pele. Como eu, minha casa resiste ao tempo, espremida entre prédios, quase no centro de Curitiba, de certo modo conformada com a velhice. Nos fundos, há um ridículo quintal de oito metros quadrados, de onde recolho diariamente quilos de despojos dos quarenta andares em volta. Talvez venham pedir qualquer brinquedo extraviado de algum décimo andar, crianças trêmulas de medo: todo velho é chato, particularmente os solitários. Pior ainda se vive numa casa aos pedaços, com uma fachada sem estilo, com janelões quadrados e frisos de mil cores, e com a data denunciadora — 1940 —, isto quando o resto do mundo desenfrea-se no progresso e acasala-se nos planos do BNH.

A chave emperra na porta — há um jeitinho especial de torcê-la, cada vez mais difícil de repetir. Uma mulher ansiosa fala qualquer coisa que se perde no ronco de três ônibus.

— Como?

Ela grita:

— Me disseram que o senhor é professor!

— Eu *fui* professor.

— Ah, dá no mesmo.

É uma mulher vulgar, de cabelos pintados, maquiagem carregada e uma calça apertada no traseiro.

— Isso é pro senhor!

Dois pacotes amarrados de qualquer jeito aparecem da calçada para os meus pés, como quem se livra de um lixo.

— Para mim?!

Ela passa um lenço perfumadíssimo no rosto suado:

— Ai, como pesam!

— A senhora...

— Senhorita!

— Perdão. Os pacotes... ahn... a senhorita não quer entrar um momentinho...

Mera gentileza, mas ela entra, empurrando os volumes com os pés.

— Estou exausta. Um cafezinho eu aceito.

Sinto um ligeiro mal-estar, fechando a porta. O olho vê, aciona o mecanismo mental, e a resposta vem instantânea, definindo o objeto — *prostituta* — e só então suspiramos aliviados. Não há ninguém no mundo que não tenha armazenado na cabeça um fichário de imagens definidas (quase sempre definitivas) sobre o mundo, as coisas e as pessoas. Viver sem essa mecânica seria difícil.

A minha prostituta escarrapachou-se no sofá da sala, olhando vorazmente para tudo.

— O senhor mora sozinho? — e ela sorri.

— É, eu...

— Estou esperando o cafezinho, professor! Ah, ah!

Risada profundamente desagradável. Esqueço o lixo empacotado, objeto de visita, para me revoltar contra a vulgaridade da invasão.

— Não sei se ainda está quente.

— Eu faço outro. O senhor dá licença?

E levantou-se — isso é alarmante. O fichário mental lança definições em cima de definições, num atropelo acusador, até o saldo, impiedoso: *livre-se dela!* Incapaz de confrontação, fico imóvel: mandar embora é uma grosseria, não sei ainda o que ela quer, e, muito lá no fundo, entrevejo uma vaga satisfação pela companhia imprevista. Ela passa o dedo no verniz da estante:

— Falta mulher nesta casa.

Mostra-me o indicador, preto de pó. O sangue sobe-me à careca, indignação e espanto. Balbucio desculpas:

— Ahn... a moça da limpeza não veio essa semana.

— Deve ser uma porca. É sujeira de dois anos, tem quilos de poeira aqui. Está se aproveitando do senhor.

Avançou cozinha adentro:

— O senhor paga quanto?

— Como?

— Pra moça.

— É... — Que absurdo! — Quinhentos.

— Muito. — Remexia nas prateleiras, rebolativa, num esforço para ser agradável. — Cadê o pó, professor?

— Pó?

— De café. O seu deve estar frio e ralo. Eu faço outro num instantinho, e daí a gente conversa. E essa louça, ninguém lava?

Minha fúria bate em todos os poros, incapaz de explodir.

— Eu... costumo lavar de manhã.

— O senhor parece criança! Isso aí fica assim — ela espicha os dedos da mão, num ramalhete irritado —, fica *assim* de barata.

— Bem, eu ponho veneno e...

Um estrondo no quintal.

— Que barulho é esse?

Vou à janelinha que dá para os paredões em volta.

— Lixo dos prédios.

— Que horror! E o senhor não reclama?

Ela já está de avental, lavando a louça.

— É inútil. Pior quando acertam o telhado.

— O senhor não está mais em idade de aguentar desaforo.

Irrito-me agora: será que não tenho nenhuma arma para botar essa mulher longe daqui? O fichário quase em pane esclarece que sou um homem bem-educado. Educação ou medo? Qualquer luta é brutal, primitiva, estúpida. O mundo estaria salvo se todos fossem delicados no trato, gentis na conversa, predispostos ao acerto — vivo num universo imaginário.

— Não é desaforo. É o jeito de eles viverem e não estou mais interessado em consertar o mundo.

Ela se vira, mãos ensaboadas na louça, e sorri:

— O senhor é mesmo um professor. Só pelo jeitão a gente vê. O senhor merece uma arrumadeira melhor. Quinhentos cruzeiros, que absurdo! E estamos em 1979! Infelizmente não trabalho como arrumadeira, senão viria ajudá-lo.

Quem disse que estou interessado nos seus serviços?

— É... eu vou muito pouco à sala... — balbucio, ainda justificando o pó dos móveis. — Meu mundo é o sótão, o meu escritório. Lá, eu mesmo arrumo e limpo tudo.

Espanto maior:

— Quinhentos cruzeiros só para limpar a sala e a cozinha?

— E o meu quarto, que... que não é pequeno...

— Que absurdo. Que horror.

Voltou a esfregar a panela furiosamente.

— Não tem mais Bombril?

— Ali... embaixo.

Ela remexe em tudo.

— A vaca da sua arrumadeira guarda Bombril velho, ferrugem pura. É o que eu digo...

O perfume da mulher é inaguentável. O fichário trabalha: *prostituta. Cuidado.* Ela continua:

— E deve roubar até a sombra. Conheço esse povo. O senhor tem que abrir o olho. Não anda desaparecendo nada por aqui?

— Não... que me ocorra, não...

— Abra o olho, professor. Nunca se sabe.

Ela quer me roubar, é a única explicação para essa gentileza falante. Graças que não tenho nada. Não creio — o fichário não crê — que ela se interesse por velheiras, cacos, talheres antigos, fotografias gastas de quem nem me lembro mais. Talvez suponha que tenho dinheiro — e apalpo minha carteira no bolso, disfarçando. Ou — pior — que estou interessado pelo que seria, na imaginação dela, uma noite de amor. Vejo-me um velhinho tímido e tarado, a quem a prostituta vai seduzir. *Cuidado.* Contraído, preparo o contra-ataque: o que a senhora (senhorita!) pretende, afinal? — mas ela não me dá chance:

— O senhor usa coador de papel? O café fica com gosto de serragem. Sem falar no preço.

— Bem... é mais prático...

— Acostuma-se a tudo nessa vida. Apesar que com a sua arrumadeira eu não aconselho coador de pano. O senhor acabaria tomando café de aranha, que horror!

Um horror, realmente.

— Não tem pires?

— Eu...

— O senhor é viúvo, por acaso? Tomar café sem pires deixa viúvo.

— Eu *sou* viúvo.

Como se me acusasse:

— Não me diga?!

Esclareço, assustado:

— Mas naquele tempo eu tomava café com xícara e pires.

— Ah, bom.

Tanto remexe que encontrou um pires, com desenhos diferentes dos desenhos da xícara.

— Cá entre nós, professor, já era hora de trocar de louça. Tudo lascado. Essas empregadas lavam louça como se fossem pregos. Se a gente fala em descontar do ordenado, têm ataques.

— Mas eu mesmo lavo minha louça. A arrumadeira vem uma vez por semana, às terças.

Ela ri:

— Pelo que vejo, o senhor *não* lava louça. Bem, homem não foi feito pra isso. É o que eu digo, falta mulher nessa casa.

Começo a suar. O fichário, ininterrupto, lança o último saldo, negativo, em letras vermelhas: *ela quer casar com você*. Respiro fundo:

— Dona...

— Meu nome é Izolda. Izolda Petroski. Quer dizer, era pra ser dos Santos Ferreira, mas o meu ex-marido é um cachorro. Dei-lhe um pontapé na bunda e estou muito bem. Graças a Deus.

Fico vermelhíssimo. Onde ela vai parar? Pigarro:

— Dona Izolda, eu não quero ser impertinente, mas...

— Impertinente, o senhor? Que coisa! O senhor é uma pessoa fina, uma das pessoas mais bem-educadas que eu já vi. Eu estava nervosa, achei que o encontro ia ser mais difícil. Ah, se todo mundo que eu conheço fosse assim. Que beleza. O senhor quer muito ou pouco açúcar? Olha aí: sua empregada costuma tirar açúcar com a mesma colherzinha com que mexe o café. Fica tudo empelotado, junta mosca. É o que eu digo.

O sangue estufa minha careca. Concordo que a velhice relaxou meus hábitos, sinto-me um porco — mas, por princípio, a dona Izolda Petroski não tem absolutamente nada a ver com minha vida, e é impossível que não me reste nenhum recurso para esclarecer as coisas dentro de minha própria casa.

— *Eu* que uso a mesma colher, dona Petroski.

— Claro, o senhor vive sozinho, na solidão a gente acaba não dando bola pra mais nada. Falta alguém pra dar o exemplo.

Dona Izolda executa um gole estereofônico na sua xícara de café e se abre num sorriso:

— Hum... modéstia à parte, professor, eu sei fazer um cafezinho. Falar nisso, o pó está no fim. A arrumadeira não lhe avisou?

— Eu esqueci de comprar outro pacote. Além do mais, não pago a Maria para me avisar dessas coisas...

— Bom, como ela não faz nem uma coisa nem outra, o senhor está jogando seu dinheiro fora. Vai um cigarro?

Mas que diabo essa mulher tem a ver com a minha vida? Até mim chega uma baforada medonha — e ela estende a carteira, um jogador de futebol na mesa de um bar:

— Pega aí.

— Dona Izolda, eu não fumo há exatamente vinte e um anos.

Uma gargalhada ofensiva — realmente ofensiva, desta vez — se prolonga pela eternidade. Ela se engasga no riso e na fumaça, refazendo-se num carinho vulgar:

— O senhor é demais, professor. É o tipo de pessoa que ficaria vinte e um anos sem fumar!

Irrito-me:

— A senhorita...

— Izolda. Me chame de Izolda. Lá na pensão é só Izolda pra cá, Izolda pra lá. Não sei o que fariam sem mim.

Ela me confunde, perco o fio da meada e da raiva.

— Izolda — e só então percebo que ela me obriga à intimidade —, eu não pretendo voltar a fumar. Sou o tipo de pessoa que não fuma, simplesmente.

Ela sorri:

— Quando o senhor abriu a porta, eu pensei: eis aí um velhinho desses que não existem mais, que vale a pena a gente conversar. E não foi preciso o senhor abrir a boca. É que eu tenho uma intuição danada. Só pela cara eu já sei quem é. Também, lidando anos e anos com aquela pensão, fica ali, na Treze de Maio, se não tiver olho firme aquilo vira bordel. E mesmo assim vivo levando calote, sou boa demais. Agora, saiu da linha eu não tenho piedade: pego as malas e boto na rua. Que se arranque. O senhor não vai tomar café?

Dou um gole, sinto o gosto diferente.

— Não está bom?

Reluto um segundo, tentando manter a raiva.

— Muito bom.

— É o que eu digo, eu sei fazer café.

A todo vapor, o fichário me esclarece que aquele café a mais me deixará com insônia, e já começo a imaginar o que fazer para enfrentá-la. Ao mesmo tempo, refaço os registros, substituindo momentaneamente a prostituta pela dona de pensão. Dona lzolda, aliás, Izolda, prossegue dando goles barulhentos de café e baforadas de cigarro, numa sequência metódica. De repente fala, um volume acima do normal:

— Mas o senhor deve estar mesmo espantado com a minha cara de pau! Venho aqui trazer a papelada, vou entrando, me meto na sua vida, faço café, na maior sem-cerimônia, como se a sua casa fosse um quarto da minha pensão. Meu Deus, e nem perguntei seu nome!

— Manuel. Professor Manuel — acrescento, com uma dignidade ridícula que no mesmo instante me ruborizou.

Ela finge se recriminar:

— Eu sou é bem louca, professor. Vou fazendo as coisas e só depois é que percebo.

A maldita educação:

— Fique à vontade, dona... Izolda. A propósito...

— O senhor deve estar morrendo de curiosidade, imagino. Nem sempre falo tanto assim, é que estou nervosíssima. O senhor desculpe. Mas vamos lá na sala, é mais confortável.

— Sem dúvida.

— Detesto falar a sério na cozinha. Cozinha é lugar de conversa fiada.

Acomodado na poltrona da sala, tenso, investigo disfarçadamente os pacotes no chão. Ela põe a mão de unhas pintadas no meu joelho.

— Nem queira saber, professor. Aconteceu uma tragédia.

Rosa-rasante:

ontem passei uma noite incrível, de fossa e de êxtase. Fui à Agência e recolhi a grana do meu último trabalho, uma frase seca, enxuta, contundente, que há de vender todo o estoque encalhado de máquinas de lavar louça do Clientão e, talvez, coisa que no fundo não acredito, pela inutilidade mesma do objeto, o que os idiotas percebem (os idiotas são os que compram, minha querida), mas insistem, porque no dia a dia valores mais altos se alevantam além da simples lógica do camponês. Peguei a grana, paguei a pensão, escrevi uma carta pro meu pai que ainda não pus no correio e nem sei se vou pôr, já me encheu o saco encher o saco dele neste ritual sadomasoquista de eu não valho nada mas é porque você é um filho da puta, que faz meses vou levando, porra, minha tarazinha querida, eu só queria pegar o infeliz que inventou a família, esse cara deve estar muito rico hoje, com os direitos autorais de milênios no mundo inteiro, uma ideia verdadeiramente diabólica, digna de um publicitário brilhante, e então. Não sei onde estava, cada vez que me meto a Faulkner — um romancista de quem você nunca ouviu falar — eu caio do cavalo, mas não aprendo, é absolutamente insuportável a ideia de que eu não seja um gênio, melhor do que todos os que apareceram por aí, aquela história de ou serei escritor ou nada, e só no mês passado descobri que a palavra item não tem acento, quer dizer, estou desarmado.

Mas daí fui à Bodega. E lá estavam todos os caras de todo dia, um amontoado de projetos tão imensos que não sei como podem caber todos em volta da mesa e como podem satisfazer suas barrigas com meros litros de vodca e cachaça, quando o correlato seriam tonéis de néctar, daqueles do Olimpo — a morada dos deuses, um lugar batuta, meus peitinhos suaves. A vantagem dessa geração de deuses, pelo que percebo, é que são divindades rotas que não acreditam mais em absolutamente nada e que se ofendem e se massacram e se beijam com uma contumácia patética. Que maravilha, porra, eu não trocava esse universo oco por coisa alguma, já que não conheço o resto, e o resto que conheço é pior. De quem eu gosto mesmo é do Heliosfante, um monstro cego de um olho, uma tromba simpática, mãos que não cabem na gaveta e que desenham coisas líricas, belíssimas, uma vontade de paraíso que me comove — mas que, quando fala, desmorona o castelo. De repente eles resolvem me atacar, sou a vítima predileta, chegou o poetinha que tem um pai com o rabo cheio de dinheiro e fabrica uma vocação de mendicância. E eu digo, porra, poetas são vocês, que só não escrevem sonetos porque saiu da moda, vontade não falta. Depois chegam os chatos do violão, tocando aquelas merdas piegas da geração 68, quando eu tinha nove anos de idade e eles menos ainda, quando os poetas daquele tempo resolveram sair por aí pra construir o céu por conta própria e se foderam de verde e amarelo e hoje são todos industriais, militantes do MR-8, funcionários do governo, advogados em ascensão, comerciantes, sem falar nos que morreram pendurados e nos que ficaram loucos. Aí os cantores vão ficando bêbados e tomando conta da Bodega e batem os copos na mesa e dão risadas, porra, fazem uma festa, e eu fico feito um idiota articulando o plano geral das minhas obras completas, que ainda não decidi se serão em prosa ou verso, se opto pelos contos do Rubem Fonseca, pelos romances do Proust, pelos relatos do Borges, pela poética do Drummond, caralho, uma dúvida atroz, preferia ter vivido na Grécia, quando o modelo era um só.

Daí apareceu a Dulce, você veja, minha musa, que nome mais lindo e me deu três beijinhos no rosto, pra casar, você veja que pureza e eu disse vade retro satanás e ela se rachou de rir e segurou minha mão com seus dedinhos de seda e de repente séria com aqueles olhos miúdos feios porém simpáticos perguntou o que você está escrevendo e eu disse umas cartas de amor e ela ficou perdida não sabia se era piada ou se não era, que pobreza de imaginação (vou começar a dar o rabo, Rosana, precisamos romper todos os condicionamentos, eu arranjo um namorado, você uma namorada, depois nos juntamos e trocamos experiências, escreveremos uma obra a dois, eu escrevo você bate à máquina). E a Dulce disse: é mesmo? E eu confirmei, umas cartas de amor, primeiro volume das minhas obras completas, precisamos recuperar o amor na sua pureza medieval, devolver o respeito que é o pai da integridade moral, porque se somos íntegros somos felizes, e um pouco de arcadismo não faz mal a ninguém, nos beijaremos ao lado de uma cascata branca cheia de pedras limpas sem aqueles horrorosos CASAS PERNAMBUCANAS pintados a cal, e então tiraremos, a calcinha você, a cueca eu, e nos contemplaremos, anjos puríssimos e então eu já estava no carro da Dulce, muito bêbado, imaginando que tudo que falta àqueles poetas da Bodega é uma boa mulher prática que saiba fazer lista de supermercado e chupar o pau deles à noite, pronto, resolveu-se a metafísica. Ela insistia nas cartas de amor e pra quem são, e eu disse assim você rompe o mistério mas tem muito de você, e ela mudou a marcha do Corcel II sentindo um frêmito nas coxas — e então os sentimentos milenares e bestiais do sexo começaram a me corromper numa leviandade sem freio, faltou um pai na minha vida, eu disse enquanto lhe beijava a boca, e depois de ela meter a língua na minha garganta ela disse meu pai é joia, nunca me incomodou, e em seguida, você precisa cortar os cabelos, você fica tão, e eu disse é só lavar de vez em quando, mas não tenho dinheiro pra xampu e ela disse eu te arranjo um, muito bom, e de repente eu disse sei onde tem um motel genial, a gente precisa se conhecer melhor e ela foi indo sem querer ir e na esquina eu já sentia o coração dela disparar de medo enquanto eu punha a língua naquele peito bom, mas que não chega à carne dos teus, minha adorada. E se meu pai descobrir, teu pai é joia, nunca te incomodou, é verdade, mas ela escondeu o rosto na portaria e parecia uma vara frouxa de tanto que tremia quando nos trancamos no quarto e de repente a bebedeira foi embora pela privada onde eu mijava enquanto ela se encolhia mansa na cabeceira da cama.

— Tragédia?

O fichário mental atropelou-se e me deixou em guarda: *você vai se meter com a polícia. Livre-se dela.*

— Fazem três semanas.

— *Faz três semanas* — corrigi eu, tentando deixar a tragédia longe.

— Três semanas — resumiu ela. — Hoje é segunda? — Contava nos dedos, cabalística: — Segunda, domingo, sábado... Foi num domingo, de manhã. Mas só descobri à tarde. Você — irrita-me essa intimidade extra — não quer outro café?

Outro café e definitivamente enterro minha noite. Izolda foi à cozinha e eu fiquei contemplando aqueles dois pacotes de papel, o misterioso disfarce de segundas intenções. Não me movi da poltrona, num breve pânico. Não há nada que me perturbe mais do que a quebra do meu planejamento diário. Ainda tentei articular um modo polido de me livrar daquela vulgaridade agressiva — e de preferência que se fosse com os pacotes, que o fichário classificou de *comprometedores*. Não estou mais em idade, para usar o próprio argumento de Izolda, de me incomodar com uma dona de pensão, seus perfumes nauseantes e suas tragédias particulares. No longo minuto de espera, consegui acumular uma quantidade razoável de indignação, e passei a respirar mais rápido, pela boca, ofegante, de modo a intensificar ainda mais os ferimentos da minha privacidade. Inútil. Dona Izolda tem o dom de me transformar em criança. Voltou da cozinha, outro cigarro aceso, uma fumaceira que começava a se impregnar na casa toda.

— Domingo de manhã ele deu um tiro na cabeça.

Suei frio, confirmavam-se as previsões: o tiro chegava até mim.

— O seu marido?!

— O Ferreira? — Deu uma gargalhada súbita, tamanha a idiotice da minha conclusão apressada. — O senhor é mesmo um homem puro, seu Manuel. Aquele traste não tem coragem nem de passar mertiolate no dedo. Ah, se eu tivesse essa sorte! Também, tanto faz — depois que botei ele no olho da rua nunca mais teve a cara de pau de me incomodar.

O meu fichário estabeleceu que qualquer marido de dona Izolda seria, por princípio, um idiota. Porque ela tem a capacidade elétrica de destroçar qualquer coisa que entre no seu mundo, com um arsenal violento de baixeza — principalmente a voz, a fala, o riso, como se vivesse num perpétuo escárnio. Resolvi — ou a gaveta mental decidiu? — me recolher a uma cuidadosa indiferença, antes que ela me envolvesse, de fato, nas misérias da sua vida. *Não se envolva!* Os dois pacotes aumentaram de tamanho, eles que me olhavam agora.

— O senhor me desculpe, seu Manuel. — Como se naquela grossura em massa de repente aparecesse um fio de sensibilidade. — Estou... meio pirada. Muito nervosa. Não sei me explicar direito. O senhor me desculpe.

Enxugou os olhos, lacrimosos não sei se do cigarro, do riso ou do choro. Fiquei mudo; à força: a contrição (simulada) de Izolda me perturbou. Sou um homem despreparado para as nuances da vida. Quanto à Izolda, uma mulher ignorante, surpreende-me a técnica com que trama o suspense:

— Foi o menino que se matou.

Continuei mudo. Seria o próprio filho?

— Vinte e um anos de idade, ou vinte. — Mergulha na memória, no único momento até então em que percebi Izolda voltando-se para dentro, pensando e pesando antes de falar.

— O Trapo.

— Trapo?

— Apelido dele. O nome era Paulo, que não diz nada, como ele mesmo me explicava. "Além disso, dona Izolda, foi meu pai que me deu o nome de Paulo. Logo, não vale nada. Sou Trapo."

A tragédia de Trapo desarticulou momentaneamente o filtro mental, meu escudo de ferro. Uma figura imprecisa, morta aos vinte anos, passava a fazer parte da minha vida. Desespero de resolver e concluir tudo:

— E essa papelada?

— Calma, seu Manuel. Já chego lá. Primeiro o senhor tem que saber a história. Daí, quem sabe, o senhor me entenda.

Izolda acendeu outro cigarro, dedos trêmulos, uma espécie de choro rondando a sala. A contragosto, levantei-me:

— Vou tomar um café.

Ou seja: passaria a noite acordado, dormiria entre as cinco e seis da madrugada, levantaria às oito por força de uma obrigação imemorial, passaria o dia inteiro idiotizado de sono, iria para a cama cedo demais na próxima noite, acordaria de madrugada, e levaria uma semana para recolocar a vida nos eixos. Que diabo tenho a ver com Trapo? Que diabo tenho eu a ver com qualquer coisa que não seja eu mesmo?

Minha adoradíssima, tenho tanta coisa pra te escrever que não sei por onde começar. Você pede mais histórias da Dulce, porra, que se foda a Dulce dulcíssima ruim-de--cama. Passou. Rosinha, tu estás sendo traída pelos teus encantatórios dezesseis anos, reconheço, é uma puta idade pruma cabeça aprumada como esta porcelana chinesa que tão graciosamente equilibras sobre o aveludado pescoço. Mas a Dulce é agitação de superfície — e nós temos que fechar os olhos ao redemoinho que parece que é tudo e não é nada, e fincar estacas de drácula no coração da vida: porque é no osso que está o saci-pererê. Sacou?

Estou excitado e feliz, vontade de pintar a piroca de verde e sair por aí tocando trombeta. Cá entre nós, minha canária-do-reino, estou destilando poesia, tou me sentindo poeta pra caralho, tenho vontade de morrer, de chorar, de dar gargalhada, de fazer uma pá de coisas e de não fazer nada, de tomar um fogo sem ficar bêbado, de me jogar debaixo de um ônibus só pra te salvar da Grande Perseguição: você — manja lá! —, você nua correndo suada asfalto abaixo um bicho acuado todas as sirenes tocando velhas cheias de pacotes nas calçadas buzinas buzinas e eu ainda consigo te salvar te arranco do forno sou um garanhão de quatro patas plóqui-protóqui-plóqui que elegância que fauno que crinas e então rolamos Romeu e Julieta rotos de tanto amor trepando num enorme imenso incomensurável depósito de lixo tremenda fedentina merda pra todo lado nós nos lanhamos nas latas de cerveja nos lambuzamos em cascas podres e olhamos um para o outro num orgasmo de parar a cidade. Porra! Aí os caras chegam, cavoucam o lixo, metem a pá escavadeira, enfiam a picareta, lá no fundo a gente já ouve as porretadas mas continuamos abraçados nem percebendo a gosma dos detritos, limpíssimos que somos, meu amor, e eles metem faróis, máscaras de oxigênio, ganchos de guindastes e somos erguidos que nem dois frangos pelados esperneando e vêm as pedras! Pedradas, varadas, chicotadas, coronhadas, que bando de filhos da puta, e mesmo assim, esguinchando sangue do pescoço, onde as garras de aço se afundam mais até a espinha e mesmo assim nos olhamos, eu cego de um olho, você meio luz baixa até que num esforço culminante conseguimos tocar os dedos, não é muito, mas é o possível.

Estou inventando o Realismo Fossálico, uma dissidência urbana do bum da literatura latino-americana. Rimou! Ou então a poesia ao Akáusu, uma variante debochada dos irmãos campus universitário. Porra! Vá ser poeta de bar assim lá na puta que pariu!

Não sei por que falo de literatura com você, minha deusa ignorante. O único livro que você leu foi o *Fernão Capelo*, mesmo assim porque a professora obrigou. Perto de você sou um sol eterno. E você escreve poesias, que coisa linda! Que magnífico desprezo à Civilização Ocidental! Que bárbaro primitivismo! Que doce analfabetismo! Que liberdade! Enquanto estamos todos — nós, os Grandes Poetas — mergulhados e asfixiados no que de melhor a literatura universal produziu através dos tempos, enquanto passamos 98 por cento da nossa vida com a bunda sentada e um livro entre as pernas (símbolo fálico?) filtrando o maremoto de vida que os tempos nos legaram, e os outros dois por cento numa sauna letrada atrás da Palavra Original, da vírgula que está faltando no Grande Verso, vivendo a dúvida diabólica da validade ou não do poema-processo, você, *absolutamente sem remorso*, interrompe a novela das oito, aciona quatro ou cinco neurônios (em irônico contraste com os bilhões de neurônios que pululam na nossa cabeça, nós, os Grandes Poetas) e escreve com a tua belíssima letra redonda um poema sobre o luar que bate na janela do quarto, e, não satisfeita com esse homicídio culposo, ilustra-o a lápis de cor João Faber num caderno escolar! Como se não bastasse ainda tamanha afronta, joga perfume no papel, dobra-o, envelopa-o, e remete-o para mim!

Eu tenho que te amar, minha deusa!

Vem!

Pisa o salto de cristal da tua olímpica pureza no saco de sessenta quilos da minha inteligência!

Nunca mais escrevo poesia!

Never more! Never more!

— Podem falar o que quiserem — e falaram: que era maconheiro, ladrão, marginal, vagabundo, traficante, o diabo. Mas o Trapo era um menino muito querido.

— Eu acredito, dona Izolda.

— Me chame de Izolda, não sou tão velha assim.

— Perdão.

Ela acende o décimo cigarro, e eu continuo sem saber nada do que pretende. De tempos em tempos olho para os dois pacotes no chão da sala. O filtro mental, sobrecarregado de informações, deixou de funcionar. Estou entregue ao Trapo. Vez em quando, tento organizar a fala prolixa de Izolda:

— Mas a senhora...

— Seu Manuel, que coisa! Me chame de você!

— Desculpe. Izolda, você não explicou ainda...

— ...o que estou fazendo aqui, não é isso?

É exatamente isso, mas soaria indelicado.

— Não, por favor...

— É isso sim, não minta, seu Manuel!

O sangue cobre minha careca, sou um homem indefeso. Ela põe a mão no meu joelho, um cacoete que me perturba:

— Professor, eu estou tensa, preciso descarregar. Um menino de vinte anos, uma simpatia, farrista, fino, educado, incapaz de uma maldade, de repente você abre a porta do quarto e vê ele morto, ensanguentado, com um revólver na mão, meu Deus! Eu não acredito! Dois anos morando comigo, era como um filho!

— Deve ser difícil.

— Nem queira saber. E a Polícia, então, depois?! Os cavalos chegam fuçando tudo, fotografam o corpo, perícia, e se sai minha pensão na primeira página da *Tribuna*? Vou eu responder inquérito, explicar o que não sei?!

É preciso perguntar alguma coisa, resistir ao silêncio enfumaçado:

— Ele se matou a que horas?

— Segundo os homens, entre nove e dez da manhã.

— Mas vocês ouviram o tiro e...

— Que tiro?! Ninguém ouviu nada. Tinha silenciador no revólver. Fui abrir a porta cinco horas da tarde, pra trocar a roupa de cama. Pensei que tivesse saído sem me avisar, o que era raro. É o que eu digo, como um filho. "Dona Izolda, tô chegando": isso quando estava saindo. Ou então: "Tem um leitinho aí pra rebater a cigarrada?" Uma vez ele chegou e disse, quero que esse teto caia se não é verdade: "Dona Izolda, que pena que a senhora não é minha mãe." Ele odiava a família, isso dava pra notar. E deviam ser uns carrascos. Conheci o pai, um homem arrogante, cheio da grana, um carrão na frente com motorista. Mal olhou pro filho, o próprio filho. Tem coisa aí, seu Manuel.

A sugestão da *coisa* me assusta. Dona Izolda Petroski revela um talento extraordinário, capaz de envolver um professor refratário ao limite, como eu. Vagarosamente, Trapo ganha consistência.

— Mas, Izolda, não havia nada que sugerisse a possibilidade de suicídio?

Amanhã começarei a reler as obras completas de Conan Doyle.

— Absolutamente nada! Pelo menos que eu notasse.

— O que ele fazia na vida?

— Propaganda. Quer dizer, ele escrevia coisas de propaganda. Uma vez a gente estava na sala vendo televisão e ele parou. Era uma propaganda linda de uma loja que vende diamante, ouro, uma joalheria, não sei se o senhor já viu, passa depois da novela.

— Eu só vejo o jornal! — esclareci rapidamente, superior, sangue de novo à cabeça.

— Pois é. Aí ele falou: "Eu que escrevi isso aí, velha." Veja só, às vezes me chamava de velha, um amor de menino. E a verdade seja dita: era muito humilde. No mesmo instante falou: "A senhora veja quanta porcariada a gente tem que fazer pra pagar sua pensão!" E dava risada. Humilde, um garoto simples, fazia aquelas coisas lindas e chamava de porcariada. E não precisava ser, porque era rico. A família, quer dizer. As mãos dele eram finas, clarinhas, mãos de gente bem tratada. Você reconhece a pessoa pela mão. Não feito cigana, vendo essa bobagem de linhas, mas pelo jeito. No meio daqueles grossos o Trapo era um príncipe. Agora, farrista ele era. Todo dia chegava de madrugada e dormia até a hora do almoço. Não comia nada nada nada.

— Era magro? — aventurei-me a deduzir, começando a compor a figura.

— Magríssimo. Um palito. Com aquele cabelão, então, um cabo de vassoura. Eu não gostava. Vivia dizendo pra ele: corta esse cabelo, Trapo, coisa mais feia. Pelo menos penteasse! E ele ria: "Trapo é Trapo, dona Izolda." Aliás, ele era muito esculhambado. Meu Deus, dava pena! No fim eu mesma pegava as roupas dele pra lavar. Eu não acredito, sinceramente não acredito que ele morreu. Parece que estou vendo ele subir atropelado a escada da pensão, de cinco em cinco degraus a duzentos quilômetros por hora feito um louco como quem vai tirar o pai da forca. Ele estava sempre atropelado, não parava quieto.

Com o sono sepultado, e massacrado por aquela narração em fragmentos de onde emergia a figura corriqueira de um jovem em revolta, o estereótipo do eterno adolescente lutando contra o mundo, eu começava a fazer deduções — um mero passatempo, esclareço.

— Curioso, Izolda. Pela descrição, esse tal de Trapo não tem absolutamente nada de suicida.

— Mas ele se matou! Ou o senhor acha que estou mentindo?

Dona Izolda parece indignada. *É ela a assassina*, conclui o fichário, numa súbita e bem-humorada intervenção.

— Claro que não, Izolda. Eu sei que ele se matou. O que quero dizer é que o temperamento dele, alegre, expansivo, farrista, é justo o contrário do que se esperaria de um suicida.

— Isso é verdade.

De repente ela se concentra, junta pedaços da memória. Insisto no argumento:

— Você, Izolda, por exemplo: se mataria?

— Nunca! Prefiro morrer a me matar!

Achamos graça da frase — e vou adiante:

— Pois é. Você fez Trapo muito parecido com você mesma, pelo que ouvi. Como você disse, uma espécie de filho, e de certo modo as mães sempre são parecidas com os filhos.

Minha conclusão é uma mentira: eu, por exemplo, não tenho nada de minha mãe. Mas Izolda não raciocina:

— É mesmo, não pensei nisso. Mas... — ela remexe a memória, acende outro cigarro, a sala nublada. — Trapo não era só assim, Tinha períodos de depressão também.

Completava o quadro do adolescente em revolta. Euforia e depressão. Milhões deles pelo mundo, borboletas confusas durante dois, três anos, até passarem num concurso do Banco do Brasil ou tirarem o diploma de bacharel em alguma coisa. O modelo do aluno chato, que masca chicletes enquanto o professor (eu) descasca análise sintática para um pelotão de infelizes. Sherloquiano, concluí:

— E era poeta, não?

Surpresa:

— Como o senhor sabe?!

— Pelo quadro.

Ela olha a parede:

— Que quadro?

— A... a descrição que você fez.

Uma palavra puxa a outra:

— O quarto dele era atopetado de pôster. Pregava um em cima do outro. Uns negócios coloridos, meio malucos, sabe? Eu sou ignorantona, achava aquilo muito feio, e ele fazia questão de me mostrar. O último era uma floresta cheia de sangue, horrível, de tirar o sono. "Que tal, velha, não é um barato?" Eu até achava graça.

Só então relacionei o poeta com os pacotes no chão — e senti um frio de horror. Haveria ali milhares de poemas, a herança do suicida, que muito provavelmente dona Izolda trouxera para mim. Poesia da adolescência, o gênero literário mais insuportável que existe. *O senhor é professor?* Pagaria o preço do meu passado. E o suicídio, a família, a pensão e o diabo se somariam num envolvimento extremamente desagradável. Teria que enfrentar o Álvares de Azevedo do século XX, que trocara a tuberculose pelo revólver e, com certeza, o talento pela raiva. O fichário despejava-me conclusões prévias, poupando-me o trabalho de pensar. *Tome um café.*

Ela me acompanhou à cozinha, soprando fumaça entre uma frase e outra. Não sei o que é pior: se o cheiro do tabaco ou o perfume de feira. Estou irritado.

— Deixe que eu sirvo, seu Manuel. Pouco açúcar? Agora, a verdade seja dita, era um menino inteligentíssimo. Passava o dia lendo. Gastava todo o dinheiro dele em livro. Era livro por tudo quanto é canto, não tinha mais onde botar, debaixo da cama, da mesa, na prateleira, na cadeira, na gaveta da cômoda, no chão, um em cima do outro. Duas obsessões: ler e escrever.

Dando um gole de café, via minha hipótese se confirmar cada vez mais, num emparedamento. Teria que enfrentar os pacotes do suicida — e dona Izolda nunca mais iria embora da minha casa.

— Escrevia muito?

— Muito? O dia inteiro! Um gênio!

Voltei ao passatempo, condenado:
— Mas ele costumava dormir até meio-dia.
— É verdade, seu Manuel.
— E, de tarde, ia trabalhar com propaganda?
Ela titubeou, olhos apertados, desconfiada:
— É...
— E de noite ia para a farra?
— Quase toda noite.
— E chegava bêbado?
Comecei a ficar com raiva de Trapo.
— Quase sempre.
— E dormia até...
A desconfiança se abriu numa risada:
— Logo se vê que o senhor é um professor! Vamos pra sala de novo, seu Manuel. Já lhe explico. Ou o senhor está me chamando de mentirosa ou dizendo que o Trapo era um vagabundo?!
Fiquei secretamente satisfeito.
— Que é isso, Izolda. Eu só queria saber a que horas ele lia e escrevia tanto.
Dona Izolda enfureceu-se, apontando os pacotes gigantescos:
— Tá vendo isso aí, seu Manuel? Pois tudo isso aí foi o Trapo que escreveu, durante os dois anos que morou comigo na pensão; quer dizer, um menino de menos de vinte anos! E os livros que ele leu eu vi com os meus próprios olhos, que mal dava pra entrar no quarto de tanto volume! E ele morreu com a cabeça em cima de uma pilha de livros, como travesseiro, o sangue cobrindo tudo, meu Deus, eu não posso me lembrar da hora que abri a porta... eu não posso... nem pensar que...

Ameaça de choro, uma chantagem grosseira de dona Izolda. Que me interessa se Trapo era ou não um bom menino? Ela voltou à carga, numa defesa feroz do suicida:

— Ele não trabalhava toda tarde, não assinava ponto. Ia na agência uma ou duas vezes por semana. Passava as tardes batendo à máquina, feito louco: tatatá-tatatá-tatatá! Quando não escrevia, ficava lendo, lendo e fumando. Vez em quando ia na cozinha, nos fundos da pensão, tomar um copo de leite. Quantas vezes vi ele no corredor, andando de um lado pra outro, só pensando. Eu passava e ele nem cumprimentava, a cabeça de gênio voando longe. De repente, corria pro quarto e tatatá-tatatá! — Fez uma pausa, respiração suspensa, o clímax de um ensaio prévio: — E se matou!

Você pede mais poemas, meu helicóptero de carne. Embora você não entenda coisa alguma, o teu "gênio maluquinho" (de onde você tirou essa?) vai explicar por que abdicou da poesia, essa vagabunda, trocando-a pelo gênero epistolar (vá no Aurélio). A epístola é do caralho! Bato tudo em duas vias, uma pra você (e pro teu pai, que um dia descobre) e outra para os pósteros, aqueles que babarão de espanto ao descobrirem que a pensão da Izolda escondia em suas hostes a reedição atualizada do Homero. Sou um papiro do século XX, antiquíssimo aos dezenove anos de idade, refinadíssimo como um códice secreto, profundíssimo como um poço artesiano, altíssimo como a sede do Banco do Brasil, inteligentíssimo como... como o quê? Lamentavelmente, falta parâmetro neste item.

Mas deixa eu explicar.

É que houve alguns filhos da puta no passado (não muito longínquo) que por meio de artes do demônio e da magia negra, lançando mão do espiritismo e da metempsicose às avessas, houve uns desgraçados, uns desonestos, uns ladrões, uns larápios, uma súcia de escroques que, por não terem imaginação própria, por não disporem da mínima intuição criadora (e nenhum lastro de honestidade intelectual, evidente), rascunharam, escreveram, datilografaram e publicaram *todos os poemas* que por direito imanente, impostergável, genético, soberano, absoluto, *me pertenciam* — poemas tão meus quanto a piroca que trago pendurada entre as pernas. Ou seja: não há engano possível. E, o que é pior — e insolúvel: esses canalhas viveram muito antes que eu sequer tivesse nascido, de modo que não me restou nenhum recurso, legal ou não, para reaver o que legitimamente me pertence. Sou a vítima de um crime perfeito.

Quer o nome de um deles?

Álvaro de Campos, que também atendia pelo nome de Fernando Pessoa, um maldito português cuja erudição sofisticada ocultava o roubo de vários poemas integralmente meus. Ontem, ainda reli alguns deles em voz alta, bebendo vinho verde, às quatro da madrugada — e chorei, não sei se de emoção por não ser nada ou de raiva pelo furto deslavado e incólume, até que o motorista de táxi do quarto ao lado deu um pontapé na parede: para com essa porra, caralho!

Parei. E há uma tabacaria em frente da pensão.

Diante desta teia inexorável do destino, e sabendo que jamais em tempo algum produzirei poesia tão boa quanto aquela que escrevi no tempo que eu não era nascido, resta-

-me o plágio, este grande injustiçado da história, conforme Borges (um velho cego, louco para ganhar o prêmio Nobel) demonstrou à exaustão. O plágio, entretanto, é um instrumento refinado, sofisticado demais para estes tempos de originalidade grossa. Ninguém me entenderia. Assim, aposento-me precocemente, sem nenhuma das vantagens da aposentadoria, esquecido e esbulhado, enquanto vejo na Bodega um bando de pandorgas, borboletas, vaga-lumes e gaivotas compondo frases, *haikais*, versos livres, concretos, pastiches, rimas e o caralho como se poesia fosse a safra de soja atafulhando o Porto de Paranaguá. Prefiro a tua poética, meus olhos de limonada, pintada a lápis de cor. O único que me entende é o Veroinfante, este sim, um cabra fodido: "Tô contigo, Trapo, vai nessa, mete bronca, é isso aí." E as mãos de leproso desenham lances do Paraíso.

Negócio seguinte, minha página em branco: quero e não quero te ver. Posso perder para sempre o encanto mágico (risca este mágico cafona) do primeiro encontro e depois o passeio proibido (que tal?) e depois as mãos se esfrangalhando e depois a despedida e a chave da caixa postal e a surra que você levou — vou comprar um revólver e matar a vaca do teu pai — de modo que tenho medo. Aguarde instruções. Você não sabe o tesão que estas cartas...

Vontade de morrer.

Volto a me interessar por Trapo, já que não me resta opção. Levará tempo até que dona Izolda se despeça. Outro cigarro. Minha diarista, pelo menos, não fuma.

— Ele tinha namorada? Pode ter sido desilusão do amor. Um suicídio meio fora de moda, mas para uma sensibilidade delicada, num momento de crise, pode ser fatal.

Peremptória:

— Nunca! Não acredito que um menino como o Trapo se matasse por uma moça, por maior que fosse a dor de cotovelo. Ele era cheio de vida!

A psicologia da minha visitante é uma pintura medieval, sem perspectiva.

— Mas você disse que ele tinha períodos de depressão.

— Ah, sim, isso é verdade. Mesmo assim, acharia mais fácil uma mulher se matar por ele. Trapo tinha magnetismo, e era do signo de Leão. Leão é sol, o senhor sabe: atrai as pessoas.

— Sem dúvida. O sol atrai os planetas, e, por consequência, as pessoas — concordei.

Mas Izolda não percebe a ironia. Os signos são tão reais quanto o padeiro da esquina.

— E com aquele cabelo, aquela juba, era mesmo um autêntico leãozinho. Namorada... tinha sim. Uma tal de Rosana. Nos últimos meses ele andava simplesmente obcecado por ela.

O fichário mental recomeçou o trabalho, juntando cacos, na tarefa difícil de dar realidade à vida (e à morte) de Trapo. Imediatamente o computador despacha o tipo provável da namorada: baixinha, magra, cabelos desalinhados, calça de brim, rosto sem pintura, chicletes permanentemente na boca, sem postura, gíria, palavrões, amigos avulsos, espinhas, filmes de arte que não entende, carona de motocicleta. Rosana. Sinto um profundo desprezo pela juventude. Jovens estúpidos, macacos de vitrine, analfabetos. Suicidas. Fico satisfeito, o computador faz sentido.

— Obcecado?

Talvez eu pudesse ter sido um inspetor da Scotland Yard: humano, educado, perspicaz. Suavidade nas perguntas, como quem não quer nada. Nas frestas da insônia, Izolda me diverte.

— É, do jeito dele. "Velha, conheci um tesão de menina!" — Fico vermelho, e Izolda também, no espanto avulso da própria inconveniência. Mas dá risada: — O senhor me desculpe, professor. Ele era assim: em cada dez palavras, nove palavrões. Só que, na boca dele, não parecia palavrão, ele não era agressivo. Falava rindo.

Sinto-me desconfortável, e ela percebe. Põe a maldita mão no meu joelho:

— Por favor, professor. Não leve a sério o que ele dizia. É que essa gente moça é diferente de nós, a velharia. O senhor não pode julgar o Trapo por essas coisinhas.

— Não estou julgando, eu...

Mentira: estou sim. Por que outras coisas misteriosas pode-se julgar uma pessoa, senão pelo que ela fala e por nosso filtro mental?

— O Trapo estava mesmo apaixonado, escreveu uma porrada de cartas para ela.

— Essa Rosana não morava em Curitiba?

— Olha, nem sei. Acho que sim. Eu só sei que no último mês ele escrevia quase que uma carta por dia. Eu ia limpar o quarto e via os envelopes na escrivaninha. Mas não tinha endereço nem nada, só uns nomes engraçados que não me lembro. Um eu me lembro: Minha Rosana Roseira. Devia de ser o sobrenome dela. Não é que eu seja bisbilhoteira, mas dona de pensão tem que meter o olho nas coisas. O senhor entende, não é, professor?

— Claro, claro. Ele levava a Rosana à pensão muito frequentemente?

— Como? — Dona Izolda indignou-se. Dedo sacudindo: — Jamais, professor, jamais! Se há uma coisa que eu não admito em hipótese alguma é levarem mulher na pensão. Vai pra rua na hora! Porque daí pra virar bordel, o senhor me desculpe, mas é isso mesmo, pra virar putaria é um pulo. E o Trapo sabia disso muito bem, tanto que nunca me criou problema. Fazia as farras dele, mas no mundo. Chegar bêbado de madrugada, incomodar com barulho uma e outra noite, ainda vá lá, o Trapo era novo e eu não sou nenhuma Madre Superiora. Mas com mulher, jamais.

Tento interrompê-la, desculpar-me, esclarecer minha ingenuidade, mas Izolda prossegue amontoando lembranças:

— Só tive um problema desse tipo com ele, mas não foi por culpa do Trapo. Andou meio de cacho com uma cozinheira nova que arranjei, uma mulata com fogo no rabo, malsaída dos cueiros e já bem vividinha. Ele andava indo demais nos fundos tomar leite, ficava um tempão, e só sorriso com a nega. Não sou troncha, percebi logo. Um dia peguei ele com a mão no... traseiro dela, bem assim, professor, não é exagero, e dá-lhe risadinha! Ele disfarçou, engasgou e voltou pro quarto, me cumprimentando: "E daí, velha, tudo legal?" Botei a menina na rua na hora. Não era só ele não, tinha outros na jogada, e não sei não se ela não andou se defendendo umas noites por lá. É o que digo: bobeou, vira zona. Mas nesse caso reconheço: ela que era assanhadinha.

A vulgaridade de Izolda me destroça. Só agora tomo conhecimento de quanto sou um homem refinado. Um professor bem-comportado, como certos meninos tímidos massacrados pela mãe. Pobre mamãe, cultivando sua antiquíssima aposentadoria e sua horta na solidão do litoral. Mal sabe que seu filho, depois de (bastante) velho, ainda tem com o que se surpreender, ainda é capaz de sentir-se desconfortável na vida. E Izolda não para:

— Quer dizer que eu nunca vi essa tal de Rosana. Mas me preocupei com aquela paixão do Trapo. Com toda a inteligência, ele ainda acabava fazendo besteira. Aliás, nesses casos de amor, inteligência não serve pra nada: qualquer caixeirinha de feira dá nó em doutor, é o que a gente vê todo dia. Ainda mais se é novo, como o Trapo, sem experiência na vida. E tem mais, professor: era de menor.

— O Trapo?

— Não, a tal Rosana. Comecei a me preocupar: todo santo dia o menino falava da moça, parecia criança.

— Falava muito? O que ele dizia?

— Bem, na verdade falava pouco. Uma ou outra piada, o Trapo só fazia piada.

— Por exemplo?

Inspetor da Scotland Yard, tento cortar as enfadonhas dissertações de Izolda, que não informam nada.

— Exemplo? Bem, de tardezinha ele saía do quarto com um daqueles envelopes. "Tá vendo isso aqui, dona Izolda? São cinco páginas de amor!" E se arrancava. Acho que ele falava mais pra me irritar, sabe, essas coisas de adolescente. Ele sabia que eu não gostava da moça.

— E por quê?

— Que ele sabia?

— Não. Por que você não gostava dela, se não a conhecia?

A mão no meu joelho, piscada vulgar:

— Ora, professor. Uma sirigaita de menor que faz um guri como o Trapo pensar nela o dia inteiro durante meses não pode ser boa bisca. Intuição. Eu tenho intuição, já lhe disse. E nunca me enganei. Agora não adianta mais meus conselhos, ele já está morto.

A morte de Trapo joga-me de novo à angústia desta noite, ao desconforto da invasão. O arquivo mental do bom-senso sugere que eu silencie, antes que seja tarde. Mas dona Izolda já me envolveu o suficiente para que eu me interesse por detalhes, como se eu fosse mesmo um grande detetive prestes a desatar um nó fundamental:

— Pelo que a senhora disse, haveria uma relação direta entre o suicídio de Trapo e essa tal Rosana?

— E eu sei?! Pra mim, não. Ou será que tem? — Voz baixa, confidencial: — No começo, professor, eu até gostei da paixão do Trapo. Falei pra ele, olha, até que era bom você casar que ajeitava um pouco a tua vida, você anda bebendo demais. Eu não devia me meter, reconheço, mas o Trapo era da casa, eu falava por carinho. Ele ficou uma fera! "Eu, casar?! A senhora ficou louca, dona Izolda! Prefiro casar com a senhora! Que tal, hein, velha? Nós dois na mesma cama!"

Izolda interrompe a fala para uma gargalhada comprida, de legítimo prazer. Depois, com simulado escândalo:

— O senhor veja, professor, se isso é coisa que se diga pra uma senhora! O Trapo era completamente maluco. — Voltou a rir, ainda deliciada com a lembrança. — Era mesmo um guri querido. Não tinha maldade em nada. E logo depois:

"Não posso casar, Izolda. A moça tem uns treze anos." Ele pensava que me escandalizava, ah, ah! Não deixei por menos: que é que tem, Trapo? Já pode dar cria! "A senhora está louca. Tenho que matar o pai dela antes." Veja, professor, se não era doido varrido. Eu fiquei preocupada. Trapo, você não anda fazendo besteira? Com de menor a gente não brinca. "Que é isso, velha", dizia ele, "sei onde ponho o pinto", ah, ah! Esse Trapo! — De repente, séria: — Ele cativava a gente. Eu não acredito.

Levantou-se para tomar outro café. No caminho, mais confissões:

— O senhor deve estar estranhando a nossa intimidade, dá impressão que a minha pensão não é de família.

As desconfianças do início voltavam, atualizando o fichário. Já não tenho qualquer dúvida de que a pensão de dona Izolda não é séria, e que ela, propriamente dita, também não o é.

— Que é isso, Izolda. Eu entendo.

— Agora, ele não era flor que se cheire, isso eu sei. Quer dizer, coisas da mocidade. Um dia, faz já um ano, encontrei uma caixinha de Trobicim numa gaveta dele.

— Trô o quê?

— Trobicim. É... o senhor não vai tomar outro café? É remédio pra doença de homem. O senhor desculpe eu falar dessas coisas, mas eu acho que o senhor deve saber de tudo, pra tirar suas conclusões.

E quem disse que estou interessado em tirar conclusões?

— É claro, Izolda. Está bom de açúcar, assim.

Nunca mais vou ter sono na vida.

— Pois é. Fiquei fula da vida.

— Mas a senhora... você mesma disse que é coisa da juventude.

— Sim, mas que avisasse! Esse negócio contagia, precisa ferver roupa, separar lençol, tudo! Aí falei com ele, assim, de homem pra homem desta vez, não de mãe pra filho. Que ele não precisava ter vergonha, mas me falasse quando tivesse problema pra eu tomar cuidado com a roupa. Lidar com pensão não é brincadeira, e eu me criei em pensão. Vamos que uma pensionista séria pega uma coisa dessas! Um horror. Isso destrói uma família.

Reflexo de Pavlov, o sangue me cobriu a careca. Felizmente as nuvens de fumaça que saíam da boca de Izolda em jatos, para cima, para baixo, não a deixavam perceber minha vergonha discreta. Tentei recuperar de novo o fio da meada — se é que havia alguma meada naquela conversa sem fim nem objetivo, naquele amontoado de sensações fragmentadas que parecia ser a vida de Izolda.

— Recapitulando, Izolda. Trapo passou os últimos meses de vida apaixonado por uma tal de Rosana, menor de idade, a quem a senhora (— *Você, professor. Você.*) nunca viu, e a quem ele escrevia cartas quase diariamente, apesar de, provavelmente, ela residir em Curitiba. É isso?

Izolda abriu-se num sorriso de admiração:

— Mas falar com professor é outra coisa! É exatamente isso! Em meia dúzia de palavras o senhor resumiu tudo que diz respeito a essa zinha. Mas vamos pra sala, professor. O senhor não tem nenhuma bebida mais forte pra rebater o café? Minha garganta ficou seca.

Minha pele-de-pêssego-maduro estou alucinado pra te ver te tocar te cheirar de novo e há mais o tesão do medo da bandeira do terreno proibido qualquer coisa parecida com violentação defloração transgressão estupro até — se você não quisesse, o que é absurdo, e os sonhos (no fundo um só) se repetem. Mas ainda reluto (tamos) porque parece que qualquer coisa raríssima (ponha raridade nisso!) vai se perder, um seixo liso, miúdo, verde, uma porcelana que escorrega dos dedos e cai pra sempre no escuro do poço, quando ainda é manhã

você me chama maluquinho e pede histórias mais histórias sempre histórias você quer histórias como alguém que nasceu aos quinze anos e perdeu todo o background de lobos, cordeirinhos, ursos, chapéus vermelhos, cantigas de ninar, suspense dos infelizes que se perdem na floresta e foram parar na jaula da bruxa. Você não se importa de não entender minhas cartas, o que você quer é a música, a sugestão, o que parece ser, o que você quer é este amor espicaçado palavroso tenso marginal e louco que te dou. O que você quer é puramente me ouvir porque eu sou um mágico tirando coelhos da cartola e você é uma criança encantada que acredita em mágica

você pede histórias e mais histórias e mais histórias

você quer é substituir a vida tosca desta vida por uma coleção infinita de histórias onde só acontece o melhor porque só acontece o que a gente quer e o que a gente quer é não ter medo

eu ia te contar qualquer coisa que já esqueci porque era mentira

— Bebida mais forte?

— Uma cachacinha, professor. Ativa a memória. Eu olho para trás e vejo uma confusão de coisas, não sei o que aconteceu antes, o que veio depois. De repente a morte do Trapo.

Era o que faltava à minha noite: minha visitante bebe. Ela já está tão à vontade nesta casa, tão sem-cerimônia com seu confuso anfitrião que não me resta nada senão esperar. Vejo-me obrigado a me interessar por um poeta anônimo cuja única obra notável parece ter sido um tiro na cabeça, agora transubstanciado em duas pilhas de papel que, muito provavelmente, entraram na minha casa (arrepio-me) para serem lidas.

— Cachaça?! Mas eu...

— Já sei: o senhor não bebe há exatamente trinta anos. Acertei?

Seguiu-se uma gargalhada feliz, e tapinhas íntimos no meu ombro contraído:

— Desculpe meu jeito, Manuel. Brincadeira.

Rubor na careca, vou à cozinha, mais para me afastar de Izolda do que para achar bebida — mas ela me segue.

— Tem um licor aqui, presente da minha mãe — e mostro-lhe uma garrafa fechada à rolha e cera.

— Licor de butiá! Hum... professor... isso é uma delícia!

— Mamãe — por que tenho que justificar tudo? — acha que eu gosto e me manda umas garrafas de vez em quando.

Izolda arranca o licor das minhas mãos.

— Vamos abrir, professor. — Esgravata a gaveta dos talheres, atrás do saca-rolhas. — O senhor vai gostar. O segredo desse licor... — ela mete a garrafa entre as pernas, resfolga na luta contra a rolha, até arrancá-la — ...o segredo é beber devagarinho, gole a gole. Um calmante!

Conformado, vejo Izolda recolher dois copos e voltar à sala, comandante da casa. Oferece o licor:

— Experimente, Manuel.

A intimidade me irrita. Dou um gole retraído, sinto a doçura picante se entranhar na língua. Ela bebe meio copo de uma vez só e estala os lábios:

— Sua mãe está de parabéns. Ai, esse licor até alivia a cabeça da gente.

Izolda tira da bolsa outra carteira de cigarros, que a primeira já se foi.

— Onde a gente estava mesmo, professor?

Minha única arma é tentar colocar a conversa em linha reta, para apressá-la.

— Estávamos conversando a respeito da namorada do rapaz.

— Isso! Então...

Impaciente, dou tiros ao acaso:

— Você percebeu alguma briga entre eles, nos últimos tempos?

— Nunca! Ele adorava ela.

Não deixo espaço:

— E no último dia, ele estava deprimido, qualquer coisa assim?

Que me interessa? A única utilidade do interrogatório é a ilusão de que sou eu quem dá rumo à noite, e não Izolda. Ela pensa, soltando nuvens de fumaça.

— No sábado... deixa eu ver... eu vi ele de tarde, quando saía da pensão. "Oi velha, tô chegando." E só. É, acho que ele estava meio triste.

— Como tantas outras vezes — completo eu, decepcionado.

— Só fui ver ele de novo no domingo à tarde, com a cabeça cheia de sangue e o revólver na mão.

Dou mais um gole no licor.

— E o revólver, de quem era?

— E eu sei lá?! Se era dele, escondia muito bem, não admito arma na pensão. Aliás, foi até bom o senhor falar; há muito tempo, um ano, por aí, ele perguntou se eu não tinha um revólver. Isso mesmo. Cá entre nós, é claro que eu tenho uma pistola na cabeceira da cama, às vezes a gente tem que encarar situações pesadas na pensão.

— E o que você disse?

— Pra que revólver, Trapo? Ficou maluco?

— E ele?

— "Pra matar o pai da Rosana. É o jeito, velha!" Claro que ele estava brincando. E eu: não seja doido, guri. Te ponho pra rua na hora. Ele dava risada.

Bebo mais licor, que já desce macio.

— E a família dele?

— Trapo só falava mal. "Meu irmão é um babaca, só pensa em se encher de dinheiro. Meu pai é um sem-vergonha." — Escândalo de Izolda: — Bem assim que ele falava, professor, "sem-vergonha"! "E minha mãe é uma idiota, mas uma idiota que está do lado deles. Que pena que a senhora não é minha mãe." Nunca me esqueci, professor. Era de cortar o coração. Eu dava conselho: que é isso, Trapo, família é família, não presta falar essas coisas. E ele ouvia?

— Alguma razão especial — começo a ficar tonto, o licor é venenoso — para ele odiar a família?

— Devia de ter, professor. Ninguém odeia de graça. Mas ele nunca me contou.

— A família é de Curitiba?

— De Curitiba. Nunca apareceram na pensão. Só vi o pai, no domingo que o Trapo morreu. Parou aquele carrão na frente e desceu o homem bem-vestido, enorme, e foi abrindo caminho no meio dos curiosos, a cotoveladas, nervoso. Eu estava na porta com um polícia, ninguém podia entrar. Ele nem pediu licença, foi chegando, me empurrou com um braçaço, nem olhou pro polícia e subiu os degraus com meia dúzia de pulos, do mesmo jeito do Trapo. Corri atrás, ele estava pensando o quê? O senhor, aí! Parou no alto e me olhou uma olhada de viés, bem de desprezo, como se olha pra uma vagabunda quando não se tem interesse nela e quando se quer deixar bem claro que ela é uma vagabunda, uma... uma puta, professor, é isso aí. Não precisa dizer nada, é só olhar. E a raiva me queimou. Então eu compreendi o ódio do Trapo. Aquele pai e Trapo só podiam ser inimigos até o fim da vida. E eu penso uma coisa cá comigo, professor: o tiro que o Trapo deu na cabeça mirava o pai dele, como um espelho. O pai era o alvo. Sei lá, me confunde.

Izolda encheu os copos vazios, tremor nas mãos, e acendeu mais um cigarro. Tensa, concentrava-se na memória, na busca de detalhes — e pela primeira vez (entontecido) senti prazer em ouvi-la, quando toda a superfície de mulher vulgar substituía-se por uma essência confusa de dignidade.

— E o pai disse: quem é você? Antes que eu respondesse, acho que porque ele já sabia quem eu era, ou porque já estivesse satisfeito com o que eu parecia ser, uma puta, o senhor precisava ver o lábio meio torto dele, de nojo, ele perguntou: cadê o meu filho? Nem esperou resposta; se virou e foi corredor adentro até a terceira porta, que estava aberta. Não entrou; só olhou. Tinha uma porrada de polícia lá dentro, e ele correu, quase correu, tateando a parede atrás de um banheiro, onde se trancou. Quando passei em frente pra buscar um copo d'água ele estava vomitando, eu ouvi. Aquele vômito tinha qualquer coisa parecida com o Trapo quando chegava bêbado de madrugada, só que o pai dele não estava bêbado. Quando o homem abriu a porta passando o lenço na boca, nos olhos, vi que aquela arrogância, aquele ar posudo de rei tinha sumido, tinha sido sugado pela morte do filho. Agora era uma criança transparente com corpo de gente grande. Acho que foi o único susto da vida dele, não tinha treino nenhum. Por isso que eu digo: se o Trapo queria acertar o pai, acertou em cheio, um tiro muito pior que a morte, daqueles que deixam aleijado pro resto da vida. Ele meteu a mão no bolso do paletó (o senhor precisava ver que roupa fina, que terno!) e os dedos não se acertavam para tirar os comprimidos de um envelope. Deixou cair dois ou três até que enfiou outros dois ou três na goela e arrancou o copo d'água da minha mão, derramando na roupa, no assoalho. Ele continuava sem me olhar. Bebeu a água, engoliu os remédios. Vou confessar uma coisa ruim, Manuel, que nem presta dizer. A vingança do Trapo foi tão perfeita, demoliu o inimigo de tal jeito que eu senti um pouco de orgulho por ele, pelo *meu* poeta. Ele fez a coisa bem-feita. Quer dizer, estou tentando adivinhar o que o Trapo fez. Mas se foi o que penso...

Izolda deu uma tragada funda, até quase queimar os dedos. Esvaziou o copo de licor, encheu-o de novo. Acendeu outro cigarro.

— Então, ainda sem me olhar, o homem perguntou: quem foi que matou o Paulo? Era um fiapo rachado de voz, entupida na garganta. Não disse Paulinho, Trapo, ou meu menino. Disse bem assim: Paulo. Como o Trapo tinha me explicado: Paulo não quer dizer nada, era o nome que ele tinha dado, e só. Eu entendi que pai e filho eram dois estranhos, mais estranhos um para o outro do que qualquer pessoa comum pode ser estranha com outra. Eu tenho uma teoria, professor: quando pai e filho são estranhos um para o outro, eles são de um jeito como ninguém mais consegue ser, é uma condenação do inferno. Não dá pra explicar. Porque não tem solução: um é filho do outro e nada no mundo pode livrar um filho de ser filho do pai, o senhor entende. Como dois e dois são quatro. Estão condenados, e se acontece de se estranharem, a condenação dobra. Você se livra de quem quiser, do jeito que quiser. Mas se... o senhor entende, professor?

Faço que sim — e realmente entendo — enquanto esvazio o copo, mais uma vez. Trapo já se instalou na minha casa: está sentado na outra poltrona, sem beber nem fumar, à espera.

— Quando eu saí de Ponta Grossa, com dezoito anos, depois de levar uma camaçada de pau do meu pai e ouvir de minha mãe, minha própria mãe, que se era pra ter uma filha puta ela preferia não ter parido ninguém, acho que é isso. É parecido. Mas eu voltei lá, muitos anos depois, inclusive escrevi muito pra minha mãe. Porque é minha mãe. Eu pensava que era só por isso, mas não é só por isso. Não sei.

Penso que Izolda vai chorar, mas ela não chora.

— Daí eu disse que ninguém tinha matado ele. Ele que se matou. O pai já sabia, porque a polícia tinha avisado, mas quando eu falei foi como se o revólver do Trapo tivesse dado o segundo tiro, agora no peito do pai, à queima-roupa. Eu vou confessar uma coisa: eu disse "ele que se matou" com uma satisfação maluca na cabeça. Parecia um último pedido do Trapo, para dizer aquilo ao pai dele exatamente naquele momento e daquele jeito estúpido, para derrubar. O homem se segurava na parede, mais branco ainda. O senhor está bem? Quer mais água? Ele respirou fundo, olhando o teto. Eu vi que tinha um depósito de lixo atravessado na garganta dele, juntado a vida inteira, e que agora ele estava pertinho de morrer. Eu estava com muita raiva dele, porque pra mim ele que apertou aquele gatilho, de um jeito ou de outro. O homem voltou para o quarto do Trapo, e eu fui atrás. Vi que ele não olhou o filho morto, mais uma vez, a não ser por acaso, quando virou a cabeça à procura da pessoa mais importante, o delegado. Tinha um fotógrafo soltando *flashes* no quarto, principalmente no Trapo, e um outro polícia com cara de buldogue passando pó e pincelzinho aqui e ali atrás de impressão digital, acho eu. E lá na cozinha tinha outros fazendo pergunta pros coitados dos hóspedes que não tinham nada a ver. Já imaginava a fama que ia ficar a pensão: dois hóspedes já debandaram. Daí eu vi o pai cochichando qualquer coisa pro delegado. Eles saíram do quarto e foram para o meio da escada; o pai passava o lenço no rosto, suava muito. Depois botou a mão no bolso, o delegado segurou o braço dele, acertavam qualquer coisa que não ouvi. Então o delegado ficou grosso comigo, atrevido até, como se eu tivesse ouvido o suborno; chegou a insinuar coisas, que a pensão e tal. Eu tenho medo de polícia, eu morro de medo de polícia, quero ver essa urubuzada longe. Pode conferir,

Manuel: minha papelada está toda certinha, por isso não. Se eu tenho alguma queixa do Trapo é por ter trazido a polícia pra minha casa.

— Que espécie de suborno? — perguntei, alertado pelo medo do envolvimento, que me acordava daquela neblina alcoolizada de memória e imagens.

— Não sei. Talvez para não sair na imprensa o nome do pai. E não saiu mesmo. Ele comprou todo mundo. Aliás, não saiu praticamente nada do crime.

Volta-me o pânico:

— Crime?!

— O suicídio, Manuel. É a mesma coisa. Alguém mata. — Izolda está triste agora, uma tristeza que avança lenta mas sem obstáculos, quase um prazer: — Eu senti muito ódio daquele homem. Depois, pensei bastante sobre o assunto. Porque nenhum pai do mundo é ruim. E eu olhava o pai do Trapo andando de um lado para outro sem saber onde botar as mãos, nem a cabeça, nem a barriga, nem a alma, não olhando para nada, não conseguindo olhar para nada por mais de um segundo, e muito menos para o filho. Trapo morto ali era a maior porrada da vida dele, daquelas que não adianta mais nada senão morrer.

Izolda põe mais licor no copo, garrafa no fim. Imóvel, percebo-me bêbado, o rosto gelado.

— Olha, professor. Com toda a minha ignorância eu entendi. O pai do Trapo não foi treinado para viver. Eu olhava o rosto dele e via um oco. Me deu impressão que aos dez anos ele teve inveja do carro do vizinho (conheço muita gente assim) e isso marcou tudo o que ele tinha de fazer na vida. Passou dos dez aos cinquenta anos enchendo o buraco daquela inveja, sem nunca passar na cabeça dele que tudo isso era um monte de merda diante da vida. Eu acredito em Deus, Manuel, alguém que bota ordem nessa confusão e vai escrevendo certinho no fim das contas. Não está na Bíblia (eu já li muita coisa da Bíblia) que a gente tem que matar o filho pra viver? Então eu me comovi com aquele idiota querendo ainda fazer um resto de pose com o filho morto do lado, e tudo que ele descobriu que podia fazer naquela hora filha da puta da vida dele, ou do fim da vida dele, era que a notícia não devia de sair no jornal. Resumindo a história: todo o dinheiro que ele juntou a vida inteira servia agora para uma utilidade: esconder o tiro da cabeça do filho.

Finalmente Izolda rompeu o choro, um choro desordenado, de fim de noite. Mas não me perturbou, afundado que eu estava em meu próprio silêncio, na débil luta íntima por classificar aquela névoa de sensações, por me livrar do torpor, do gelo no rosto. Ela enxugou as lágrimas, balbuciando desculpas, e acendeu outro cigarro.

— Ele não agiu assim por maldade. Nenhum pai é mau. Eu precisava tanto falar, Manuel. O que eu falei eu tenho certeza que foi daquele jeito. Ele comprou a polícia, aquele delegado vagabundo que depois veio me ameaçar, ele agiu daquele jeito por hábito. Ficava na escada com medo de que mais gente subisse pra ver o estrago da vida dele também por hábito. Não era ruindade. Quando a gente está muito assustada a gente faz o que sempre soube fazer, e mais nada. No fundo ele estava querendo proteger o filho, era o jeito de ele mostrar que gostava do filho. Bem, estou imaginando. Sei lá o que se passou na cabeça dele. Não sei nem o que se passou na minha.

A lembrança mais antiga da minha vida vem dos quatro ou cinco anos. É um galo. Um galo branco, de crista sanguinolenta e meio caída, como quem vem da guerra. Tinha uns olhos belíssimos aquele galo da minha infância, ocos e aguados e perpetuamente em fúria.

O galo me fascinava. Eu passava horas e horas seguidas no quintal da casa olhando para o meu galo. Não me lembro exatamente o que pensa uma criança de cinco anos, ou como pensa. Também não sei o que poderia significar um galo para uma criança inocente — se é que isso existe. Mas não posso me esquecer da minha paixão. Uma admiração legítima pela grandeza dele, sem qualquer traço de inveja — só admiração. Eu olhava para o galo, e o galo, de tempos em tempos, olhava para mim, furioso. Tenho uma vaga lembrança de que, se no começo ele me hostilizava abertamente, avançando inclusive, ameaçando subir pela tela de arame em arroubos histéricos de ódio, depois o galo passou a me aceitar. Conservava a raiva, mas já reconhecendo em mim apenas um inimigo inofensivo. Entretanto — e isso, acho que isso era o que mais me impressionava — em nenhum segundo relaxava a guarda do seu ódio. Se eu resolvia lhe jogar grãos de milho, como um discreto namoro, um pedido de paz, antes de atacar o milho ele investia contra mim, absoluto, arrogante, com um orgulho tão grande quanto estúpido. Só com a minha capitulação, com a minha disparada em sentido contrário — eu morria de medo do galo que amava —, só então ele avançava contra o milho e as galinhas que se atrevessem em volta.

Em suma: um Rei.

E o canto, o canto inesquecível daquele galo burro e soberano na sua burrice autossuficiente! O canto me pasmava.

Ele subia nos tocos sujos de bosta, nos bem altos, repolhava as asas brancas num furor megalomaníaco, olhava em volta com o pescoço se alongando ao limite dos ossos e músculos e penas, ridículo, grandioso, e desfechava aquele canto prolongado de taquara rachada, com o papo se enchendo de vento, e inteiro arrepiado, na emoção verdadeira da própria grandeza! Todo o sangue do galo, toda a sua alma estufava-se na garganta e na cabeça, a crista mais vermelha ainda, num crescendo de rubor. E, após o número, os olhos recrudesciam em fúria, perscrutando em volta, tentando adivinhar, nas frestas miúdas do seu cérebro, a mais leve sugestão de ironia contra o espetáculo. Não posso supor o que aconteceria se chegasse até o seu tosco mecanismo mental a conclusão de que riam dele, de que o seu canto não provocava mais que o escárnio dos outros seres, vivos ou inanimados. Com certeza ele morreria, ao constatar-se inerme contra o inimigo: morreria explodido dentro do próprio ódio, incapaz de conter-se nos limites estreitos daquele organismo primitivo. Ao final do canto, depois de circunvagar o olhar em flechadas súbitas, envenenadas, o penacho trêmulo, ele se fixava em mim, odiento, um ou dois segundos apenas. E ai de mim se eu não amasse o seu canto! Mas o que ele encontrava nos meus olhos era tão somente devoção.

Fascinava-me também a dignidade estupenda das suas pernas ressecadas, uma antiquíssima bota ajustada perfeitamente a cada nervo. E as garras, as unhas, as esporas, sempre na ânsia de sustentar a terra inteira debaixo dos pés, de não deixá-la cair. Eu imaginava (ou melhor, imagino agora) que aquele ódio nada mais era que o desconforto sem solução de tamanha grandeza condenada até a morte às penas de um volume ridículo, de um formato estapafúrdio, desarmônico, de uma figura empalhada de circo. O galo sabia disso: agora tenho certeza. Daí a eterna fúria.

Não sei se minha paixão pelo galo durou uma semana, dois meses ou um ano. Para as crianças o tempo não tem ponteiro, de modo que as lembranças se amontoam. Ficou aquela imagem funda: eu desse lado da cerca, em muda contemplação e encantamento. O fato é que este amor à primeira vista provocou comentários em casa. Não era saudável que uma criança se apaixonasse por um galo. A gravidade da minha dependência espiritual daquele titã de crista caída era de tal monta que a família tomou providências. Ora, se uma criança pode perder a fome, esquecer os amigos, as obrigações caseiras, desprezar pai, mãe e irmão, tudo para admirar um galo?!

Enquanto eu amava meu galo, eles tramavam. Era preciso me salvar das esporas traiçoeiras daquele galo, que sequer correspondia ao meu amor. Talvez transparecesse já no meu rosto a tristeza da ingratidão, talvez eu insistisse tanto em visitar o galo somente na esperança secreta de um dia amolecer aquela ruindade, rasgar aquela máscara, descobrir por baixo das penas um menino assustado, como eu. Era uma proposta de amizade que não tinha pressa.

Mas eles tramavam — e eu não notei, já que toda a minha sensibilidade, sexto sentido e antenas infantis estavam sintonizadas exclusivamente no galo, dia e noite. De qualquer modo — e disso me lembro bem — era uma conspiração magnífica, pois quando vi meu pai assomar na porta da cozinha e avançar pelo quintal até o galinheiro, diante do qual eu namorava o galo, percebi no mesmo instante que nos gestos e sorrisos e falas dele, no próprio passo cadenciado, havia todo um preparo prévio, um cuidadoso ritual. De fascinado pelo galo, passei a me encantar com o pai, antes mesmo que eu pudesse relacionar uma coisa (o galo) com outra (o pai). "O senhor vai entrar no galinheiro?" Ele riu e entrou. Eu meti os dedos nos arames da cerca e vi o que deve ter sido o maior espetáculo da minha vida, a luta magistral de dois heróis, o galo e meu pai, no meio de uma hecatombe de galinhas em pânico. Até aí eu estava totalmente absorvido pelo momento mesmo da luta, sem pensar — apenas vendo. O galo fez um estrago medonho no meu pai — e no miolo do meu espanto estava a admiração por aquela fúria esganiçada e grandiosa, na defesa de sua dignidade. No fim, quando meu pai finalmente conseguiu agarrar o galo pelo pescoço, mãos ensanguentadas e camisa em tiras (e o galo ainda esperneava furiosamente no limite da morte), olhei para o homem — e os olhos dele tinham exatamente o mesmo ódio do galo, mas muito menos grandeza. Um ódio tão estúpido quanto o do galo, mas sem as justificativas deste, e que, de algum modo, eu consegui perceber, mesmo criança.

Fiquei calado. Meu pai sacudiu o galo com raiva — "eta bichinho filho da puta" — e saiu do galinheiro. Fui atrás, já consciente de que por detrás do ritual havia uma conspiração punitiva, cuja vítima, mais do que o galo, era eu. Nunca me esqueço: "Eu vou te ensinar como se mata um galo aproveitando o sangue." Naturalmente que nem pensei em morcilha, mas em alguma coisa vertiginosa que meus cinco anos não podiam localizar.

Entramos no galpão, meu pai na frente, com o galo, que de tempos em tempos dava pinotes sufocados pelos dedos de ferro, e eu atrás, vendo o galo morrer. Não chorei nem nada. O pai arrancou penas do pescoço do galo, assim, em seco, colocou ele sobre um toco, e, com mãos de mestre — eu não tirava os olhos — meteu um punhal na veia, que esguichou sangue numa vasilha esmaltada.

O galo foi morrendo devagar.

À noite, minha mãe depositou na mesa a travessa de ensopado. Quando tirou a tampa eu reconheci, debaixo do vapor, amontoados em meio ao molho ferrugem, os destroços do meu galo. O pai falava qualquer coisa com meu irmão, e riam, e minha mãe também comentava qualquer coisa, sem rir. Eu me lembro que fizeram meu prato, arroz, feijão-preto, ovo frito por cima, batatinha, farofa, duas folhas de alface (que é bom pra pele, disse minha mãe) e um pedaço do galo, um pedaço razoável, de carne escura, que em condições comuns deveria estar no prato do meu pai.

Na lembrança seguinte vejo-me correndo para o banheiro, mas vomitei no corredor, e comecei a chorar — parece que eu queria fugir. Recordo claramente a voz da minha mãe: "Eu falei que esse menino não está bem! Eu falei!"

— Você não quer café?

A pergunta é um disfarce: eu que preciso de café, recuperar o prumo da cabeça. Reluto em aceitar esta euforia comedida que nasce da bebedeira, uma estranha liberdade, espécie de molecagem revisitada, trinta anos depois.

— Café?! — e ela desequilibra o tronco. — Mas, Manuel, esse licor está ótimo!

Já somos íntimos, felizmente — e por acaso, o que poupou os intoleráveis labirintos prévios da convivência. Ela estende a garrafa quase vazia para mim, em gestos quadriculados, voz de arrasto:

— Mais licor, Manuel?

Estou feliz.

— Só um pouquinho.

— O que eu sei é que o pai do Trapo comprou polícia, jornais, e até a mim ele comprou, se bem que não sei o quê. Mas pagou.

O fichário mental, bêbado como eu, tentou juntar pedaços para reconstituir a primeira (e agora distante) constatação da noite: *prostituta*. Estou alerta.

— Que espécie de compra?

— O delegado tinha dito qualquer coisa terrível pra ele, relacionada com droga. Quiseram emporcalhar o Trapo. É sempre assim.

Não digo nada: o medo de envolvimento resiste à bebedeira, à euforia, à fraternidade humana, à solidariedade. O fichário é um jogo mecânico funcionando por conta própria.

— Encontraram cocaína no quarto dele. Você acredita?

— Se você está dizendo.

Sinto medo.

— Pois eu não acredito. Boleteiro eu conheço de longe. Mas nunca na vida que o Trapo usou essas coisas. Era só um jeito fácil de tomar dinheiro do pai. A polícia é suja. Você não acha?

Abstenho-me de opinar. Alerta.

— Alguns gramas, segundo eles. O suficiente se estivesse vivo, é claro, para levar choques, apanhar no pau de arara, enfiar o Trapo no presídio do Ahu e transformar ele num traficante de primeira.

Para os meus quase sessenta anos, impossível conciliar poética com cocaína. Há uma falta generalizada de sonetos. Estou nauseado, desconfortável. Por que Izolda não vai embora, não leva Trapo, a cocaína, a papelada? Agressivo:

— O pai do Trapo comprou você.

— É claro. O pai do Trapo me comprou — Izolda ri amarelo. Tenta fazer uma brincadeira do que (suponho) não foi uma brincadeira. Estou arguto. — Mas é o que eu lhe disse, Manuel. As pessoas em perigo fazem o que sabem fazer. Nem é maldade, é só hábito.

Existe o hábito da compra e o hábito da venda. Aquieto-me. Estou vazio. Izolda, sinistra, põe a mão no meu joelho:

— O pai do Trapo chegou na cozinha, eu estava só, e perguntou quanto que o filho estava devendo na pensão. Eu disse que Trapo e ele me cortou: o quê? Eu disse Trapo, era assim que eu chamava ele, e o velho: o nome dele era Paulo não sei das quantas e não qualquer jacu perdido no mundo. O velho me agarrou o braço e me sacudiu. O velho estava chorando, mas muito empinado ainda, e que eu fizesse o favor de respeitar o Paulo, porque isso, porque aquilo, e não era agora depois de morto que... Ele não disse, mas pensou: que uma puta ia chamar ele de Trapo. Esses caras são assim, Manuel. Pensam, mas não falam. Nem com filho morto ele ia se rebaixar.

— Você não quer mesmo tomar um café?

A mão de Izolda agora me *aperta* o joelho, náufraga na última tábua.

— Porra. O que é que aquele figurão emproado sabia do filho dele? Bosta nenhuma, Manuel. Mas me comprou. Ah, me comprou. Daí eu disse, porque eu fiquei com medo dele, acho que ele queria botar a culpa em mim, alguém tem que ter culpa quando o filho morre, daí eu disse o senhor me desculpe, era só apelido dele. Quanto é que ele estava devendo? E sem eu falar nada já foi preenchendo o cheque. Preencheu dois, o primeiro ele errou, arrancou do talão, amassou e jogou no chão. Daí, antes de começar de novo, juntou o cheque errado do chão, rasgou em picadinho e ia botar no lixo até que resolveu enfiar no bolso. Vamos que eu colo os pedacinhos e desconto o remendo no banco?! Ah, ah. Eu disse assim, que não precisava fazer cheque nenhum porque o seu filho não estava devendo nada. Ele pagava o mês adiantado. E é verdade.

Izolda seca a garrafa de licor. Outro cigarro.

— O velho nem aí pro que eu dizia. Escreveu o segundo cheque, conferiu e botou em cima da geladeira. Se eu tivesse vergonha na cara eu pegava o cheque e mandava ele enfiar no rabo. Mas eu não tenho vergonha na cara, Manuel. Quer dizer, eu tenho, eu respondo por mim, mas pra quem vê parece que não tenho vergonha na cara. E lá no fundo, porra, minha vida é uma merda. Louco é quem rasga dinheiro. Um velho podre de rico. Aliás, se eu não aceitasse eu ia ofender o homem mais ainda. Ele ia ver que uma puta como eu, lá na cabeça dele, é claro, que uma desgraçada podia ter dignidade, honra, muito mais do que ele. Eu ia tirar dele a única coisa que tinha sobrado com a morte do filho, a chance de comprar os outros, o coringa na manga, a salvação dele. — No sorriso amargurado de Izolda, a previsão heroica do que ela não tinha feito, o seu grande gesto para sempre condenado à memória, o *se* inútil até o fim da vida: — Porra, Manuel. Se eu devolvo aquele cheque eu tinha fodido com a vida dele.

— Mas você aceitou — resumi, cruel, numa vingança contra aquela enfiada agressiva de palavrões.

Estoicismo bêbado:

— Aceitei. Aceitei. Eu não poderia ofender mais o homem.

Por alguma razão desejo amargurá-la, sou um velho rancoroso:

— Por isso não, Izolda. Você podia ter recebido o cheque, para não ofender, conforme diz, e depois bastava não ir ao banco, bastava queimar o papel. Seria elegante e... virtuoso... — completei, língua enrolada, enquanto um riso nervoso se deflagrava em mim. Estou perdido. Izolda pesa severamente minhas palavras.

— Que grande ideia, professor. Pois nem me passou pela cabeça. Sou grossa. Comigo tem que ser na hora. E não foi. O pior é que o cheque estava em meu nome, Izolda Petroski, escrito com todas as letrinhas. De modo que para receber eu tive que assinar atrás.

Insisto, frisando o exato lugar de Izolda no mundo:

— Em resumo: ele comprou você.

— Exatamente, Manuel. Sem tirar nem pôr.

— E você amava o Trapo.

— Como se fosse meu filho.

De que porão vem este clima de hostilidade mal disfarçada? A bebida, esta névoa, escancara o abismo obrigatório que deve haver entre mim e Izolda em razão de alguma ordem metafísica, de um concerto universal que estabelece a lógica do mundo. Rancor: ela é vulgar, estúpida, ignorante. Izolda pende a cabeça, fecha e abre os olhos com força, testando os efeitos do álcool. E contra-ataca:

— Só tem uma coisa, *doutor*, que eu quero que você explique.

Irrito-me.

— Não sou doutor.

— Aquele calhorda do pai do Trapo comprou o quê?

Quero deixar bem claro, para que ela saiba:

— Ele comprou e você vendeu alguma coisa que está pesando na sua cabeça.

Ela não se entrega, ela não reconhece, ela não vai embora. Insisto nessa batalha miúda em que sutilezas filosóficas se misturam a arrotos disfarçados de um bêbado polido. Vencer a discussão idiota passou a ser a única coisa importante da vida, uma estranha teimosia na carcaça de um velho careca. Sinto-me odiento, um vulcão lacrado a vida inteira, milhares de morcegos, ratos, aranhas, multiplicando-se sem sol. Vontade de gritar: você não passa de uma vagabunda, uma mulher vulgar, dona de pensão, ignorante, tosca, corrupta. O que você quer é arrancar da própria miséria algumas migalhas de grandeza. Veio aqui pestear minha noite e minha casa, encher de sujeira, fumaça, fedentina, palavrões.

— Sim, Manuel. Comprou alguma coisa. Você está certo. Professor entende tudo. Ele botou o cheque na geladeira.

— Onde deve haver um pinguim de porcelana todo ensebado em cima de uma toalha de plástico.

Sinto náusea. Suor frio.

— O pinguim já quebrou, Manuel. Ele botou o cheque debaixo do vasinho e sem me olhar disse: se perguntarem alguma coisa, você não sabe de nada. E disse de novo, segurando meu braço: você não sabe de nada da vida dele. E insistiu, me sacudindo: nome, profissão, pai, mãe. E repetiu: nada.

— E você respondeu: pois não, doutor. Pois não.

Ela me olhou de alguma quarta dimensão da vida, cabeça pendente. Estará percebendo minha ironia? — e sinto medo.

— Nada disso. Eu falei: mas eu não sei de nada. E não chamei ele de doutor. E ele disse: ótimo. Nunca mais conversei com esse homem.

— Fez bem — digo eu, vagamente imbecil. Sinto-me terrivelmente mal, mais do que pela bebida, por essa agressividade oculta que emerge da minha velhice. Pobre Izolda, pobre professor Manuel. Estou infeliz. Quedamo-nos num silêncio inquietante, sobrevoado de fantasmas. Quando volto a mim, percebo que minha visitante chora, cabeça escondida nos braços — e não tenho nenhum simulacro de carinho, nenhum gesto amável, uns dedos que fossem nos seus cabelos, um breve disfarce qualquer para aliviar aquele sofrimento. Seco, velho, gasto, inútil. Tudo que me ocorreu foi resguardar minha privacidade, esta neurose assustada da solidão involuntária que chamamos privacidade, nada mais que medo dos outros. Pânico: falei demais? disse coisas que não devia? estou envolvido?

Izolda interrompe o choro, enxuga as lágrimas. Os borrões da pintura no rosto dão-lhe um ar sinistro e patético, sombras de luz amarela: um teatro nos becos. Os dedos cavoucam a carteira atrás de um cigarro.

— Eu não sei de nada, Manuel. — E recomeça: — Levaram tudo do quarto.

— Que quarto?

— Ora, do Trapo. Mais cochichos entre o pai e o delegado e começou a operação relâmpago de limpeza. Esvaziaram gavetas, prateleiras, guarda-roupa. Inclusive tiveram o cuidado de raspar o sangue no chão. E sumiram. — Izolda levantou-se, trôpega. — Onde é o toalete, Manuel?

— O banheiro? logo ali.

Levanto-me em seguida, um misto de irritação e desânimo. Chego à cozinha e dou um gole de café, inapelavelmente frio. Decido não mais me sentar — quem sabe assim Izolda entenda. Gosto horrível de café frio, vou da cozinha à sala, e volto, e vou, sem lugar no mundo. Decido vasculhar a papelada de Trapo. Com raiva, rompo o barbante de um dos pacotes. Uma capa de cartolina envolve as folhas avulsas. Ponho os óculos:

DESTROÇOS DE TRAPO

FEV. 79

Semana que vem ressurgirei dos mortos

Viva Rosana!

VOLUME UM

Artigo primeiro: Ficam abolidos os gêneros literários.

Não sou vaca de corte.

A própria imagem do poeta descabelado contemporâneo. Um autêntico bobo alegre. Tonto, ajoelho-me no assoalho. Abro ao acaso:

Tenho medo
(não sei por quê)
de acordar cedo.

— Um gênio, Manuel. Um gênio. Tão novo e tudo isso já escrito. Eu sou ignorante, mas você vai saber apreciar a obra do Trapo.

Izolda me pega em flagrante, e eu me ruborizo, menino pilhado em safadeza. O que essa estúpida entende de literatura? Superior:

— Estava só dando uma olhada ligeira.

— À vontade, Manuel. Isso é seu.

Meu? Ela já estava de novo refestelada no sofá. Supõe que eu esteja interessado pelos textos, sente-se vitoriosa. Preciso esclarecer as coisas, mas reluto. Outra folheada ao acaso:

> Maria:
> fiquei de te pegar ontem à tarde, mas não deu.
> Muito serviço. Marcamos pra segunda, às seis.
> Tudo bem? Estou na Bodega. Quero te mostrar meu último poema. Pra você. Tenho algumas ideias, queria conversar.
> Minha cabeça é uma panela de pressão. E meu corpo uma panela de tesão. Um beijo na boca, nos peitos, chupões mil, uma trepadinha gostosa do
>
> *Trapo*

Ó vulgaridade gratuita das licenças poéticas! Fico ruborizado, meus critérios de moral interferem no julgamento literário. Apesar de bêbado, entretanto, compreendo que se trata de um bilhete, não de um poema. Viro as páginas. Trapo confunde as coisas: suas obras completas incluem, em pé de igualdade, cartas, avisos, notas, poemas, contos, o diabo — quase tudo cuidadosamente em segunda via, manchas de carbono denunciando o apego à posteridade. Um romântico cuidadoso no que diz respeito à preservação de sua anarquia. De anarquia mesmo, apenas a ausência de datas — tudo o mais extremamente organizado.

Ridículo: um respeitável professor aposentado, bêbado, em companhia de uma mulher duvidosa, alta madrugada, de cócoras diante de dois pacotes de papel recheados de pornografia de um poeta menor. Não mereço. Mas (a bebedeira ainda não anulou esses pequenos raciocínios), se me levanto com rapidez, caio desmaiado. Pressão baixa. Tiro os óculos, ponho os óculos. Não olho para Izolda:

— Você não me disse ainda como me descobriu.

Ela não responde. Um soneto muito mal escrito me chama a atenção:

Poético Ataúde

Há que ter uma úlcera no peito
um ódio inteiro, fundo, tão medonho
há que arrancar das tripas qualquer sonho
e ao final da morte dizer "bem feito".

Há que jogar ao lixo o verso estreito
e nem se perguntar aonde é que eu ponho
a lágrima secreta, o rim tristonho
a lua, os campos, os ais, o cinza, o leito.

Arrebentando rimas e artrites
a poesia, enfim, rompe o ataúde
e urra então o bardo, estamos quites

teu palavrório nunca mais me ilude
jamais, jamais, minha voz terá limites
jamais o fogo perderá saúde!

MORAL: Sonetos? Raticida neles!

Nos maus poetas, que é melhor. É espantosa a arrogância do garoto, de se meter a revolucionar a poesia com tanto mau gosto, métrica coxa, vocabulário limitado e humor escatológico. Uma tragédia. Não se trata simplesmente de falta de respeito com a história da literatura, mas desconhecimento puro e simples. Esses estúpidos poetas modernosos de quinze anos de idade, sujos, cabeludos, pensam que com uma régua quebrada, raiva de adolescente, meia dúzia de metáforas, erros de ortografia, regência verbal e concordância de feira são capazes de voar aos píncaros da glória. Outra frase ao acaso, no meio do que parece ser uma carta:

A poesia é uma merda.

A dele, naturalmente. Dois pronomes oblíquos na mão desses poetas e eles morrem atropelados pela língua. Talvez esse o erro do movimento de 22: faltou conscientizar o público (e deixar isso bem claro às gerações seguintes) que a poesia moderna não é uma zona franca da arte, mas representa, isto sim, uma dupla responsabilidade. Porque se poesia for este amontoado arrogante de disparates (e os concretistas, então? Meu Deus!) eu, com a minha formação, seria o maior poeta do mundo.

Indignado, desisto de folhear a papelada — a raiva contra Izolda se deslocou para o poeta suicida (chego a sorrir, imaginando que a arte brasileira foi premiada por esta morte precoce, limpeza do mal pela raiz). Ainda de cócoras (doem-me as juntas), o computador mental desfecha veredictos furibundos contra este Trapo de poeta, esta rameira disfarçada, esta noite envenenada, café frio ainda na boca — um desrespeito aos meus cinquenta e tantos anos de vida.

Decididamente, já vi o bastante. Despacho Izolda, que volte à pensão com seu gênio morto. Levanto-me vagaroso, fico tonto conforme o previsto, apoio-me na poltrona.

— Izolda!

É o fim: ela dorme. Uma perna estendida no sofá, a outra pendente, braços caídos, boca entreaberta.

— Izolda.

Eis uma situação para a qual o filtro mental não encontrava resposta. É a desgraça.

— Izolda...

Minha voz cada vez mais baixa, como se eu não quisesse acordá-la. As consequências desse sono imprevisto se transformam em calamidade: se ela não acordar? Amanhã — ou daqui a pouco — chega a diarista, e empalideço imaginando sua reação ao encontrar a sala muito parecida com um quarto de bordel. O professor Manuel — quem diria! — trazendo mulheres para dentro de sua própria casa! Da parede, a fotografia amarelada de dona Matilde contempla a cena com uma severidade digna. Naturalmente que ela sabe da minha inocência. Mas e os outros?

Aproximo-me do sono de Izolda, sono impudico, despachado, bêbado, coerente com a personagem, coxas afastadas com intenção de lascívia, a sem-cerimônia das mulheres de pensão. Ela ressona, rosto vermelho, inchado da bebida. Mas serena, a serenidade dos mortos que deixam as questões burocráticas, as miudezas da vida, para os vivos resolverem. Suspiro. Sou um homem despreparado.

— Izolda.

Com voz tão tímida não acordará nunca. Chego a estender o braço para despertá-la, mas a grosseria do gesto me faz parar. Não é improvável que, saindo do torpor do sono, veja no meu sacudir de braço intenções escusas, provavelmente acostumada a tais abordagens. E, estremunhada, é também provável que me lance desaforos, língua solta de pensão. Nenhum traço de refinamento nesta figura bêbada. Fica-me o eco da noite, palavrório, confissões, choro e tragédia. Desisto. Que durma. Recolho a garrafa, copos, cinzeiro, xícaras de café, pires, colherzinhas, numa longínqua esperança de que o tilintar da louça — faço barulho de propósito — acabe por acordá-la, sem a minha proximidade suspeita. Na cozinha, jogo tudo na pia, remexo pratos, abro e fecho a torneira, empurro a mesa no ladrilho. Inútil: ouço o ressonar invencível de Izolda. Numa insistência idiota, resolvo varrer a casa, afasto móveis, empurro a cristaleira que sacode seus mil vidrinhos. (Mas meus gestos são delicados: algum porão da minha cabeça resiste à ideia de acordá-la.)

Minha única arma agora é retardar a noite, adiar o *meu* sono, que já pesa demais. Mecanicamente, recolho um dos pacotes do Trapo e carrego-o escada acima, para o meu quarto, esquecido de que momentos antes resolvera abdicar para sempre destes restos mortais. Automático, levo o outro pacote, como quem ganha tempo, ou talvez para dar uma aparência de ordem àquela sala pesteada de cigarro. De novo embaixo, constato desolado o sono tranquilo de Izolda. Vou ao banheiro, alivio os rins, lavo o rosto várias vezes, numa tentativa derrotada de tirar da face essa ressaca temporã.

— Izolda.

Ela dorme. Volto ao meu quarto, visto meu pijama, ponho os chinelos, desço para escovar os dentes. A lentidão é premeditada, uma questão de dar tempo ao Destino — mas o sono de Izolda já me parece fato consumado. Tenho sede, entretanto: na cozinha, aproveito pâra um último bater de copos, quase chego a quebrá-los, numa exasperação contra aquela presença indiscreta, definitiva. Subindo a escada novamente, lembro-me que as noites de Curitiba são frias — e qualquer coisa piegas dentro de mim solicita um cobertor para Izolda. Mas não me iludo: o filtro mental, náufrago da ressaca, cansaço, sono e irritação, vê no cobertor a derradeira oportunidade de acordá-la, sem a grosseria de tocar Izolda com as próprias mãos. Cubro-a como um pai o faria. Ela se torce, espreguiça, remexe-se e encolhe-se sob a manta — mas não acorda. O sono encontra seu último sossego, e eu me rendo.

Já na cama, tento esquecer a perspectiva do outro dia revirando páginas do Trapo, lutando contra o sono. Meu ódio já não tem energia. Talvez Trapo não seja tão mau poeta. Talvez eu não esteja com a isenção e a distância suficientes para uma análise lúcida. Entre a vida e o sonho, talvez ele seja o ponto de partida de um ensaio que venho adiando há décadas, vítima que sou do temor delicado de enfrentar minha própria mediocridade — um medo que Trapo decididamente não sentiu.

Rosa, rosae, rosarum, rosana, rasura:

Se eu soubesse latim, que grande escritor seria!

Uma boa notícia, musa inspiradora dos meus delírios!

Saiu um concurso de contos eróticos da revista *Pêlus & Talhus*, que pagará caralhões de dinheiro ao autor do texto mais excitante, sacana, brilhante, sub-reptício, profundo, superficial, intrigante e habilidoso entre os milhares de contos que ejacularão na revista.

Escritores do Brasil: uni-vos contra mim, porque ganharei o prêmio. Será covardia, mas tenho de fazê-lo. Não suporto mais o anonimato. O tempo de Kafka já passou, minha deliciosa ignorante. Consulte a enciclopédia, na letra K, e confira. A ideia que tenho em gestação há uns quinze minutos é, no mínimo, esplêndida: sexo, crítica social, lirismo e ironia que, bem dosados, comporão a essência desta breve obra-prima que você lerá em seguida. Quanto à técnica (porque só a boa ideia não basta; é preciso uma caneta com toques de bisturi — ou, no meu caso, teclas com a secura, eficiência e tirocínio do raio lêiser): o diálogo, a única expressão literária experimentada a cada segundo por bilhões de pessoas no mundo inteiro. Abdico formalmente, pois, aos torneios proustianos, ótimos para a arquitetura da genialidade, mas pífios para a leitura vazia dos leitores de revistas do Sistema.

Ainda não sei, na excitação deste momento grandioso que antecede a última pincelada de, digamos, Leonardo da Vinci, se escrevo o conto já com os comentários críticos, de modo a facilitar o trabalho da comissão julgadora, ou se, para ganhar impacto, deixo-o falar por conta própria na força mohamedaliana de suas frases. Quanto à falta (aparente) de modéstia, tomei-a emprestado de Nietzsche, cuja introdução à *Origem da tragédia* acabei de ler. Também não ouviu falar de Nietzsche? Minha Roseta, assim é demais!

Mas vamos à obra!

Antes, porém, vou tomar um copo de leite na cozinha de dona Izolda, pra rebater a meia carteira de cigarros que já consumi nestes prolegômenos.

Rosaninha: tomei dois copos de leite.

Não sei por quê, me deu uma puta depressão.

Passeava de mãos dadas com Matilde sobre as nuvens, numa espécie avulsa de parque onde todas as árvores eram brancas, em meio a uma imobilidade perturbadora.

— Então o Céu é assim? — perguntei, intrigado.

Matilde fez que sim — tinha vinte anos de idade, sorria, e não parecia notar minha velhice. As mãos dela nas minhas eram as de uma criança protegida pelo avô, e, no entanto, era minha mulher. De algum lugar ela me estendeu um copo de bebida.

— Você não quer um gole, Manuel?

— Não é proibido beber no Céu?

— Acho que não — e deu um sorrisinho traquinas.

A bebida não me agradou, tinha gosto de café frio. Ela desandou a correr, me puxando, até gritar:

— Olha, uma criança morta!

Era, de fato, uma criança morta, o corpo ensanguentado, manchando um tapete de nuvens.

— Interessante, não? — foi o que ela me disse.

O que me espantava é que eu não sentia qualquer pavor, apenas uma ansiedade vaga. Ela queria ficar vendo, mas eu me afastei, sem olhar para trás:

— Não fique aí, Matilde. Não fique aí.

Ela permanecia sorrindo ao lado da criança morta. Uma angústia mortal me sacudiu:

— Não fique aí! Não fique aí! Vão dizer que nós o matamos! Matilde! Saia daí!

Acordei com um bater de vassoura na cristaleira da sala — e pela primeira vez em muitos anos senti o gosto da ressaca, um mal-estar generalizado pelo corpo e pela alma. Com dificuldade, desci do Céu à Terra e tentei me situar diante das miudezas do cotidiano. Pânico:

— É a diarista.

Teria encontrado Izolda dormindo no sofá? Ou — alívio ligeiro — Izolda teria ido embora de madrugada? De qualquer modo, a diarista percebera sinais de uma noite prolongada, com cigarros, bebidas, talvez ouvisse até o eco de risadas, a sombra de libidinagens a escandalizar uma crente cujo radinho de pilha bradava de hora em hora pastores furiosos anunciando o fim do mundo e a cobrança implacável de todos os pecados. Ridículo. Um velho respeitável como eu temendo a vigilância da empregada. Ridículo. Entretanto, não desci. Da cama vejo a papelada de Trapo, o poeta morto, e nele me refugio. Aliás, de poeta há muito pouco neste escrevinhador de cartas. Surpreende-me a falta de respeito com que trata a namorada, mero instrumento da projeção do seu ego. Abusa dela, humilha-a, ignora-a, em meio a supostos lampejos de gênio e pornografias várias. É ofensivo.

Apesar de tudo, confesso que o poeta me atrai — no mínimo, por romper a monotonia da minha vida. Como um aluno intratável, mas que dá colorido à aula e nos exige preparo. Não muito, na verdade — a verborreia furiosa do garoto denuncia suas fraquezas intelectuais. Até agora me parece um leitor de orelhas de livro, uma classe de gente que a universidade procriou aos milhares. Reconheço apenas a precocidade: para vinte anos — ou dezoito, dezenove, quando redigiu as "obras completas" — está razoável. Adulto, *seria* importante, talvez, na loteria literária nacional.

Meus circunlóquios se justificam: tenho medo de enfrentar a diarista, cujo bater de louças na pia denuncia o furor sagrado contra a orgia noturna. Enquanto isso, penso em Trapo. Que fazer com Trapo? Aliás, nem sei o que ele veio fazer aqui, Izolda dormiu sem me explicar.

A verdade é que Trapo me estimula a escrever, não a ler. Uma espécie de inveja desse galinho suicida. Passei a vida, falsamente modesto, a esperar o momento de escrever meu epitáfio. Mas a grandeza do projeto me impede de começá-lo. Ridículo, um velho como eu metido a letrado acabaria entrando em alguma academia de província, um fim melancólico para um viúvo severo como o professor Manuel. Melhor não escrever nada, ir para o Céu, reencontrar Matilde no silêncio purificador do Paraíso. É razoável acreditar em Deus, pelo menos por amor à estética, à ordem do mundo e da vida. Um sentimento sincero, o que me surpreende. Suponho que a religiosidade e a fé sejam elementos constitutivos mais da arte que da religião.

Uma carta de Trapo a um tal de Fontoura (minha cama se tornou um caos de folhas avulsas) me salva da metafísica. É um extenso relatório sobre Curitiba, "esta cidade inviável". Furibundo, Trapo investe contra os artistas que "mamam na teta, esperando de quatro as notas de mil que a vaca da Fundação e da Secretaria jogam pelas janelas oitocentistas"; reclama do *boom* da literatura nacional, do Dalton Trevisan, do capitalismo, da mãe e do pai, do "trabalho sórdido da publicidade" — tudo em meio a erros de concordância e exatos 39 palavrões, sem contar as expressões polidamente chulas. E arremata informando que o exemplar do *ABC da literatura*, de Pound, "foi roubado daquela merda de biblioteca", isto porque ele "está lendo Nietzsche, que é 'do caralho'".

Deve haver uma lógica nisso tudo. O poeta municipal discute com o poeta estadual etc. Mas por que tanta bílis? Não consigo me livrar da ideia de que a uma boca tão suja corresponda pessoa igualmente suja. Um preconceito poderoso demais, já faz parte da vida — o anormal seria pensar o contrário. Que fazer com este serzinho aflito, poeta sem poesia, gênio sem genialidade? Haveria um traço de suicídio por toda essa agonia de adolescente? Talvez aí o filão: não a obra, mas o artista, ou o projeto de. Ou, simplesmente, ler meia dúzia de páginas e devolver o calhamaço a Izolda, com algumas palavras gentis. Esta papelada começa a pesar na minha vida. Mania de transformar tudo em obrigação, vício de burocrata. Entretanto, não esqueço: um menino de vinte anos de idade meteu uma bala na cabeça. Minha mãe ficaria horrorizada se soubesse, mesmo que nunca tivesse ouvido falar dele nem conhecesse nenhuma tia-avó que lhe relatasse a tragédia. Talvez com o tempo eu consiga vencer a ojeriza aos palavrões e o mal-estar diante da anarquia gratuita e possa descobrir o menino acuado que se autodenominava Trapo. De imediato, pressinto um descompasso terrível, esquizofrênico até, entre a enormidade da ambição e do projeto e a fragilidade recalcada, mesquinha, do potencial artístico. Noutras palavras: uma consciência da contradição tão intensa que a morte é o único equilíbrio possível. Duas contradições básicas: primeiro, o projeto e a realidade; segundo, a filosofia anárquica de vida e a subserviência ao tal "sistema", representado pela redação de publicidade.

O que estranho — e tanta coisa já extraí dessas páginas e do eco de Izolda! — é que o choque tenha sido de tal modo abrupto, a agudez da consciência tão vulcânica, que o adolescente não teve tempo para criar suas próprias defesas e amortecer o choque da realidade, como acontece com todo mundo. Para fazer um jogo de palavras, parece-me que morreu adolescente por já ser adulto. O sonho de dezessete anos e a consciência dos trinta e cinco acabaram por esmagá-lo. Seria mesmo isso? O suicídio incomoda: como se a sua inexplicável brutalidade (principalmente em um jovem) se espalhasse, líquida, e nos sujasse a todos, num atestado irrecorrível do fracasso comum.

Divago por conta própria. Trapo me atrai. Nunca vi jamais ninguém tão oposto ao que fui e ao que sou. Agora, por exemplo, sinto medo da diarista, cujo furor na faxina revela seu desagrado pelo meu comportamento suspeito — o que faria Trapo se divertir. (Mas foi ele que se matou.)

Recolho alguns originais do gênio para um estudo durante o café (uma boa defesa aos olhares de acusação da empregada) e resolvo descer.

Comprei uma arma — uma belíssima Magnum com silenciador (a mesma do "Cobrador" do Rubem Fonseca, sou exigente), munição, um pacote de maconha e alguns gramas de cocaína. Acho que não preciso de mais nada para enfrentar a vida. Aos intervalos de tédio, reservei duas garrafas de Velho Barreiro e uma dúzia de limões. Não é uma infraestrutura magnífica? O vendedor e sócio — fiquei devendo os cabelos na jogada, mas confio no meu taco de redator — é uma figura mal-acabada, torpe, corrupta, suja: Moca, com ó aberto. Não me olha nos olhos. Veio aqui na pensão me trazer a encomenda, feita através de um sistema complexo de contatos. Essa Magnum, que magnuseio com prazer, já deve ter matado uma dúzia de infelizes, num rodopiar assustador, como nos filmes. Enfim, é a vida. Reclamei ao Moca:

— Só isso de maconha? Porra.

Ele olhava para os lados, contemplava os pôsteres do quarto.

— Não sei de nada.

— Caralho. O meu dinheiro não é capim.

Forço na linguagem, pra ele perceber que sou do ramo. Mãos ocultas nos bolsos daquele casaco que ele deve ter recolhido do lixo, Moca quase sorri. Perturba-me o fato de ele saber que eu não passo de um bói de merda.

— Vai pagar em cheque?

— Que é que tem? Não vou sair por aí recheado de dinheiro feito um otário.

Sou ridículo na pose de marginal, mas tudo tem um começo. Preencho um cheque como quem assina a ficha de inscrição na Máfia e começo a tremer de medo, uma tremedeira que se estenderá pela tarde. Só a cocaína, noite adentro, aspirada num ritual de leigo, de quem ainda não decorou as rezas e as aleluias da cerimônia, foi capaz de eliminar pelo nariz a sensação de angústia, desespero e solidão.

Absolutamente limpo — um anjo das trevas — acariciei a Magnum carregada. Cheguei a aventar a hipótese do suicídio — não por ele em si, mas pelas manchetes do outro dia. Haveria um necrológio à altura do meu talento? Reconheceriam os contemporâneos a grandeza oculta deste ser mirrado, irascível, neurótico, com traços (talvez certeza) de genialidade? Não, é cedo ainda. Se eu me mato, eles jamais saberão o que perderam. Melhor matar os outros; meu pai, por exemplo. Entro de inopino no escritório central da firma. Meus olhos rutilam de ódio. O bolso do casaco esconde a arma suada.

— Paulo?!

— Trapo, velho. Trapo. Meu nome é Trapo.

— O que você quer agora?

O velho fica impaciente na poltrona, aperta o interfone, diz qualquer coisa pra secretária sobre um contrato e sobre computadores. Sou crudelíssimo:

— Vim matar você.

— Você está me matando todo dia, filho. Sente aí.

Desta vez não vou me enredar neste papo gosmento. Dizer que uma sumidade como eu saiu daquele corpo corrompido pelo dinheiro. Pobre mamãe, arrastou-se pela vida sem possibilidade de fazer uso do seu quociente de inteligência, atrofiado por uma burrice caseira e sufocante. De novo o interfone:

— Fulana, traz dois cafés.

Fulana é um tesão, me sorri com todos os dentes enquanto recolho a xícara de café, nesta trégua inútil. Sou filho do dono, sou importante pra caralho, apesar de Trapo. Valerá a pena comer Fulana? Tenho a súbita impressão de que Fulana é cheia de palha, de que se eu apertar aqueles peitinhos ouvirei o ruído de palha seca, como de um colchão vagabundo. Não, não comerei Fulana.

Papai passa a mão no rosto — estará comovido com a visita?

— Então, filho? como vai a vida?

— Maravilhosa, velho. Nunca me senti tão autêntico.

Refreio a vontade de argumentar. Seria dar muita colher de chá a este velho que merece apenas os projéteis da Magnum. O velho dá a marca de sua inconfundível personalidade:

— E dinheiro? Está precisando de alguma coisa? A tua mãe está sem dormir desde que você saiu de casa. O Beto anda preocupado.

— Meu irmão é um babaca. E não está preocupado com porra nenhuma que não seja ele mesmo.

— Como você, filho. Como você.

É um velho maldito. Mato-o agora ou espero mais um pouco? Em verdade, não é fácil matar o pai, eles são cheios de truques. Quantos anos de cadeia? Vinte? Quarenta? Prisão perpétua? Seria o único modo de eu ler todos os livros que preciso ler para o amadurecimento final do meu talento. Começaria pela *Ilíada*, de Homero. Seria o professor da cadeia. "Prisioneiro Trapo! Está na hora da aula! Os presos estão aguardando no refeitório!" Os presos me olham com admiração, no refeitório adaptado em sala de aula. Bom dia. Hoje vamos falar da função da literatura. A literatura é uma arma, e, do mesmo modo que o revólver, mata, assalta, corrompe e faz justiça com as próprias mãos.

Antes, porém, é preciso matar meu pai, este homem admirável que só quer o meu bem.

— Vamos abrir uma filial em São Paulo. Se você quiser...

— Quer me ver longe, velho? Este Trapo fedido depõe contra a firma, ameaça o seu bom nome, não é isso?

— Não seja criança, filho. Eu já disse: faça o que você quiser. Já passei do tempo de tentar te fazer à minha imagem e semelhança.

Não, isso seria muito inteligente para o meu pai dizer. Meu pai é grosso. Vejamos assim:

— Olhe aqui, guri! Eu já estou de saco cheio das tuas criancices! Quando você vem aqui se fingir de poeta maldito eu tenho vontade é de te meter a mão na cara!

— Experimente!

Levanto-me, furioso, ele se ergue também furioso:

— Não grite comigo! Sou teu pai!

— Um pai não é só isso, imbecil! Um pai não é só trepar e fazer um filho!

(Ruim, muito ruim: parece coisa de família cristã, argumento piegas. Agora é tarde: já falei e ele se aproxima, violentíssimo.)

— Cale a boca!

— O senhor não pode me calar! O senhor (senhor? neca pau). *Você* não pode me anular, por mais que tente! E não se atreva a botar a mão suja em mim!

Descambei para os chavões dos filmes americanos, mas a rapidez não me dá tempo de pensar em nada melhor. O velho, enorme, dois metros de altura, desce a mão na minha cara com toda a força. Caio. Não satisfeito, desfecha-me uma saraivada de pontapés, completamente fora de si:

— Vagabundo! Vou te ensinar agora o que não fiz quando você era criança, seu imbecil!

Tiro a mão do bolso com a Magnum e descarrego-a silenciosamente no seu peito. Segue-se o tombo neutro de meu pai sobre uma poça de sangue que o carpete não consegue sugar a tempo. Um segundo de silêncio, o vazio universal. Matei meu pai. Que emoção será essa? Que sentimento é adequado a este instante limite da minha vida? Estupor? Alívio? Desespero? Incomensurável solidão?

Interrompo aqui a morte de meu pai, devido a falhas técnicas do meu mecanismo mental. Amanhã o matarei de novo, e assim todos os dias, até conseguir a versão definitiva, passada a limpo, no capricho.

Por ora, contemplo a Magnum. Ranger de porta na pensão de dona Izolda, um espirro e de novo silêncio. Uma hora da madrugada. Faz frio neste agosto de 1978. Resolvo sair, finalmente.

Ah diabólica noite de Curitiba! Pesada cerração e um frio de ossos, de cemitério, de cidade morta, de sombrio esquecimento. Ah amontoado de ódios, de bílis, de rancores e frustrações neste alinhamento de prédios, casas, quintais, guardas, árvores secas, caminhos de expressos, lúgubres postes de luz mortiça, prostitutas roxas de minissaias, travestis de narizes grandes e joelhos ossudos, motoristas de táxis sonolentos em seus casulos alaranjados.

Aqui está a praça do homem nu, este mastodonte morto com a cabeça envolta em névoa, ao lado o Grupo Tiradentes, o seu pátio de cimento cheio de crianças azuis e professores imbecis, ali o Passeio Público e sua última floresta, os últimos animais, o rio verde, carpas e pedalins, toda a natureza e a alegria de viver preservadas em matéria plástica para o lazer triste e angustiado dos nativos, e aqui sobe a João Gualberto, com suas quatro pistas, semáforos, fileiras amarelas de luzes a mercúrio, um espetáculo marciano de rara beleza. Passo o Colégio Estadual, o prédio-esfinge, em cujos corredores, porões, pátios, andares e salas agonizei meu ginásio até a expulsão, depois de meter a mão na cara do professor de Moral e Cívica, numa aula prática. Havia o Hélio, é verdade, que me fez ler o *Quarup* e me passou com dez, havia o Lucas, filósofo, cabelo cobrindo os olhos, aliás, enormes atrás dos óculos de lentes grossas, e uma eterna expressão de espanto no rosto. E havia o crudelíssimo Diretor, caçador de gravatas e meias fora do uniforme, e o Pinguim, inspetor e perseguidor de fujões e mais uma imensa fauna de infelizes perambulando pelos corredores no ritual extravagante de ensinar alguma coisa a alguém, como se houvessem dado corda no prédio de fantasia há duzentos anos e o brinquedo continuasse a funcionar até hoje, nos últimos estertores de suas molas.

Deixo para trás este nosocômio do poder e do saber, e avanço avenida acima, com criminosa determinação. Nada me deterá, o revólver é um Deus portátil a eliminar pela raiz todas as misérias. Entro por uma ruela próxima ao cemitério protestante e, à vista da casa da mulher amada, minha ninfeta, meu coração dispara.

Oh lucidez magnífica nesta noite de chumbo!

Um volks cheio de pirados quase capota na esquina, e entre o canto dos pneus e o ronco do motor ouço risadas altas, a alegria de simulacro das noites muito tristes, a corrida sem chegada de todos os loucos do mundo — oh irmãos da burguesia, carinhosos filhos da droga e da burrice, herdeiros às avessas desta obra monumental! Fazei vosso trabalho, estou convosco! Desmontai a pirâmide com vossos cascos inconscientes, sede a contrapartida destes rumos programados, filhotes de papai, galinhas de mamãe, destroçai sem saber o Grande Oco e defrontai-vos, de cabeça, testas ensanguentadas, com a falta de saídas!

Quanto a mim, trabalho na mais negra e reconfortante solidão. Minhas inimigas são estas três cadelas que pulam e pululam atrás do portão de ferro, e urram e latem e gemem e metem focinhos e dentes e patas na esperança cega de ainda me estraçalharem, incansáveis e idiotas, as fiéis guardiãs do meu amor na porta do inferno. Feras terríveis, vou ensinar-lhes de uma vez por todas que a causa certa é a minha, não a deles, animais estúpidos, soldados do exército errado.

É preciso gozar o assassinato. Seguro a arma com as duas mãos e afasto as pernas para o apoio, sou um herói da tevê. Primeiro tiro, sinto uma pancada nos braços, a primeira cadela cai num estertor; segundo tiro, outra pancada seca, um ganido terrível — outro tiro, agora sim, a queda. A terceira cadela arremete contra as grades, heroica e pré-histórica. Mais um tiro e mais um e o último.

Pobres infelizes, não têm culpa. Uma delas ainda geme na escuridão e no silêncio. Fico atento. A casa às escuras. Ninguém. Silêncio absoluto agora. Lúcido, estou lúcido, seco, claro, objetivo, principalmente frio. Que grande alívio.

Os criminosos são frios e calculistas — a vontade de rir não perturba os planos nem confunde os detalhes. Oculto na sombra desta árvore, recarrego lentamente a Magnum fumegante. Inútil ter pressa, pois tudo já está escrito. No outro lado da cidade, protegido no calor das cobertas, meu pai nem sonha o grande guerreiro que seu filho é, a frieza e o cálculo de cada gesto e o cavalheirismo deste puro amor.

Nenhuma luz acesa na casa da mulher amada. Dormem, protegidos pelas cadelas mortas. Galgo os portões da mulher amada, espeto-me nas lanças de aço da fortaleza medieval e pulo neste átrio bem cuidado, já transposto o fosso da defesa. Adiante estão os coches reais, em número de dois, protegidos por um meio telhado onde despontam barbacãs. Haverá sentinelas ou todos dormem? Todos dormem em Curitiba, não houvesse paredes Deus não suportaria tamanha soma de roncos, gemidos, suspiros, painel fantasmagórico de sonhos pela metade.

Mas eu, eu não me incluo nesse purgatório — estou prestes a ver minha donzela, Aquela-Que-Me-Ama-E-É-Amada. Dois passos, e um rasgo de lua atravessa a copa das árvores simétricas do jardim e me ilumina. Sou iluminado. Nenhuma sentinela à vista. Dormem os cocheiros, os cavalos, os mordomos, a criadagem, os vassalos, a viscondessa, o Rei e a Rainha. Dormirá a Princesa?

Tiro do bolso o pergaminho com o mapa do Castelo. Contornando a grande muralha à direita, protegida no alto por cacos de vidro envenenados, avanço até o grande vitral do quarto da Princesa. Será este mesmo? Imagino, se não for, a tragédia e a fogueira pública ao som de cornetas e debaixo de um colorido faiscante de bandeiras, enquanto, na Tribuna de Honra, a Princesa chorará e secará as lágrimas com seu lenço perfumado. Aos meus gritos de dor — o fogo me transformando em tocha viva — ela desmaiará e será amparada por duas amas, enquanto o Rei manterá sua máscara de ferocidade e justiça. Virarei lenda.

Consulto de novo o pergaminho, pisco os olhos na escuridão. É este o vitral. Meu coração, agora sim, dispara. Bato quatro vezes no vidro, a senha prevista. Amor é susto perpétuo.

Versão 1

Um cochicho muito antigo:

— Trapo, é você?

— Sou eu, Rosa.

Vagarosamente a janela se abre e eu entro na escuridão. Já estamos colados num beijo trêmulo de línguas, temos duas mãos e o desejo do mundo, e sinto — ó delícia! — o rosto tépido na minha face fria. Não conseguimos dizer nada por bastante tempo, e sorrimos, e nos olhamos sem nos ver, e nos ansiamos, e nos alegramos e nos angustiamos e nos tocamos e nos sentimos e nos colamos abraçados e nos separamos de novo para de novo nos vermos e devagar as formas reaparecem no escuro, primeiro os olhos, depois riscos vagos de noite e pele, depois um brilho de lábios, uma sugestão de dentes, e nos apertamos de novo, com força, e temos vontade de chorar um choro que expulse todos os demônios.

— Eu te amo.

— Psss... não precisa dizer.

E rimos, quase escandalosos.

— Psss... meu querido. Pensei que não viesse.

Não tenho vontade de dizer nada, mas digo:

— E se o Rei acordar?

— Não acorda. E a porta está trancada. Vou acender o abajur.

Ela se afasta, um vulto silencioso e agitado e feliz, cabelos e coração que voam. De repente nos vemos. Rosa é uma túnica transparente, e os cabelos soltos, e os seios, e um corpo que é um pequeno rio, e Rosa é a forma e o conteúdo e a alma e o mundo inteiro que eu desejo, se eu morresse agora eu. Súbito, ansiedade: estou sujo, envelhecido e envilecido, Rosa não terá nunca correspondência em mim. Mas ela me faz esquecer e estende os dois braços, os dois braços soltos, dois braços de mar em ondas suaves que me envolvem e me puxam e de novo somos um polvo só e andamos grudados pelo quarto como robôs malucos e caímos na cama um sobre o outro, outro sobre um, finalmente lado a lado — e damos risadinhas reprimidas, nunca que ninguém no mundo saberá desse amor.

— Tire a roupa, seu bobo. Vestido a gente parece coisa.

— Tire você. Quero te olhar.

Ela me desabotoa, a cavalo na minha barriga:

— Eu te amo.

— Eu...

— Psss! O teu coração, como bate.

Embolamos e rolamos e beijamos e alisamos e enfiamos as unhas e gememos. Eu chamo ela:

— Venha! Debaixo do cobertor!

Na escuridão nos procuramos e damos risadas feito bichos enrolados. O bico do seio na minha boca parece uma frutinha. De repente ela fica muito séria e está toda trêmula, recém-nascida na beira de um rio gelado, e cochicha em pedaços, com dor e vontades e uma ânsia que se esparrama pelo corpo encolhido, devagar se abrindo:

— Venha venha venha Trapo venha...

Ah meu Deus do Céu minha lua cheia meu sonho da madrugada minha música musa mamãe! minha tarazinha ancestral minha chuva no telhado pé de alface lisa minha puta angústia do coração meu medo pavoroso de ficar sozinho minha tainha recheada meu futuro minha confusão na cabeça meu salto para o infinito morte constelação estrela fogo água ar eco e trilhas caverna explosões minha paz.

— Agora me beije.

Ela me beija cinco mil vezes, os dedos mastigam, ainda estou dentro de Rosa.

— Eu queria ficar grávida.

— Não tem medo do Rei?

— Que o Rei que nada, Trapo. Agora a vida é nossa. Falta um filho.

— Vai amanhecer.

Ela me esmaga.

— Não vá. Não vá embora. Fique aqui.

— Amanhã eu volto.

— Eu te amo.

— Mais do que eu te amo?

— Mais. Seja lá quanto você me ame, eu te amo o dobro. O triplo. O quádruplo. Eu te amo.

— Está amanhecendo.

— Meu querido.

— Não chore. Eu fico triste.

— Tá bem. Prometo.

Ela morde o lábio para não chorar mas o soluço rompe em meio a um riso fujão, lágrima e riso.

— Até amanhã, Trapo.

— E se não der... e se.

Agora sou eu quem chora. Pulo as grades do Castelo, reencontro o asfalto da João Gualberto debaixo de uma cerração pesada e de um amanhecer esbranquiçado, relutante. Caminho lentamente com as mãos frias no bolso, sentindo o metal da Magnum, lágrimas nos olhos e uma sensação de humanidade. Já há sinais de uma cidade acordando, latas raspando o chão, gritos, motores, ecos do amanhecer. O ar frio queima as narinas. De algum modo — é o que pareço entender neste início de sol — estou conseguindo romper o cerco.

Versão 2

Um cochicho muito antigo:

— Fuja, Trapo! Fuja!

Demoro um segundo fatal a entender:

— É você, Rosa?

— Fuja!

Ao me voltar, um vulto de ferro fecha a saída do corredor; estou preso entre o muro e o Castelo. Só o que me ocorre é juntar do chão algumas pedras e arremessá-las contra o Fantasma negro que avança rangendo ferros. As pedras se espatifam no seu Peito de aço — a armadura do Rei. A Mão direita — dedos e dobradiças — sustenta uma lança, e os Joelhos raspam metais a cada passo. Tento pular o muro, num desespero animal, e sinto os dedos travados nos cacos de vidro. O Monstro investe com a lança, pulo ao chão e consigo desarmá-lo, mas a Montanha de Aço não sente as bordoadas que desfecho. Lembro-me da Magnum inútil no bolso e seguro-a com as mãos ensanguentadas, cacos e sangue, mirando o Pescoço da Coisa, talvez desprotegido. Seis tiros ricocheteiam naquela Massa de pedra, a meio metro de mim. Jogo-me contra Ele, os dois pés no Peito: o Monstro vacila um segundo mas recupera o prumo, enquanto eu caio de costas. Sinto o Pé gelado me esmagando o queixo, e outro Pé de aço que me chuta as costelas e depois a Mão descomunal que me levanta pelo colarinho e uma Bofetada de Ferro, e outra, e outra — e estupidamente dou um murro no Abdômen metálico, o que me leva ao paroxismo da dor. Urro, uivo e babo e o Monstro me joga contra o muro, de cabeça, e sou um esfarrapado boneco de pano ouvindo o ferro ranger. Ainda tento escapar de quatro entre o muro e a Perna, mas a Mão me agarra e me espreme. Então consigo ver de perto aquela Cabeça miúda, sólida, lisa, cortada por dois talhos horizontais de onde vem o Hálito e a Voz:

— Suma desta casa e de mim e da minha filha.

A outra Mão me afunda o estômago, num movimento lento de prensa, e eu abro a boca num espasmo.

— Porque se eu souber que você procurou de novo minha filha e se eu ler de novo uma carta tua e se eu adivinhar que você anda atrás da minha filha...

Eu não posso nem falar, nem respirar, e fecho os olhos.

— ...eu vou matar você.

Finalmente, o Rei me jogou em direção ao átrio do Castelo, para que eu fugisse. Disparei ao portão de saída, pisando nos corpos das cadelas mortas, galguei os ferros do fosso e — cavaleiro sem cavalo — me vi descendo a rua de paralelepípedos lisos de cerração, no bolso a Magnum vazia, a alma sem munição, a Noite tão terrível quanto a Última Noite dos Tempos, sangue e trapos, e chorei.

Da metade da escada vejo um trecho da sala — e constato a extrema limpeza de tudo, o cobertor de Izolda cuidadosamente dobrado sobre o braço do sofá. Ruídos na cozinha. Ainda há tempo de voltar à cama e adiar por uma ou duas horas o encontro com a diarista, mas, num ímpeto de coragem (talvez influência do Trapo), resolvo ir até o fim. O meu bom-dia, logo que piso o chão da sala, é quase um pedido de socorro, uma proposta de paz — não tenho culpa de nada, tudo não passou de um mal-entendido, sou um homem honrado, se for o caso posso explicar, dona Maria, eu...

No esquadro da porta vejo a figura sorridente de Izolda:

— Como vai de ressaca, professor? — e a risada é tão estridente que sacode os vidros da cristaleira.

Alívio e espanto:

— Cadê dona Maria?

Izolda enxuga furiosamente um prato:

— Despachei, professor. Despachei.

O certo seria eu ficar indignado, mas há um excesso de informações que se atropelam no funil mental. Sou um idiota:

— Como assim?

— Vem tomar café, Manuel. Já explico tudo direitinho, e o senhor vai me dar razão. Se bem que eu achava bom o senhor beber uns copos d'água antes do café. Pra ressaca, o melhor remédio é água, bastante água. E, pelo seu jeito, deve fazer uns dez anos que o senhor não fica de ressaca. — Explicava, didática: — O licor de butiá da sua mãe é ótimo, mas dá um porrete! E sabe por quê? Muito doce. Da próxima vez diz pra senhora sua mãe pôr menos açúcar. Bem melhor. Quer dizer, não é que esteja ruim, mas o fogo é violento. Ontem eu praticamente desmaiei. Que vergonha. E muito obrigado pelo cobertor, fez frio de noite. Esse clima de Curitiba é terrível. Pode sentar, Manuel. Água?

Tomei três copos seguidos de água. Não sabia que estava com tanta sede. Talvez não fosse sede, mas apenas um disfarce para adiar o momento de enfrentar não a diarista, mas Izolda, uma adversária infinitamente mais perigosa. Suspiro.

— Mas afinal, o que houve com a coitada da dona Maria?

— Coitada? O senhor é mesmo um homem bom. Pra início de conversa, chegou aqui às nove e meia.

Pânico:

— Que horas são?

— Quase onze.

— Dormi demais.

— E o que é que tem, Manuel? O senhor trabalhou a vida inteira, não pode por acaso dormir até tarde? Agora, *ela* tem obrigação de chegar cedo, porque é paga pra isso.

O gole de café desceu saborosíssimo na ressaca. Izolda tem razão: é um exagero um homem como eu se preocupando em levantar cedo. Trabalhei a vida inteira. Mais absurdo ainda é me preocupar, a ponto de perder o sono, com a diarista ou com a opinião que o diabo da diarista possa ter de mim. Um sabor de liberdade e independência entranhou-se no corpo com o segundo gole de café, no ponto exato. E a visão dos pães d'água, fresquinhos, e a manteiga no pote de manteiga, e mais as fatias de queijo, num pratinho adequado, e noutro a mortadela — uma paisagem soberba.

— Você comprou tudo isso?

— Dei uma corridinha até a padaria. A sua geladeira anda desfalcada, Manuel.

— É que eu costumo comer fora — respondi, mastigando o pão. — Depois me apresente a conta, Izolda. Não tem graça você sustentar meu café da manhã.

— Que é isso, Manuel. Um presente meu. Depois de tudo que o senhor tem feito por mim.

— Eu?!

Remorso, sinto remorso. Horas a fio pensando mal de Izolda, desconfiando, odiando, ofendendo. Como disfarce, dou uma olhada nos papéis de Trapo, olhar severo.

> A poesia é uma balzaquiana apodrecida.
> Matá-la, um ato de misericórdia.
> Um disparo na cabeça, a justa solução.

— Que tal o menino, Manuel? Não era inteligente?

Prefiro as cartas: alguém precisava ter avisado Trapo de que ele não tinha sensibilidade poética, de que havia tomado o bonde errado na vida e na literatura, Izolda espera meu veredicto, ansiosa e sorridente. Não há necessidade de magoá-la.

— Era um bom menino, Izolda. Um bom menino perdido no mundo. Muita coisa na cabeça e pouco senso prático. Muita raiva e pouco...

...*talento* — mas evitei a palavra-chave. Izolda é ignorante, não sabe do que estou falando; deseja apenas uma confirmação neutra.

— Trapo era muito inteligente, Izolda. Um garoto brilhante.

Ela deu um murro na mesa, feliz:

— Eu sabia, professor! Com toda a minha burrice eu sabia! Não fiz bem em trazer essa papelada pro senhor?

— Ahn? Ah sim, fez bem.

— O senhor pode conferir os papéis, escolher os melhores e publicar um livro, não pode? O senhor é professor. Acho que era o melhor presente que a *gente* podia dar para o Trapo: um livro. Já que a família dele nem se coça, parece até que tiraram um peso das costas com a morte dele. O Trapo vivia falando: velha, quando escrever meu livro o mundo vai virar de cabeça pra cima! Esse aí não era o livro dele?

Engoli o pão como quem engole um osso, enquanto minha careca se encheu de sangue. Odeio esse envolvimento, essa intimidade — ou endureço o trato ou essa mulher tomará conta da minha vida. E isso o quanto antes: em pouco tempo ela estará fazendo gato-sapato de mim. Não suporto me sentir pressionado — e a ressaca acelera o mau humor:

— Dona Izolda, acho que a gente deve colocar os pingos nos is.

— Mais café, Manuel?

Ela ficou nervosa, eu me sinto mal.

— Não, obrigado.

Silêncio constrangido. Izolda não é má pessoa.

— Como assim, professor? Fiz alguma coisa errada? O senhor me desculpe, é o meu jeito.

— Eu sei. Não se trata disso. Eu só queria esclarecer algumas coisas.

Acendendo o cigarro:

— Qualquer pergunta sobre o Trapo o senhor pode fazer. Eu sabia quase tudo dele, era praticamente meu filho. Posso ajudá-lo muito no livro.

— Não estou falando de livro nenhum, Izolda.

— O senhor... o senhor não vai publicar?!

Como é estúpida!

— Calma, calma! Em primeiro lugar, sou professor aposentado, não editor. Quem publica livros é editor.

Torcendo as mãos:

— Eu... eu conheço um sujeito que trabalha numa gráfica ali na Barão do Rio Branco. Morou um tempo na pensão. Quem sabe...

Essa mulher ficou maluca? Perco a cabeça:

— Mas não se trata disso, caramba! Deixa eu falar!

— Desculpe.

— Me passa o café.

Ela obedece, trêmula. Terá Izolda veleidades literárias também? Esse país é o caos, ninguém tem senso do ridículo. Procuro ser didático:

— Izolda, publicar um livro não é apenas complicado; é sério. Antes de mais nada devo descobrir se a literatura do Trapo presta. Isso mesmo, desculpe a franqueza: se presta.

— Mas o senhor mesmo não disse que ele era inteligente?

— Calma. Calma. Não basta ser inteligente, de gente inteligente o mundo está cheio. Preciso descobrir se ele escreve bem. Se o que ele escreveu tem alguma importância para o resto do mundo. Segundo: há que se descobrir um editor, ou seja, alguém que publique o livro sob o selo de alguma editora, porque pagar uma edição é o mesmo que financiar um encalhe. Ninguém no mundo lê edições de autor. Terceiro: problemas de direitos autorais, autorização da família etc. É meter a mão em vespeiro. E, finalmente: não sou em absoluto a pessoa indicada para promover, selecionar, biografar ou o que quer que seja com relação a esse menino que nunca vi na vida. O ideal — e só então percebi com clareza por que aqueles originais não tinham nada a fazer na minha casa — era que os textos do Trapo estivessem nas mãos dos seus amigos.

— Trapo não tinha amigos, Manuel, nunca teve.

— Ou nas mãos da família. Alguém de direito.

Izolda, num assomo de dignidade, bateu no peito com força:

— *Eu!* Trapo deu essa papelada para *mim*!

É inverossímil.

— *Deu*, ou esqueceu no quarto da pensão?

— Nunca! A família e a polícia levaram tudo do quarto. Quinze dias antes de morrer, parece que ele estava adivinhando...

— Ou planejando...

— Sei lá. Quinze dias antes ele levou estes dois pacotes pros fundos da pensão, na despensa. Me lembro como se fosse hoje. Velha, isto aqui é pra senhora. E eu dizendo: Tenho pouco lugar aqui, Trapo, é melhor guardar essa papelada no quarto. Depois os ratos comem ou as empregadas dão um fim e... e ele: Nada disso, velha. Com a senhora, minhas obras completas estarão em boas mãos. E eu: O que vou fazer com isso, Trapo? Lá entendo de livro? Pois é isso que me interessa, ele disse, alguém que não entenda de livros. Eu insisti: E o que é que faço? E ele: Guarda os pacotes, velha. Se um dia eu morrer, a senhora faz da papelada o que bem entender. Eu ainda falei: Credo, Trapo, não presta falar essas coisas. E ele deu uma risada: Essa papelada é que não presta, velha. É coisa do passado. Se perder, não perdemos nada. E me lembro bem ele dizer: Daqui pra diante começa uma nova fase da minha vida. Sou um homem maduro, velha. Já sei o que quero. E eu disse: É só guardar? É, só guardar. Mas pra todos os efeitos é tudo seu. Minha herança. E insistiu várias vezes, que me lembro: Isso aí é seu, dona Izolda.

Dei mais um gole de café, inspetor da Scotland Yard: há um excesso de detalhes para que o relato de Izolda seja verdadeiro. Ela me fitava, soberana:

— Alguma dúvida ainda, senhor professor: Não roubei nada de ninguém...

— Mas quem falou em...

— ...e eu posso fazer com essa papelada o que bem entender. E me deu na veneta dar pro senhor ler as poesias do Trapo. E como eu posso fazer o que bem entender, porque é um presente do Trapo, eu resolvi que o senhor lesse o que ele escreveu. Ninguém está fazendo nada errado.

— E como a senhora me descobriu? — finalmente livrava-me da pergunta entalada na garganta desde a noite anterior. Um súbito pânico: — Trapo me conhecia?

— Não, é claro que não. Se conhecesse ele ia detestá-lo, imagino. Não gostava de velhos.

Aquilo me ofendeu, careca vermelhíssima:

— Pois então a senhora leve essas obras-primas para outro guri idiota como ele ler!

Mastiguei raivosamente um pedaço de pão. Izolda me desarmou com uma gargalhada:

— Parece criança, Manuel! Ora se eu vou dar a coisa que mais quero na vida, mesmo sem nunca ter lido uma linha, que sou ignorante, pra uma criança qualquer! Trouxe para o senhor, que é homem maduro, vivido, sério e inteligente. Alguém que vai saber ler e entender a vida do Trapo. Alguém que vai saber dar valor ao que tem valor. Isto é, o senhor, seu Manuel.

O filtro mental se entupia de informações, estímulos e impulsos diferentes. A caótica Izolda, com toda a sua bajulação, tem o dom de me deixar perdido, de confundir a meada, de destroçar meu sistema de ver, pesar e julgar as coisas, conforme vinha fazendo com eficiência há mais de trinta anos. Ela me deve milhares de explicações, e me parece que a função desta conversa sem rumo é apenas a de me confundir ainda mais. Resolvi sistematizar minhas dúvidas brutalmente:

— Muito bem, dona Izolda. Pela milésima vez: como me descobriu?

Outra risada:

— Ah, é isso que lhe incomoda? Ora, o velho Alberto da pensão. Perguntei se conhecia um professor de português. E o velho: Ó, sei de um que mora ali embaixo, na Carlos Cavalcante. Professor Manuel. Então eu vim. E acertei em cheio.

— E não lhe ocorreu que talvez haja pessoas mais gabaritadas para estudar estes originais?

— Não. Eu vim conhecer o senhor. Conheci e gostei. Pronto.

Respiro fundo. Começa a se armar em mim uma velha luta: entre o desejo (a ideia de estudar Trapo me atrai, e secretamente sinto-me lisonjeado por ter sido o eleito) e o medo (do fracasso, do comprometimento, do envolvimento, de ser obrigado a alguma coisa). Uma batalha muito simples, mas que arrasto pela vida inteira. É minha obrigação resistir.

— E se eu indicar outro professor da área de literatura?

— Não tenho confiança, Manuel. Gostei do senhor à primeira vista. Ora, um homem que recebe a gente na sala, que serve café, licor de butiá, que fica conversando até alta madrugada e que ainda põe cobertor na gente por causa do frio, só pode ser uma boa pessoa. Professor tem aos montes no mundo, mas estou precisando é de uma boa pessoa.

Mastigo o pão, bebo o café, idiotizado na ressaca. Sou incapaz de decidir. Se ainda fosse uma mulher letrada, com quem eu pudesse falar de igual para igual. Meu silêncio a incomoda (o que me agrada). Ela reforça o convite:

— Professor, por favor. O senhor fica dois meses com a papelada, analisa, vê com calma. Sem compromisso, é claro. Daqui dois meses a gente conversa. — Como prossigo quieto, ela dramatiza: — É impossível que as pessoas sejam tão sem coração assim... professor!... esse menino deu um tiro na cabeça! Será que isso não tem importância nenhuma?

É em Trapo que eu penso. De repente, o suor frio: digamos que eu esteja diante de um novo Kafka, de um Rimbaud, de um criador de primeira grandeza, uma sensibilidade cósmica, rompedora de caminhos, de um Artista no sentido revolucionário, brilhante, meteórico e profundo da arte? Dos fragmentos de informação, monto a hipótese — e faz sentido. A morte premeditada semanas antes, a obra compilada cuidadosamente, mas, como uma roleta-russa literária, entregue a uma dona de pensão ignorante, incapaz de distinguir uma lista de supermercado de um verso de Eliot. *Semana que vem ressurgirei dos mortos.* As páginas de Trapo poderiam estar embrulhando carne em açougue, ou virando massa numa fábrica de papelão — e no entanto, por força do acaso, estão aqui em casa, na casa de um velho professor aposentado, maníaco, avesso ao moderno, à juventude, à rebeldia, à quebra de rotina. *Un coup de dés.* Se alguém algum dia escreveu alguma coisa com ambições literárias, por mínimas que sejam — e não tenho eu meia dúzia de sonetos amarelados no baú do sótão?, a careca vermelha só de lembrar —, verá na atitude insólita de Trapo algo impenetrável. O que me pergunto — e, aparentemente, é isto que me faz relutar — é se eu teria condições de apreciar os valores desta arte deserdada, omitida, enjeitada, rejeitada pelo próprio autor.

— O senhor ficou quieto de repente, professor.

Não posso mais fugir. Ridículo, mas talvez algum mecanismo moral, justo o contrário do que pretenderia Trapo, me obriga a aceitá-lo — e Izolda, por osmose — até o fim. Ou então padeço da tentação mesquinha, míope, de ver neste amontoado de papéis o sensacionalismo de uma descoberta assombrosa, que, antes de desvendar um Trapo desconhecido, revelará ao mundo um professor medíocre, fechando sua vida com uma súbita chave de ouro, um brilho profundo guardado ao longo dos anos. Prossigo, paciente, no cipoal de justificativas: prosaicamente, entregaram-me uma prova, e é minha obrigação de professor dar uma nota. Ou então aceito o encargo por consideração a Izolda. Tudo conjeturas, disfarçando o fato simplório, tantas vezes repetido por minha mãe desde a infância: "Meu filho, o teu defeito é não ter iniciativa na vida." Quando as coisas me envolvem, nunca mais me livro delas — pelo menos por moto próprio. Daí a solidão, o medo, o fechamento no casulo: simples e claro.

Vejo Izolda recolher, calada, os pratos e xícaras da mesa, respeitando meu silêncio, talvez minha velhice. Minha reação é estúpida:

— Já que você despachou a diarista, naturalmente deve ter em mente o preço do seu serviço, Izolda.

Ela deixou cair o pires, que se espatifou no chão.

— O senhor me ofende, professor.

— Desculpe... não tive intenção.

Num segundo, o medo de que ela recolha os originais de Trapo, sua bolsa, seus cigarros, e se vá, deixando-me órfão de todos os projetos da última noite. Izolda, entretanto, respira fundo, pega uma vassoura e põe-se a varrer os cacos. Resolvo ganhar tempo, falar qualquer coisa:

— Você deu pelo menos o dinheiro do ônibus da dona Maria?

— Dei. Mas não precisa me pagar, Manuel.

O "Manuel" é um modo oblíquo de pedir paz. Aceito a trégua. Agora é o silêncio de Izolda que me perturba — será que a ofendi em demasia, ontem e hoje? Odeio confrontações.

— Você... tem alguém em vista para substituir a dona Maria?

Ela simula alguma raiva:

— Eu não ia mandar embora sua empregada pra deixar o senhor sozinho, seu Manuel. Vou procurar alguém que sirva, que cobre pouco e trabalhe mais. Alguém que o senhor mereça.

Já fizemos as pazes. No fundo, invejo a determinação de Izolda.

— Gostaria de ver a cara da mulher quando você despachou.

Rimos, aliviados. Recolhidos os cacos cuidadosamente na pazinha de plástico, Izolda sentou, acendeu um cigarro.

— Ela queria saber quem era eu. "Sou a nova empregada." A mulherzinha ficou furiosa, mas não deixei ela entrar.

Dou uma risada solta, saboreando a liberdade.

— Sabe que você tem razão, Izolda? Eu não aguentava mais a dona Maria. Mas era capaz de passar mais dez anos, se eu chegar a tanto, sem coragem de despedi-la.

— É que o senhor é um homem bom, já disse. Mas comigo vai ser diferente.

Um frio no estômago. Izolda prossegue articulando minha vida:

— Bem, enquanto isso, todos os dias eu dou um pulinho aqui pra ajudar na limpeza, até descobrir alguém. E, por favor, não me ofenda, seu Manuel, me oferecendo dinheiro. Tenho minha pensão, que aliás deve estar um pandemônio com a minha falta. Além do mais, enquanto o senhor lê as poesias do Trapo é sempre bom eu estar por perto, pra qualquer coisa que o senhor queira saber.

Ele era como meu filho, o senhor sabe, e a opinião de uma mãe sempre vale muito.

Sou um homem sem iniciativa.

— É claro, Izolda. É claro.

Caríssima Rosana:

Hoje sou Pregador.

E o que faz um Pregador?

Um Pregador prega a Verdade.

E o que é a Verdade?

Ah, eis aí uma questão que desafia a sabedoria dos séculos.

Pois eu vos digo, caríssima Rosana, ovelha do meu rebanho, que sobre a Verdade eu vos falarei de cátedra. Sou íntimo d'Ela, frequento Sua casa, respiro o Seu ar, durmo o Seu sono.

Poderei eu, entretanto, dispondo de tão grande saber, transmitir-vos de um golpe só o que levei uma vida inteira para conquistar?

Não! Mil vezes não!

E esclareço que não são mesquinhas minhas razões, como poderíeis imaginar. É que a Verdade, como os prédios, necessita de alicerces profundos, para que não desabe ao primeiro vento.

Alicerçai, pois, vossa estrutura mental, para só então enfrentardes o pavilhão maravilhoso da Verdade.

Recitaremos juntos as lições humildes da Verdade, uma a uma, que, somadas, comporão a grande pirâmide do mais cristalino saber.

Primeira Lição, caríssima Rosana. Anotai! Não deixeis que a memória, esta deusa corrupta, vos traia. Anotai!

Arrancai a trava dos vossos olhos, e sede forte para suportar a chibatada do primeiro degrau da sabedoria. Porque, para a apreensão da verdade, é preciso despojar-se de tudo, absolutamente tudo, até a mais fria nudez, como a criança que atira à lama seu ursinho de pelúcia, tão traiçoeiramente macio ao toque dos dedos, para sustentar uma barra de ferro incandescente que, ao primeiro contato, arranca a pele. A isso chamamos purificação.

Não faço circunlóquios; apenas preparo o espírito, carpindo as ervas daninhas da senda da salvação.

A primeira lição está ao vosso lado, desde que nascestes. Numa palavra só, respirai fundo:

A família é o Templo do Demônio.

É evidente que esta Verdade de espantosa clareza só nos ilumina a duras penas, a jejuns mortificantes, a sofrimentos sobre-humanos, a angústias lancinantes, porque Satanás, habilmente oculto nas Hostes Infernais da Família, corrompe-nos desde a mais tenra idade, desde a primeira fralda trocada.

A família — esta inocente soma dos mais puros sentimentos cristãos, esta gruta solitária da sobrevivência, este teatro colorido e sorridente — a família é a Ponta de Lança de Satã no seu incontido desespero de domesticar a terra.

Observai bem, caríssima Rosana, atentai aos detalhes, perscrutai as entrelinhas, debruçai-vos sobre a Satânica Inocência Familiar, fotografai em vossa mente a dulcíssima piedade de vossa mãe, o diabólico artifício diário daqueles gestos tão gentis, a pureza escorregadia daquelas intenções! Atentai, caríssima ovelha, constatai com vossos olhos reprimidos a monstruosidade oculta no abraço tenso, responsável, protetor, desta figura tão boa que seria vosso pai não fosse o Hálito do Príncipe das Trevas a lhe aquecer a nuca!

Estas duas figuras inocentes — Pai e Mãe — são a incontrolável alavanca do Inferno. Estais diante da essência do Grande Forno. Estais diante do mais espetacular embuste da História da Terra. Colocai ambos sob o mesmo teto, e dai a eles alguns herdeiros, também sob o mesmo teto, e tereis a miniatura diária do Juízo Final, um Purgatório Perpétuo, *ad infinitum.*

Porque a família, repito — e anotai! — é o Templo de Belzebu.

Descortinado o essencial, é preciso, contudo, pregar as verdades menores mas não menos importantes da Primeira Lição. Os corolários da equação primeira. Como tudo está em tudo, é fundamental não concentrar os conceitos da Verdade nas figuras isoladas, nos Arquétipos da Escuridão, tais como Pai e Mãe.

Seria injusto, seria parcial.

O Demônio foi incomensuravelmente mais sutil na sua Obra. Pai, Mãe, "Irmão", "Irmã", e até mesmo os avôs e as avós, estas estátuas vivas, são apenas as peças isoladas e coloridas do grande Sistema Familiar — este sim um mosaico admirável de corrupção, covardia, mediocridade, medo e — ah ah ah ah ah! — muito amor. O amor, aliás, é a refeição predileta do Demônio, a grande máscara que, usada com habilidade, transforma uma bela mocinha de tranças — como vós, minha Rosana, como vós! — num asqueroso cérbero à porta das Trevas.

Reformulemos, pois, à luz das revelações da primeira lição, as Grandes Filosofias da Humanidade.

Porque o Mal, a essência do Mal, a semente do Mal, a máquina multiplicadora do Mal, o espelho do Mal, não é a luta de classes, como pretenderam Marx e Engels, envolvidos na simplicidade romântica do século passado; não é a desordem, como pregavam os idiotas dos positivistas; não é o pecado, como insiste Satã vestido de Papa; não é a mistura de raças, como arrotaram os nazistas; não é meramente a repressão ao sexo, como pregou Freud e, depois dele, com mais argúcia, Reich; o Mal não é o perigo vermelho, como soletram os tarados da TFP; o Mal não é o governo se metendo na propriedade privada, como insiste meu pai; o Mal não é a superlotação dos presídios, nem a insegurança das corridas de Fórmula Um, nem o sistema de múltipla escolha para o vestibular, nem o reajuste anual das prestações do BNH. Nada disso.

O Mal é a família.

Acautelai-vos agora, caríssima Rosana! Acautelai-vos!

Porque é bem possível que tenhais seguido palmo a palmo a matemática certeira do meu raciocínio; é bem possível que tenhais objetado comigo, discutido comigo, e recolocado comigo as verdades translúcidas da Primeira Lição. É bem provável, inclusive, que tenhais, finalmente, aceitado a conclusão final e única deste rosário lógico, repetindo, sem travas nos olhos: o Mal é a família!

Pois acautelai-vos neste exato momento!

Porque o Diabo previu tudo isso. E nesse exato instante de luz lançará seu último trunfo negro sobre vossos olhos momentaneamente sábios.

Acautelai-vos!

Porque será demasiado forte a tentação de, aceitando a conclusão, escafeder-se de suas consequências através de uma hábil manobra. Ou seja: sim, tudo isso é verdade, mas *felizmente minha família é ótima*!

Ah, traição, traição! Resisti como uma rocha a este sofisma diabólico, simples fruto do medo da última solidão, aquela que liberta! Dizer: os pais são repressores terríveis, *exceto o meu*; as avós corrompem, *mas felizmente a minha é uma santa velha*; o ambiente doméstico é uma interminável tortura chinesa, *mas lá em casa, graças a Deus, nos damos maravilhosamente bem* — dizer estas frases covardes é assinar a procuração do Demônio e fazer o jogo do Inferno.

Coragem, Rosana! Coragem!

Não vos deixeis cair em tentação no instante final, como o náufrago que, depois de nadar quilômetros em águas frias e revoltas, morre ao alcançar a praia. Lembrai-vos, sempre, que o Mal é *essência, não circunstância*. O Mal não permite exceções, ou não seria Mal, uma vez que passível de fraqueza. O Mal é incorrupto, e dispõe de uma progressão geométrica de recursos que se multiplicam ao infinito a cada ataque do bem. O Mal tem cinco milhões de faces, quase todas sorridentes.

O Mal é a Família.

Vade-retro!

Bodega é o nome do bar supostamente frequentado por Trapo, um cubículo subterrâneo na rua Cruz Machado. Pela fama dos arredores espero encontrar uma espelunca de prostitutas, travestis e coisas do gênero. Há táxis em frente, carros em fila dupla, um vaivém festivo de sexta-feira à noite, saída de cinemas — o Condor e o Lido próximos anunciando pornochanchadas. Boates, lanchonetes, pipoqueiros e hotéis se amontoam em duas quadras. Estou no lugar errado, esbarrando minha velhice — e minha *Folha de S. Paulo*, adrede comprada para enfrentar a solidão desta pesquisa idiota — grupos de jovens gargalhando, fumando, conversando e se beijando, na calçada, nos capôs dos carros, nas paredes. Não tenho mais idade para esses ambientes desagregadores.

A juventude me espreita: onde irá esse velho? Aqui mesmo, através desta porta que Trapo tantas vezes deve ter atravessado com a cabeça cheia de maconha, cocaína, álcool, qualquer coisa exceto ele mesmo. Morreu sem saber quem era, ou, pelo menos, sem se decidir a ser o que era. Vejo-me descendo degraus estreitos, e respiro um bafo de calor. Não olho para ninguém, na certeza incômoda de que o bar inteiro parou para me ver. A música ao fundo é clássica, o que me espanta. Há um excesso de mesas e cadeiras e uma falta deliberada de espaço, um bar projetado para anões, talvez. Um certo prazer em viver amontoado, em cultivar lugares espremidos, em respirar ares viciados, em fumar a fumaça alheia, provavelmente compensação noturna ao espírito arredio, solitário, intratável do curitibano. Aqui se obrigam ao esbarrão, às cotoveladas, aos encontros involuntários, à proximidade inevitável com a desculpa do pouco espaço. Sinto uma felicidade de artifício no ambiente, que explode em risadas excessivas, loquacidade, chope derramado, arrastar de cadeiras e aqui e ali um rosto trágico, envolvo num estudado sopro de fumaça.

Acabo sendo despejado, numa sequência de trejeitos, pernas tortas, braços bloqueados e um pisão no dedo —

gostam de ficar em pé, atravancar caminhos — no único lugar vago do bar, uma mesa esmagada entre outras duas. Feito bailarino, consigo chegar ao alvo, quase virando a mesa da direita, onde seis rapazes bebem e fumam e riem e falam. Soletro desculpas e finalmente me acomodo, olhos úmidos não de emoção, mas de fumaça. Percebo que estou num lugar privilegiado: daqui contemplo todas as mesas, o balcão e a escada de acesso. Aparentemente não se preocupam mais comigo, devolvidos à alegria, ao frenesi da sexta-feira à noite. Sou o único velho do bar — e me ocorre a ideia de que me suponham policial! Um ou outro olhar de viés, rapidamente disfarçados, reforçam a hipótese.

Um garçom sem uniforme aguarda meu pedido, desleixado, indiferente: levo um certo tempo para perceber que é garçom.

— Cerveja.

— Como?

— Cerveja.

Imediatamente me arrependo — a cerveja me obrigará a ir logo ao banheiro, o que será outra odisseia — mas o garçom já sumiu. Abro o jornal, ponho os óculos, até perceber que naquela luz mal consigo distinguir as manchetes. Ruborizo-me, um idiota com um jornal diante da cara. Mais que rubor, uma invencível sensação de ridículo, formigamento pelo corpo todo, angústia limite. Ouço risadas, estarão rindo de mim? Olho disfarçadamente para o lado, onde uma gordinha, cada vez mais perto, ajeita repetidamente nádegas e cadeiras. São quatro moças, deste lado. A agitação dos seis rapazes, a um metro delas — eu no meio — tem endereço certo. Descubro que prestando atenção nos pequenos detalhes deste inferno o sofrimento é menor. De repente o garçom enche o copo na minha frente e novamente some. Dou um gole fundo, em seguida outro, apegando-me desesperado à cerveja, única muleta.

— Me empresta o jornal, só um pouquinho.

Na minha frente, três jovens se debruçam sobre a *Folha*:

— Tá aqui, porra! O Nelson Piquet larga na quinta fila, caralho! Não falei?!

— E daí?

— Porra, e daí que você vai pagar a cerveja.

Devolvem-me uma maçaroca:

— 'Brigadão, hein!

Juntam-se no balcão adiante, voltam a discutir. O bar, entretanto, é de gente fina. Percebo que as moças não são prostitutas, mas estudantes de algum curso superior, e falam de cinema. A gordinha, aflita para defender uma tese qualquer, acaba me dando uma cotovelada:

— Desculpe. — Volta-se às outras. — É isso aí. O filme não permite uma leitura linear.

A morena ao seu lado, óculos de lentes grossas, dá uma súbita risada, mexendo-se muito, não sabe onde botar os braços:

— Ah, parece aula da Ester: "leitura linear"... não aguento mais!

Parou de repente, envergonhada. O inexplicável rubor (pois parecem velhas amigas) denuncia a timidez de nascimento, invencível ao longo da vida, como a minha. A gordinha — pressionada pelo vinho — põe a mão na cintura e desafia, belicosa:

— O que você tem contra a Ester?

A morena se desculpa:

— Nada. Mas não gostei do filme. — Em seguida, sorridente, contemporiza: — A Suzana hoje tá com toda a corda... Tá bem, Su, o filme é genial, mas eu não gostei.

Suzana (a gordinha), mãos na cintura, muda de assunto, numa pergunta que é uma exigência:

— Por que você não está tomando vinho?

Agora presto atenção na terceira moça, uma figura esguia de nariz arrebitado, acendendo um cigarro com caprichada elegância. Há algo de melancólico naqueles olhos, e o rosto pálido completa uma figura de algum quadro impressionista, eternamente atrás da névoa. Um pouco mais de vida, empatia, qualquer brilho, e seria uma admirável musa, capaz, por exemplo, de levar Trapo ao suicídio. Seria Rosana? Nunca, já passa dos vinte anos e tem um ar de excessiva autossuficiência. Tudo conjeturas, tentativa de tornar agradável esta pesquisa sem sentido atrás de um cartunista feio e vesgo e cujo nome correto desconheço. Ou de alguém que pudesse sentar aqui na frente, meio bêbado, e dizer: "Olha, professor, *eu* conheci o Trapo, sei quem foi ele." Vontade de perguntar às moças se conheceram o Trapo. Mas sou da polícia, não iriam dizer nada. Talvez fossem as pessoas certas, pelo menos duas delas parecem estudar Letras.

A musa impressionista de nariz arrebitado sopra a fumaça do cigarro e não diz nada. Caíram num súbito silêncio, de volta à tristeza primordial dos nascidos ou criados em Curitiba. Encho o copo de cerveja, lembro-me da minha juventude, dos bailes em Morretes, Antonina e Paranaguá, daquela mediocridade feliz, do meu ingresso na universidade nos anos quarenta, do namoro com Matilde, do noivado e do casamento, da Segunda Guerra Mundial, da morte de Getúlio Vargas. Sou um homem velho. Um homem velho e ridículo, metido a Sherlock Holmes na tentativa de resgatar um morto ainda fresco do anonimato absoluto, destino dos homens comuns. Culpa exclusiva de Izolda. "Professor, por que você não vai até a Bodega, o tal bar onde o Trapo ia? Quem sabe encontre mais conhecidos dele. Eu até posso ir junto." Aceitei o primeiro conselho; o segundo fingi não ouvir, horrorizado. Imagino Izolda neste ambiente, *comigo*. A careca se enche de sangue à simples hipótese. Não há nada mais confortável que a solidão. Sinto-me já um pouquinho mais solto neste bar, quase faço parte deste mundo. Percebo que não mudei nada em quarenta anos de vida. Naquele tempo, como hoje, eu precisava beber para me sentir um pouco mais à vontade. Cachaça de Morretes, caipirinha, conhaque, vinho, qualquer coisa. Quanto mais bebia nos sábados, quanto mais vomitava, quanto mais encrencava nos bailes, quanto mais brigava (sempre em grupos), mais interessante me sentia. Era um modo simplório, claro, fácil, de me tornar homem, de me sentir um animal social. Fazia parte do código da vida, todo mundo morria de rir, um relógio ajustado à rotação da Terra. Depois, casar — e então subíamos um degrau, e o mesmo código mudava os sinais para um novo ajuste, uma nova normalidade. Éramos então homens respeitáveis, bem-humorados. Eu amava Matilde. Dava aulas e mais aulas e voltava para casa. Matilde fazia doces que aprendeu com sua mãe. Fins de semana, descíamos a Paranaguá de trem, e a família se juntava. Eu era muito importante, dava aulas na Capital, estava acabando um curso superior, uma admirável conquista. Publiquei sonetos nos jornais, lapidados por amor à Matilde. Matilde morreu de tifo, na cama de minha mãe, uma febre fulminante, e eu chorei feito criança. Estava acostumado a ela, e a gente já encarava o fato de não ter filhos como uma dádiva de Deus, na poética ingenuidade dos vinte e poucos anos: o Destino não queria interferência no nosso amor. Cheguei a cortejar outras mulheres, alguns anos depois, mas de repente Matilde tornava-se o assunto principal das minhas conversas. O primeiro beijo aconteceu às margens do Nhundiaquara, em Morretes, numa noite de sábado, depois do baile. Ela era uma morena com traços de índia, e levou muito tempo a me olhar nos olhos. Uma bugrinha sensível, de tranças.

Olho em volta: sou um marciano desembarcando na Terra. Há a tentação de repetir o enferrujado lugar-comum: naquele tempo, sim, que era bom. Não, não era. Eu não tive capacidade de acompanhar a história. Tão simples! Aquele tempo, se fosse bom, não teria me destroçado com tanta minúcia, com tantos detalhes. Aquele tempo me ensinou a ser um velho, só isso. O Estado, entretanto, confiou-me levas e levas de jovens, para que, na redoma encarquilhada das salas de aula, eles aprendessem comigo. O quê, meu Deus? Aprendessem o quê? Não fui tão mau professor, reconheço. Havia no meu jeito velho uma benevolência gentil, uma tolerância bem-humorada, um certo cuidado com aquelas cabecinhas agitadas e indóceis no curral da escola. Não foram poucas as vezes em que me levaram presentes nos fins de ano. Sempre estive mais propenso a perdoar do que a castigar, o que por si só já me parece uma grande e rara qualidade. Sou um bom homem, fui um bom homem.

Pois não estou aqui neste bar esdrúxulo, peixe fora d'água, rodeado de uma nova espécie humana, exclusivamente em consideração à Izolda e ao seu poeta? Pois já não estou inclinado a ver neste pobre Trapo algo mais do que um mero escrevinhador de palavrões e delírios? Poderia estar tranquilamente relendo meu Machado de Assis, meu Fernão Lopes, traduzindo Cícero, consultando a última edição do Aurélio, descobrindo as fraquezas da gramática tradicional, que tanto me serviu. Mas não me iludo: o suposto sacrifício é simplesmente falta de iniciativa, incapacidade de dizer não, de modificar qualquer coisa por conta própria. Talvez eu esteja à espera de alguém que me diga com um mínimo de ênfase: *esqueça esse Trapo, livre-se de Izolda, não se meta nessa história!* Então, docilmente, eu voltaria à rotina de sempre, até que outro obstáculo mudasse meu rumo ou a morte me colhesse em alguma tocaia futura.

Levo outra cotovelada da gordinha, desta vez sem desculpas; as quatro moças falam ao mesmo tempo, sob o comando de Suzana:

— *Péra* aí, pô! *Péra* aí! — Os braços dela se põem em guarda, como num lance de caratê, o rosto congestionado por um breve ódio. Há uma fragilidade nesta agitação agressiva, quase uma criança acuada. — Guimarães Rosa é um grande escritor! Ele mesmo dizia que quem não consegue ler as primeiras quarenta páginas do *Grande sertão* não merece ser seu leitor! É um livro *in-crí-vel*!

A de nariz arrebitado, cada vez mais atrás da névoa, agora semelhante a uma princesa destronada, saudosa da corte, resolve falar:

— Sabe que eu nunca li Guimarães Rosa? É uma vergonha, mas nunca aguentei e...

Voz baixa, delicada. Um falatório súbito da outra mesa me faz perder o resto da frase. Em seguida, a morena de óculos, mais uma vez, rende-se aos argumentos de Suzana:

— Tá bem, Su. Vou ler o Guimarães Rosa. Prometo. Mas calma, calma...

As quatro acabam rindo. Suzana tem um assomo de autocrítica:

— Nem sei por que estou falando essas coisas. Vamos mudar de assunto que não aguento mais. O meu analista disse que não devo reprimir meus impulsos. Por exemplo, agora estou com vontade de beber.

Entre risadas, deu mais um gole de vinho. No meu tempo não havia analistas. É uma diferença notável. Penso que essas moças são ideais para a minha pesquisa — é muito provável que tenham conhecido Trapo, que uma delas seja a Dulce a quem ele se refere em algumas cartas. Mas faltam ainda mais de quatrocentas páginas para que eu esgote o poço de Trapo, os dois pacotes de Izolda. Um impulso de perguntar alguma coisa, mas me recolho. Não saberia falar com elas, a língua é outra, o universo é outro, os estímulos são diferentes. Além do mais, sou um velho careca. Peço ao garçom outra cerveja e aguço os ouvidos. Devo dar corda ao acaso, para ser mais fiel ainda ao meu objeto de estudo.

— Estou aprendendo flauta.

Só agora presto atenção na quarta moça da mesa; não olhei antes por timidez, está quase na minha frente. Arrepia-me a ideia de que suspeitem que sou um velho tarado, conquistador de meninas. Suzana investiu de imediato:

— Mais essa agora, pra nos humilhar, Leninha? Não basta falar inglês, alemão, francês, espanhol, iídiche, mestrado em biologia, ver todos os filmes, ler todos os livros e fazer ginástica toda manhã? Tem que aprender flauta também?

Leninha baixou os olhos:

— Ih, pare com isso, Suzana.

Tem a língua um pouquinho presa, o que dá um charme especial à sua timidez. Presto atenção nos olhos, cativantes, e percebo que ela bebe um inacreditável suco de melão. Estou ficando bêbado, apaixono-me por Leninha, pela modéstia da sua inteligência. A de óculos repreende a gordinha:

— Você está muito agressiva hoje, Su.

— É que o Juca não apareceu. Eu amo o Juca. Ele não é uma gracinha?

A nobre decadente fala detrás da névoa, faísca atrasada:

— Eu jamais aprenderia música.

— Flauta é um barato — explica Leninha.

Suzana parece incapaz de falar sem dar ordens:

— Quando é que vai ser o concerto? Precisamos fazer uma noitada regada a flauta! Pode ser lá em casa, sexta-feira.

Leninha defende-se:

— Ih, nada disso. A noitada, tudo bem, mas a flauta não. Antes preciso aprender.

Suzana transborda de admiração, num agressivo encantamento pela amiga:

— Inteligente como você é, em três dias aprende.

— Pare com isso, Su. Vamos falar coisa séria.

Suzana me dá outra cotovelada, ajeitando-se na cadeira. Perguntar ou não de Trapo? Talvez Leninha o tenha conhecido, quem sabe amado, beijado Trapo. Trapo amaria Leninha. Imagino a carta: "Rosa, estou aprendendo flauta com um tesão de professora." Chego a sorrir, a cabeça cheia de cerveja e sentindo uma onda de censura emergir de mim mesmo. Formigamento pelo corpo, o sinal de alerta do filtro mental, o aviso repetido de que meu comportamento, ideias, ações e pensamentos encerram um amontoado ridículo de erros. Na melhor das hipóteses, sou um mau biógrafo; preocupo-me mais comigo mesmo do que com Trapo.

As moças falam de restaurantes, agora; enumeram vantagens e desvantagens deste e daquele.

— No Dutra's, o atendimento é horrível — encerra Suzana, pouco faltando para o clássico murro na mesa. A nobre decadente arrasta tediosamente sua opinião:

— Odeio restaurante. Gosto de bife, arroz, batata frita, feijão e ovo, e isso a gente come em casa.

— Eu gosto de qualquer coisa — tateia Leninha, para chegar onde queria: — mas acho a comida naturalista um barato. — Ressalva: — *Naturalista*, não macrobiótica.

— Macrobiótica é comida de pinto! Uh, que horror! — determina Suzana com um suspiro definitivo. — E você, Luci (Luci é a de óculos, tímida). Você não disse nada ainda!

Luci fica vermelha, dá um gole atrapalhado de vinho. Gostei de Luci, tem o meu estilo.

— Eu? Eu não gosto de restaurante nenhum. Não por causa da comida, mas do ambiente. Aquelas formalidades, garçom pra cá, garçom pra lá, é um saco.

O veredito de Suzana:

— Você é antissocial.

A aproximação de um intruso interrompe a conversa. É um jovem notável pelo desleixo, feiura e teor alcoólico. Parece íntimo de Leninha, que o recebe com uma benevolência simpática de professora:

— Tudo bem com você?

Ele não diz nada; em pé, reluta em largar a mão provavelmente reconfortante de Leninha. Está bêbado, portanto capaz de qualquer coisa, o que deixa as meninas num suspense incômodo, misto de medo e piedade. Secretamente torcem que ele vá logo embora. Afinal, larga a mão de Leninha, faz um gesto de abandono, ou desprezo, ou tédio, ou sofrimento, ou qualquer coisa do gênero, e balbucia:

— Tudo bem.

Percebe-se que morre de vontade de sentar-se à mesa, ao mesmo tempo que se vê indesejado. A falta de cadeira disponível leva-o até o balcão do bar em dois ou três passos trôpegos — e posso sentir o alívio das meninas, no mesmo instante em que uma música de rock cai como um trovão nas paredes do bar, substituindo o cravo barroco.

Suzana inclina-se sobre a mesa, num cochicho indiscreto:

— Quem é, Leninha? Quem é?

A nobre parece conhecê-lo:

— Ele não é aquele cartunista que...

Leninha esclarece:

— É ele. O Hélio. Gosto muito dele.

Sinto a emoção do detetive no momento chave de sua descoberta. O bêbado desleixado é o amigo de Trapo que procuro. Ansioso e infeliz (preferia não encontrá-lo, confesso), vejo-o aboletar-se na banqueta diante de um cálice de bebida, no balcão, tronco caído, cabeça baixa, o trágico modelo do bêbado solitário. Angustia-me agora a ideia de procurá-lo, de sair de mim mesmo para o mundo dos outros, nestas circunstâncias — um velho professor abordando um jovem alcoolizado para conversar sobre um poeta que se matou. Busco motivos para adiar o encontro. Por exemplo: ele está bêbado, inútil aproximar-me. Ou, mais honesto: há muita gente, o bar está congestionado. Posso esperar. Num rompante de coragem, decido-me: ou agora, ou nunca, livro-me de uma vez desta obrigação idiota — mas ouço comentários das moças, subsídios importantes à pesquisa:

— O Trapo era incrível.

— Não conheci ele. Só de ouvir falar.

Orelhas em pé, dou mais um gole de cerveja, concentrando o olhar naquele outro trapo do balcão. Enquanto não falo com Hélio — ou Hélius? — escuto as meninas, ótimas fuxiqueiras.

— Ele era o quê, esse Trapo? — pergunta a nobre decadente, que nunca sabe nada.

— Escrevia umas coisas — atropela Suzana, talvez ansiosa por mudar de assunto.

— Era poeta.

Na boca de Leninha, a palavra "poeta" assume uma grandeza intransitiva. Era poeta. A explicação mais simples não tinha me ocorrido. Fez-se um breve silêncio, tenso.

— Mas ele era meio doido, não era? — insinua a gordinha. Acrescenta, intrigada: — Pra dar um tiro na cabeça, assim...

Leninha, didática:

— Não diga "doido". Diga "fora da norma". Vi o Trapo umas quatro ou cinco vezes só. Era um pouco agressivo, mas carinhoso no fundo. E uma cabeça incrível.

— Eu li alguns poemas dele — diz Luci, arrependendo-se em seguida.

Suzana, impiedosa:

— E que tal? prestavam?

— Gostei muito.

Novo silêncio. Leninha prossegue:

— Trapo era uma presença forte, magnética. Não deu pra entender o suicídio dele. Foi uma porrada na cabeça da gente.

Suzana derramou-se em irritadas considerações filosóficas:

— Como a vida é filha da puta, né? Todo mundo se matando por aí, e nós aqui, bebendo vinho.

Silêncio carregado, a morte de Trapo tomou conta da mesa. Surpreendentemente, Luci, a tímida, rompeu o véu de tristeza:

— Chega de baixo-astral! Morreu, morreu. Pronto. Não se pode fazer mais nada. Ou então vamos ficar como o Hélio, tomando porres o resto da vida.

— Eles eram muito amigos? — pergunta a nobre.

— Estavam sempre juntos. Não vai ser fácil o Hélio levantar a cabeça.

O assunto voltava, teimoso:

— E se matou por quê? Você sabe, Leninha?

— Dizem que andava metido com drogas. O caso foi abafado. Ninguém sabe.

Suzana:

— A família deve estar arrasada.

— Parece que o Trapo não vivia com a família há tempos.

— Ele era casado? — Suzana é implacável.

— Nada. Era bem guri, uns vinte anos.

— E vivia do quê?

— Sei lá. Publicidade, essas coisas.

— Bonito?

— Eu achava. Na única vez que conversei um pouco mais com ele, a primeira coisa que perguntou foi se eu já estava morando sozinha. "Mulher só vira mulher quando manda a família praquele lugar. Antes é porquinho-da-índia."

— Mas que machista! — admirou-se a nobre.

Suzana se interessava:

— Então era bem maluco?

— Tinha a cabeça a mil.

— E você, o que respondeu? — quis saber Suzana, crescentemente interessada.

— Sei lá, eu ri. Ele era engraçado. Tava meio bêbado. Depois começou a declamar Fernando Pessoa. Sabia de cor um monte de poemas. Eu fui embora, o pessoal começou a discutir não sei o que de uma revista, um metendo o pau no outro, uma gritaria.

Suzana, apocalíptica:

— E daí ele deu um tiro na cabeça. Acabou-se o que era doce.

— É isso aí. Acabou-se. Ainda bem que eu não conheci ele melhor. Ia acabar me apaixonando. Ele... ele me atraía — e Leninha envergonhou-se.

Suzana espanta-se:

— Um piá de vinte anos?

— A Suzana tem razão — concordou a nobre. — Eu gosto de coroa. Homem novo é muito bobo.

— Dá um tiro na cabeça — acrescentou Luci, e todos riram, exceto Leninha.

— Acho melhor a gente mudar de assunto, mesmo porque estão ouvindo nosso papo — e a nobre me fitou com desprezo, um longo sopro de fumaça do elegante cigarro.

Vermelhíssimo, percebi quão amador eu era como detetive, a cabeça indiscretamente inclinada para não perder uma palavra do relatório sobre Trapo. As quatro me olharam, sem piedade — e Suzana fuzilou-me:

— Detesto velho abelhudo.

Era o exato momento para eu pedir desculpas e me apresentar — por exemplo, como ex-professor de Trapo e admirador de sua poesia. Mas minha incapacidade teatral me bloqueou — medo do ridículo, ou simplesmente o *medo*, este Ser — e não encontrei outro recurso senão me levantar dali, numa infelicíssima e comprometedora emenda do soneto. Derrotado, careca vermelha, enfrentaria agora o bêbado Hélio — ou Heliusfante, na aparentemente adequada definição de Trapo.

Fontoura, viva!

Por onde é que você anda? Quando aparece na terrinha? Pois tenho uma grande novidade. Descobri, finalmente, minhas raízes culturais. Fuçando a Seção Paranaense na Biblioteca encontrei um artigo de um certo Oscar Gomes, publicado em 1911. Começa assim:

"O povo, à maneira de fulgurante Hélade pagã de outrora, deslumbrado ante o pináculo aurifulgente em que paira *Ilusão*, do alcandorado poeta paranaense Emiliano Perneta, que, semelhante a um Zeus Olímpico, pode ser chamado um artista inigualável, impecável, entre os mais finíssimos estetas que cultuam a arte, a beleza imortal, o povo, que também reconhece o que é belo, o que é fascinante, não deixou também de prestar homenagens ao laureado Mestre da poesia que inebria e arrebata."

Quer mais ou já se afogou?

Só mais um pouquinho, não resisto:

"Tudo contribuía para um conjunto delicioso e harmônico, fazendo lembrar os tempos das glorificações, em pleno ar livre, aos poetas gregos na Acrópole."

"Parecia viver os tempos de Píndaro, Anacreonte e Safo; ressurgia o século de Péricles, quando Atenas atingiu o apogeu nas artes, ciências e letras."

Uma página adiante, a coisa fecha assim:

"Essa sublime sagração pública permanecerá, inolvidada no coração de todos os paranaenses, será conservada tradicionalmente, para que nossos posteriores possam dizer, no futuro, que o Paraná, ao menos uma vez, reviveu a vida espiritual da Grécia Antiga, na qual houve um Píndaro, glorificado por esse novo povo helênico, robusto, belo, sereno e jovial."

Que tal?

Isso não explica tudo?

Um abraço do Trapo, o Príncipe dos Poetas Maconheiros.

Sentei ao lado do bêbado e pedi outra cerveja. Será preciso conquistar a intimidade desta figura destroçada que esconde o rosto entre os braços, caído no balcão. Antes de mais nada, é preciso que ele não durma. Remexo-me na banqueta, bato o copo na garrafa, tusso, numa técnica teatral ginasiana — de fracasso em fracasso ainda serei um grande ator. Muito provavelmente as quatro moças estão me vigiando da mesa, e chego a sentir os olhares me espetando a nuca, uma angústia antiga. Outro gole, decido-me.

— Desculpe, você não era amigo do Trapo?

Heliusfante ergue a cabeça pesada e revela os olhos tortos, lacrimejantes. A desconfiança está nos lábios, um fio de sarcasmo:

— É da polícia?

A desconfiança eu previa, mas a agressão me tomou de surpresa. Tenho que mentir e falar a verdade, outra velha angústia.

— Não... eu...

— Por que não diz logo que é da polícia, ô velho careca? Porra.

Falou alto demais, um garçom já nos observa, bandeja suspensa. Temo que Hélio faça um escândalo, protegido na bebedeira. Cochicho:

— Calma, meu amigo. Fui professor do Trapo.

Peguei-o no ar, agora. Refeito do susto, ele tateia o balcão até o cálice cheio de alguma coisa parecida com conhaque. Começa a rir, um riso para dentro, quase uma convulsão:

— Pro... professor do Trapo! Essa é muito boa ah ah! Professor. Professor do Trapo! — Ameaça falar ao resto do mundo, mas a voz baixa: — Vocês ouviram? Essa porra desse caralho desse tira de merda vem aqui me dizer que foi professor do Trapo. Muito boa, essa.

Eu odeio Izolda, odeio Trapo, odeio a vida desgraçada que levou sessenta anos para me colocar neste bar ao lado deste débil mental para ouvir em menos de um minuto o que jamais ouvi por décadas e décadas. Estou em pânico, a cabeça inchada de sangue e absolutamente sem reação. Ir embora? exigir respeito? colocar o bêbado para fora da sala com uma nota zero? Meu Deus, eu sirvo para quê? Enquanto isso, a bússola do bêbado segue sua rota incerta. Ele ainda repete, como se só agora entendesse:

— Professor do Trapo... — é um murmúrio da memória, olhos fixos no conhaque, cabeça baixa: — Nesta porra dessa cidade não tinha um só filho da puta capaz de dar aula pro Trapo. — Bateu no peito três vezes e disse exatamente o que eu queria ouvir: — *Eu! eu* conheci o Trapo! — Um gesto vago: — Nesse bar de merda só tem babacas. Estão todos enchendo a cara e rindo e se abrindo e achando tudo uma festa. Mas umas semanas atrás o Trapo tava aqui, sentado nessa porra dessa banqueta, bêbado como um peru e conversando comigo. *Comigo!* O Trapo era meu irmão, caralho. Era meu irmão. Foderam com o Trapo. Mataram ele. E os babacas estão todos felizes, essa putada toda que só tem merda na cabeça. O Trapo era meu irmão.

Debruçou-se no balcão e começou a chorar. A situação piorava: o bar inteiro parou para ouvir o choro do bêbado, e, detrás da caixa registradora, o proprietário nos olhava desconfiado. Que poderia eu arrancar daquele bêbado? E para que, pensando melhor? Mas o choro era autêntico, dolorido, e considerei que a melhor coisa a fazer — pelo menos como disfarce, para não passar por carrasco — era cuidar do infeliz. Pedi água mineral ao garçom e assumi paternalmente o papel de guia de bêbado:

— Hélio, bebe aí essa água. Vai fazer bem.

Dócil, ele secou o copo, depois outro, criança tomando óleo de rícino. Fitava-me agora sem ódio, mergulhado no sofrimento, acordando de um mundo vago para outro mundo também sem contorno — e pude constatar quão patética era sua feiura física, seus olhos vesgos, seu nariz cavernoso e rotundo, sua testa cicatrizada, seus lábios sem forma, contrastando com uma sombra de afeto, lá no fundo de algum poço. A voz rouca:

— O Trapo me entendia. Porra. Uma vez ele me disse, tava sentado nessa banqueta. Bicho feio, elefante de bosta, você é o melhor traço do mundo, caralho.

Gesto lento, tirou um lápis do bolso e começou a fazer riscos trêmulos num guardanapo.

— Mas o porra do Trapo deu um tiro na cabeça. Esse filho da puta vai me pagar. Fiquei sozinho, e eu sozinho e bosta é a mesma coisa.

Era uma constatação seca, felizmente; temia sua volta ao choro. Ficou em silêncio, a cabeça balançando, talvez desenterrando memória, talvez ingressando no vazio, naquele interregno pacificado dos bêbados, o ponto zero entre um impulso e outro. Percebi que as quatro moças se levantavam da mesa e cochichavam. A gordinha estava irritada, impaciente; entre um e outro olhar ao balcão, discutia com as outras três. Finalmente, Leninha — a do suco de melão — afastou-se do grupo e se aproximou de Hélio.

— Tudo bem com você?

Ele fitou-a, vesgo. Ela insistiu, carinho verdadeiro:

— Precisa de alguma coisa, Hélio?

— Leninha. Ah, Leninha. Porra. — Sorriu um esgar disforme e abraçou-a, aconchegando-se no seu pescoço. Adiante, pânico entre as moças, o bêbado era muito inconveniente, confiado, talvez depravado — mas Leninha aceitou e retribuiu o abraço. Sussurro:

— Tudo bem, Hélio?

A pureza era tal que reprimiu os ímpetos agressivos do bêbado, se é que ele ainda os tinha. Suzana impacientou-se de vez:

— Vamos embora, Lena!

Luci divertia-se com a fúria de Suzana, e a nobre decadente escondia-se atrás do cigarro: em pé, era mais elegante ainda. Mas o melhor traço do mundo não tinha pressa, protegido no afeto daquele abraço. O bêbado não parecia tão monstro assim. De repente falou, e fui a vítima:

— Leninha, esse tira aí diz que foi professor do Trapo. Quer informações. Quer me pôr na cadeia. Vai ver fui eu que matei o Trapo. Que corja de vagabundos.

Leninha me olhou, surpresa — mas desta vez reagi de imediato, sob pena de me transformar em policial para o resto da vida. Assustado, desfiei um rosário de mentiras bem-intencionadas:

— Sou escritor, Leninha. Estou escrevendo sobre Trapo. Admiro muito a poesia dele. Tudo que eu quero é conhecer seus amigos para entendê-lo melhor.

Hélio estourou numa gargalhada:

— Ah ah ah! Essa é boa! O velhote é escritor! — Dedo erguido: — Olha aqui, velho, eu conheço toda a meia dúzia de escritores desta porra de cidade, e a menos que você seja um imortal da Academia Paranaense de Letras, portanto uma múmia ambulante, você está mentindo. — Conta nos dedos: — Primeiro, era professor do Trapo; depois me deu um copo d'água; e agora é escritor. Por acaso não é o Dalton fantasiado, atrás de assunto pra contos?

Não me lembro de nenhuma outra noite da minha vida em que suportasse tanto desaforo — encontrava em Hélio o mesmo barbarismo, falta de civilidade, grossura e intolerância dos escritos de Trapo, sem o brilho eventual do poeta. Hélio é tosco, um barril de recalques, frustrações, que a bebida põe a nu sem piedade. Entretanto, não me retirei imediatamente, como devia — assumi mais uma vez o ridículo da situação. Não tenho iniciativa, eis a tragédia. Inexplicavelmente, Leninha interessou-se por mim, sob os insistentes chamados de Suzana.

— O senhor está escrevendo sobre o Trapo?

— Sim... eu...

Hélio enfurece-se:

— E o que é que este bosta sabe do Trapo?

Leninha sorriu:

— Calma, Hélio. Primeiro ouça.

O bêbado parou, como sob um choque, cabeça oca. Seria inútil aquela conversa a três. A gorda insistia:

— Vamos embora, Leninha! Que situação chata!

Escrevi rapidamente meu endereço e telefone num guardanapo (a troco de quê, meu Deus?) e entreguei-o à minha benfeitora:

— Posso explicar do que se trata. Se você puder, me telefone. — Menti, como reforço: — Trapo foi um grande poeta — e fiquei vermelho em seguida, palhaço condenado à encenação.

Ela leu no guardanapo:

— Professor Manuel... telefono sim, professor. Tchau, Hélio.

Deu um beijo no cartunista e se afastou, puxada pela mão insistente de Suzana. De novo a sós com o bêbado, maquinava um modo digno de sair do inferno, ao mesmo tempo em que me sentia incapaz, inapelavelmente incapaz. Hélio olhava para o balcão:

— Ah, Trapo. Que grande filho da puta. Tem um escritor querendo te pegar.

Pedi outra água mineral. Aparentemente Hélio passava da fúria à docilidade, e era preciso aproveitar a deixa. Num gesto meio duro, falso, coloquei a mão nas suas costas:

— Beba mais água, Hélio. Não sou da polícia coisa nenhuma. Quero conversar com você. Você foi o único amigo do Trapo.

Ele aceitou a água — esvaziou o copo e me olhou desconfiado.

— Como é que você sabe? Que porra você sabe disso?

Suspirei, cansado de fingir.

— Tenho pilhas e pilhas de cartas do Trapo.

Foi um golpe mortal — ele estava nas minhas mãos. Primeiro, o choque, que curou boa parte do porre; depois, incredulidade, e lá no fundo (desconfiei) uma suspeita magoada contra o único amigo, que o traía depois de morto.

— É mentira.

Enchi novamente o copo de água, que ele bebeu em seguida, caretas horrendas.

— É verdade.

Hélio tentava sair do seu universo bêbado, do seu fosso movediço, para a terrível realidade das pequenas certezas cotidianas, lutando para recuperar a lógica dos homens sãos.

— É mentira, caralho. Nos dois últimos anos do Trapo acompanhei ele dia a dia. Ele era meu irmão. Nunca escreveu uma merda de carta pra velho nenhum.

— Só como exemplo: escreveu dezenas de cartas para o pai dele.

Furioso:

— Que nunca botou no correio! — Atropelou-se, mais cuspindo que falando: — Toda semana ele me lia essas cartas, e depois rasgava elas em picadinho. Dizia: aquele velho de merda não merece isso. Algumas nós queimamos em praça pública. — Deu uma risadinha curta, lembrança viva: — Era um ato de purificação. Herosfante, precisamos queimar nosso pai. Nosso pai é terrível. Nosso pai é Deus. Se Deus não for posto em picadinho, estamos fritos.

Mais água no copo, a memória de Hélio se derrama:

— Eu achava um exagero. Porra, sempre gostei da minha família, que está aí, me aguentando. O velho do Trapo era só putanheiro, que tem isso de mais? Tá certo, um babaca. Mas o Trapo não queria saber. Mudou até o nome.

Era minha vez de beber: esvaziei o copo com a cerveja meio choca e pedi outra garrafa. Revelei:

— O pai de Trapo matou o galo de estimação dele, quando ele tinha uns cinco ou seis anos.

Com esta, conquistava pela primeira vez alguma admiração de Hélio:

— Porra. É verdade. Então você sabe disso. — O rancor voltava em seguida: — Mas não estou magoado não. O Trapo não tinha obrigação de falar coisas só pra mim. Depois, o Trapo nunca teve moral, nem ética, nem porra nenhuma. Não se preocupava com essas frescuras de burguês como eu me preocupo. Ele me usava. Eu era o saco de pancadas dele. Porra, elefante, você é tão feio que fica bonito. É o belo horroroso, o corcunda de Notre Dame. Faz um desenho aí, porra, pra eu voltar à realidade. Desenha um castelo maluco. E eu, porra, sou um bosta mesmo, eu desenhava um castelo maluco. Mas eu sou assim. Quando eu tenho um amigo eu tenho um amigo. Sempre fui um jacu perto do Trapo. Mas eu era o amigo dele. É até capaz de falarem que a gente se dava o rabo. Unha e carne. Daí ele se matou. E daí eu descubro que ele se correspondia com um escritor careca de quem nunca me falou. Era um filho da puta.

— Eu nunca vi o Trapo na minha vida, Hélio.

Mas ele já está completamente desiludido:

— Esse porra desse Trapo me fode a vida mesmo depois de morto. Que história é essa de cartas? Não sobrou nada. Eu sei que não sobrou nada na pensão. A família levou tudo. E eu quero ser um babaca se o Trapo tinha intimidade com você. Eu era amigo dele. Porra, se era.

A profusão de porras e caralhos começou a me dar náusea. Que geração infernal é essa que não sabe falar? Regredimos, estamos no limbo de Lúcifer, no paraíso da escatologia. Um palavrão resume e sustenta o mundo. E dizer que suporto tudo isso só para dar alguma satisfação a Izolda, talvez a única pessoa que verdadeiramente amou Trapo. Até aqui, parece-me que Hélio está demasiado ocupado com a própria feiura para amar um semelhante. Trapo e Hélio: um era o porão do outro, onde se guardam as coisas imprestáveis. Por que os textos foram parar nas mãos de Izolda, a analfabeta, e não nas de Hélio, o único espelho? Não faz sentido.

— Como é, detetive? Ficou quieto agora? Desistiu de escrever o livro? Vai desembuchando que história é essa, porra. Eu sei tudo da vida do Trapo. Não adianta contar lorota. Cadê a pilha de cartas? Não tenho nada do Trapo. Não tenho porra nenhuma. Nenhum poema ele me deixou. Não tenho nem a assinatura dele num papel de cigarro, assim, no cu da madruga. Merda nenhuma. Sabe por quê? Porque eu sou burro, sou uma tampa de panela. Também, caralho, o que é que eu ia fazer com um poema dele? Só que agora eu estou aqui nesse boteco, igual bosta n'água, e ele está no Inferno, enchendo o saco do diabo. E eu dizia praquele idiota: não se meta com pó, Trapo. Você vai se foder. Publica teus livros. Vá escrever. Larga mão de encher o saco do teu pai. Família é família. Na hora do aperto... porra, sou um babaca...

Recomeçou o choro, mas desta vez em silêncio, lágrimas escorrendo. Abracei-o, um pouco menos duro, um pouco menos falso:

— O Trapo gostava muito de você, Hélio.

Ele voltou a rabiscar num guardanapo, querendo e não querendo falar mais.

— O que fodeu mesmo com ele foi aquela mulherzinha.

— Rosana?

Confuso:

— Porra, você é da polícia. Abre o jogo, cara. Se for pra ajudar o Trapo. Ajudar.. que bosta. Já morreu.

— Eu sou um professor aposentado, Hélio. Vou abrir o jogo, como você diz. Quando Trapo se matou, a dona da pensão recolheu duas pilhas de texto do nosso amigo e escondeu. Quer dizer, isso é o que eu estou achando. Ela diz que ganhou dele. Depois, não sei por que cargas d'água, ela levou a papelada para mim.

— A velha Izolda?!

— A velha Izolda. Quer que eu publique um livro do Trapo. Ou sobre ele. Ela adorava o menino.

Hélio se abriu num sorriso limpo, a emoção em pêndulo, como nas crianças:

— Puta que pariu, professor! Que barato! — Voltou ao conhaque com entusiasmo, ria sozinho. — Que grande filho da puta esse Trapo! — Agora queria saber tudo: — E tem muita coisa escrita?

— Duas pilhas dessa altura. Contos, poemas, frases soltas e principalmente cartas. Cópias de todas as cartas que escreveu nos dois últimos anos. Não li nem a metade ainda.

O movimento pendular — de criança e de bêbado — subitamente descobria em mim um oportunista:

— É claro, porra. Entendi. E o senhor professor careca vai montar em cima do cadáver do Trapo e fazer média. Sugar o sangue dele. Já entendi. A grande descoberta de Trapo nas mãos do professor careca! Manchetes nos jornais. Trapo maconheiro! Trapo bom de pico! Trapo tarado! Trapo bêbado! Trapo poeta incompreendido! Corja de vagabundos. O senhor faça o que quiser do Trapo, professor. — Pretendia me ameaçar, dedo erguido, mas se encolheu, queda súbita de bêbado nas profundezas da fossa. — Desgraçadamente eu sou um idiota, professor careca.

Respirei fundo. Sou um velho, não mereço isso. Minha boa vontade deve ter um limite, e meu compromisso com Izolda não pode me obrigar a qualquer coisa.

— Em primeiro lugar, meu nome é Manuel.

Irônico:

— *Professor* Manuel.

— Hélio, estou me submetendo a esta situação ridícula em consideração a Izolda e ao respeito que ela tem pelo Trapo. — Hélio voltou para mim os olhos vesgos; parecia disposto a ouvir. — Não sou escritor, nunca escrevi um livro nem pretendo fazê-lo. Sou um professor aposentado de Língua Portuguesa, de segundo grau, com ligeira passagem pela universidade na cadeira de Literatura Brasileira.

O magro currículo me encheu de alguns pedaços de orgulho, como se através dele eu me tornasse maior.

— Palmas para o grande professor de literatura brasileira, futuro especialista em Trapo, o gênio dos pinheirais!

— Estou aqui aguentando a sua bebedeira porque você foi amigo íntimo de Trapo, conforme ele mesmo diz nas cartas, e eu vim procurá-lo para que você me indicasse alguém a quem confiar os originais. É só isso.

De repente, eu encontrava a vereda da salvação: passar Trapo adiante, com elegância. O pêndulo do bêbado estacionou ante o imprevisto, olhos vesgos dançando. Prossegui, superior:

— Quanto à sua acusação de oportunismo e sensacionalismo, que sinceramente me ofendeu, devo dizer que não tenho nenhum interesse particular em Trapo. Por casualidade estou com seus textos, procurando a pessoa ideal a quem entregá-los, alguém capaz de apreciar a vida e a obra dele. Alguém da geração de vocês. Sou um velho. Para mim, Trapo é um péssimo escritor. Se há alguma coisa interessante nele, é a vida, ou o mistério daquele suicídio, que contradiz tudo que sei e li dele.

Cresci com esta fala — aproveitava o momento para me vingar de todas as ofensas acumuladas na noite, para colocar o bêbado linguarudo no seu lugar. A perspectiva de humilhá-lo — pelo simples fato de falar seriamente sobre Trapo — me agradou. O cartunista saiu pela tangente, um resto de sarcasmo na boca:

— Por que o senhor só fala fazendo discurso? — Imitou-me em falsete: "procurá-lo", "fazê-lo", "fi-lo porque qui-lo" e o caralho?

Ele estava derrotado. Estufei ridiculamente o peito, já quase tão bêbado quanto ele:

— Porque sou professor de português há quarenta anos. É impossível transmitir qualquer sequência organizada do pensamento a alguém dispondo-se apenas de meia dúzia de palavrões.

— Desculpe, professor.

Triunfo. Hélio agora era aquele aluno relapso, como centenas e centenas que passaram pelas minhas turmas, cabisbaixos e humilhados pelo poder esmagador da minha nota. Vejo nele os sintomas desta síndrome infanto-juvenil, o trauma de milhares de crianças, instantaneamente dóceis ante um professor, imagem já gravada no inconsciente, a se repetir de pai para filho. Apesar da covardia (ou justo por causa dela?), senti-me aliviado, dono de mim, tranquilo pela primeira vez na noite. Poderíamos finalmente conversar sem problemas, cada um no seu papel. Fuzilei-o:

— Você fica com os textos?

Ele esperneou em pânico:

— Não, professor! Sou um ignorantão! Amigo do Trapo, mas isso no caso não serve pra nada.

— Muito bem. Então me indique alguém interessado.

Perdido, ele deu mais um gole de conhaque.

— Claro. Claro. Vamos pensar nisso. Porra.

Levantei-me para ir ao banheiro, depois de pedir outra cerveja. Estava agora num estado de euforia, de autoconfiança — era um homem capaz de colocar um bêbado nos eixos, fazê-lo pensar organizadamente, e ao mesmo tempo via próxima minha liberdade, a retomada da solidão com dignidade (mas, lá no fundo, a obscura atração por Trapo continuava intocada). Saímos do balcão — já me doíam as costas, as pernas, o reumatismo dos sessenta anos — e ocupamos uma mesa vazia. Lembrei-me vagamente da fumaceira dos cigarros, da música muito alta, mas não sentia desconforto; voltava-me o gosto da aventura, do imprevisto, o encantamento dos bares, como se eu não fosse *apenas* um velho careca. Izolda tem razão: falta vida na minha vida. Quando nos acomodamos, Hélio desenterrou uma pequena angústia:

— Professor... o senhor falou sério quando disse que Trapo era um péssimo escritor? — Fitava-me com olhos de aluno em busca da autoridade. Justificava-se: — Eu não entendo de literatura. Porra. Mas o Trapo era meu amigo.

— Exagerei um pouco, força de expressão. Trapo *redigia* bem, muito bem, você compreende? Mas para escritor, no sentido pleno do termo, faltava muito. — Senti coceiras de continuar a aula, de mostrar minhas qualidades: — Ele tinha uma massa enorme de informações, intuições, sensações, toda a matéria-prima do trabalho literário. Mas tudo em estado bruto, alucinante demais, demasiado na moda, excessivamente próximo da realidade para entendê-la em profundidade. Faltava-lhe, também, disciplina. Faltava-lhe principalmente um objetivo literário. De tudo que li dele até agora não encontrei nada que represente, rigorosamente, um gênero. A rigor, escreveu cartas. E denunciava algum mau gosto, muito palavrão, muito relaxo na gramática, vocabulário estreito e uma pretensão descomunal.

Silenciei, angustiado. Para interpretar nosso poeta eu acabava de desfiar um rosário viciado de definições vazias. A literatura se esfumaçava num massacre de informações, na euforia do álcool, na inexorável mudança dos tempos e das gerações, na incapacidade essencial do homem para compreender as coisas. A ideia da *circunstância literária* é um pesadelo, só apreensível um século depois. Na minha angústia, vejo Trapo como uma pequena ave se esfacelando em voo, num mergulho em que a literatura rigorosamente não tem qualquer importância. Nada sei da literatura — e esta constatação, curiosamente, me aliviou, corcova que jogo fora depois de carregar a vida inteira. Enchi mais um copo:

— O importante é que Trapo me comove.

Hélio prolongou uma risadinha de sofrimento, desencanto e ironia:

— Que filho da puta, esse vagabundo desse Trapo. Me enganou direitinho. Então era um escritor de bosta?! E vivia cagando regra. — O pêndulo acelerou-se, num remorso instantâneo: — Mas porra, que puta amigo. Brilhante. Inteligente pra caralho. Escrevia uns troços bonitos. Era companheiro. Porra.

Senti que mais uma vez Hélio perdia o rumo, muito próximo do sono, do fim da noite. Apressei-me:

— Espere um pouco, Hélio...

— Porra, deixa eu falar palavrões, professor. Sem palavrão fico mudo, porra. — Repetiu, murro na mesa e risada: — Porra! Repete aí, professor, quero ver! Dá uma de macho: porra! Diz aí, quero ver! Ó pessoal, o professor aqui vai dizer "porra"!

Bêbado estúpido, burro, idiota, inconveniente, insuportável. O limite da paciência:

— Quem é que reclamou, Hélio? Você ficou louco. Eu ia dizer para você não me levar a sério na crítica ao Trapo. Quero deixar claro que não sou a pessoa indicada para julgá-lo.

— O que quer dizer isso? Fala português, caralho. Primeiro o Trapo, agora você. Todo mundo chega perto de mim pra cagar regra. Você já viu meus cartuns? Já viu? Não viu merda nenhuma. Se eu ponho nanquim na tua mão esse professor careca vira uma vaca.

Suspirei. Começaria tudo de novo. Uma última tentativa:

— Ouça: quero saber quem você indica para eu entregar os textos do Trapo. Só isso. — Aproveitei a seriedade, a luta medonha do bêbado para recuperar a lucidez, talvez a derradeira da noite: — O que eu estou tentando colocar na sua cabeça tonta é que estes textos devem ficar com a pessoa certa! Se você não quer, então me diga a quem entrego.

Definitivo:

— Só tem filho da puta nesta cidade.

— Outro amigo dele.

— Não tinha.

— Um escritor conhecido do Trapo...

— Ah, essa é boa. Quer saber, professor? Quer saber? Vou desfiar um por um.

E começou: Fulano é idiota, Beltrano quer ver o diabo e não quer ver o Trapo na frente, no Sicrano o Trapo enfiou a mão na cara. Esse virou vedete em São Paulo. Aquele só pensa em dinheiro. Aquele outro não sabe assinar o nome. Um está enfronhado de corpo e alma na picaretagem da literatura infantil. Outro é da Academia Paranaense, escreve trovas. Outro é estátua de museu. Um é gênio. Outro pendura melancia no pescoço. E assim por diante. Erguendo-se da cadeira, arrematou:

— Quer saber de uma coisa, professor? Curitiba é um cu!

Sentou-se de novo, catarseado. Suspirei.

— Bom, se o Trapo não fosse tão completamente anônimo, entregava seus originais à Biblioteca, ou à Fundação Cultural...

Hélio me fitou minuciosamente, o olho vesgo tremulando:

— O quê?! O senhor quer matar ele de novo? Entregar ossos ainda quentes do Trapo na mão daquela corja de medíocres, pulhas e filhos da puta?! Fazer isso com o meu amigo Trapo?! — Deu um murro na mesa, cuspindo-se todo: — Não admito! Porra!

Caiu num silêncio pesado, já dominado pelo remorso:

— Desculpe, professor.

Era o seu primeiro gesto civilizado, o que mitigou um pouco meu desconforto. De qualquer modo, falávamos de Trapo com objetividade. Não perdi tempo:

— Bom, quem fica com os originais, então? a família?

— Ficou louco, professor? A família tá feliz e sorridente com o filho morto e o senhor vai lá ressuscitar a desgraça?! Trapo não tem família. A coisa mais parecida com família que ele teve fui eu. Uma espécie de irmão. Irmão por escolha. Ele dizia: Porra, Erosfante, você é irmão. O Trapo era fodido.

A essa altura eu já sabia exatamente o resultado do meu interrogatório, num misto de ansiedade e orgulho, como professor e detetive.

— Com quem fica, Hélio? O problema continua.

Ele deu um gole de conhaque, estalou a língua e imobilizou-se, como quem considera profundamente. Temi que dormisse antes da solução final, mas ele decidiu:

— Fica com você, professor.

Senti alívio, a questão se encerrava. Não sei por que diabos a bebida me deixava tão eufórico com esta perspectiva, como se durante a vida toda eu estivesse esperando, preparando-me para biografar Trapo, quando poucas horas antes queria pôr fogo na papelada de Izolda. Todavia, relutei com a devida dignidade:

— Já enumerei mil razões para recusar o trabalho. Tudo que eu quero é dar uma satisfação a Izolda. E lavar as mãos.

— Isso é papagaiada, professor. O senhor é a pessoa certa. Mesmo porque não há mais ninguém, e a obra do Trapo está com o senhor. O destino, professor. Trapo acreditava no destino. Porra, o destino é do caralho. Você veja...

O tratamento com "você" ou "senhor" flutuava ao sabor do pêndulo. Hélio ameaçou fazer um tratado metafísico sobre o destino (no qual também acredito, curiosamente), quando voltei a colocar a conversa no rumo:

— A questão é que não gosto de Trapo.

— Mentira. Se o senhor não gostasse dele, não aguentava passar uma noite ouvindo palavrão e desaforo.

Sorri da impecável conclusão de Hélio, que me elucidava. Mas, estupidamente, o ato de gostar de Trapo soava-me desconfortável, quase com uma conotação homossexual, algum ranço repugnante, herança de uma vida inteira. O monstro da mesa passava a ser eu. Apressei-me a justificar:

– Interessa-me em Trapo entender o suicídio. A literatura dele, como já disse, considero fraca.

— É tudo a mesma coisa, professor. Não tem o Hélio bêbado e o Hélio são. Tem o Hélio. E porra, professor, cá entre nós: o Trapo era um puta dum cara fodido.

Minha Rosana, Rosana Minha:

Não tenho feito outra coisa na vida senão perder. Perder: eis um verbo que conjugo com garbo. Nesta região em que as lacunas se somam, sinto-me em casa. Perder: dinheiro, fios de cabelo, lembranças, paixões, vontade, vergonha. Sou um perdedor, aquele azarão que nunca surpreende, embora ameace na curva. Fui perdendo os amigos, um a um, transformando-os numa tribo feroz de luta eterna. Sobrou o Vero-infante, o homem mais feio do mundo. Se eu escrevesse como ele desenha ninguém me aguentava mais. Aliás, ninguém me aguenta de qualquer jeito. Às vezes suponho que dei o passo maior que as pernas. Meu projeto de vida não permite erro: é tudo ou nada. E a bosta — confesso docemente pra você, Roseira Roseiral Rosana Mitológica — é que estou impregnado até a alma da ideologia do sucesso, que foram me ensinando desde que nasci (quando me comparavam com o bebê do lado) até agora, quando se faz indispensável que me torne o maior escritor do mundo. Logo eu, caralho, um brasileirinho de bosta que mal e porcamente sabe inglês. O Brasil é um romance de ficção científica reescrito e adaptado por tabeliães semianalfabetos e que ninguém lê. Entretanto, dá-lhe Joyce! Meta-lhe Proust! Enfiem-lhe Thomas Mann! Entrochem-lhe Barthes!

A vanguarda de ontem olhava cinquenta anos na frente. A vanguarda de hoje olha cinquenta anos atrás. Daqui uns dias sai a Semana de Arte Contemporânea, um Su! Com cobertura total da Rede Globo, da revista *Veja*, das Secretarias e Fundações e Oficialatos e latas da Cultura Nacional. Mas Sistema é outro papo, muito mais sério.

Como você vê, meu doce de abóbora com leite, estou na fossa. Não era pra estar, peguei a caneta para redigir o ofício de ingresso no Paraíso. Desculpe as idas e vindas, acabei de chegar do reino da maconha. No finalzinho dos efeitos inebriantes — porra, que lucidez — aproveito o início da angústia e ansiedade para escrever. Escrever é coisa de tarado.

Eu falava de perder. Pois é. Há uma merda que não lamento: a minha empáfia com relação a você, Rosana. Neste ano e meio de neuróticas relações (somos doidinhos doidinhos) você foi provocando uma mutação lenta e implacável na minha segurança. É piegas, mas vai: como perdi tudo, ficou você. Nenhum relacionamento poderia ser tão intrigante, instigante e criativo como o de um adolescente arrogante e estúpido como eu, com uma menina puríssima e estranhíssima como você. (Aliás, desde já prometo um retrato falado de você. É um desafio. Aguarde.) E não é apenas isso. Encontro de adolescentes dá mais (perdoe o mau gosto) que chuchu na serra. O que nos interessa (ou o que me intriga) é o *modo* dessa relação. Teria Freud previsto sexo epistolar? Que estranha tara é esta que me deixa em pânico a cada perspectiva de encontrar você? Por que tenho um medo diabólico de ver e tocar você? Por que passei meses protelando e adiando um encontro, enquanto me empanturrava de escrever cartas?

É um tema tão delicado que tenho medo de abordar. Heliousfante, o Paleolítico, recomendou um analista. Seria uma fixação infantil que, se não tratada e revelada a tempo, se transformaria em incurável esquizofrenia. O Hélio é apocalíptico. Bom, no terreno das hipóteses, vale tudo. Eu sei que é pura neura. Não só minha; tua também, pois você se adaptou ao meu sistema com perfeição e gosto. Vou enumerar, sem medo, as razões que já me ocorreram para explicar o inexplicável. (Por favor, minha querida, me perdoe se a magoo. Eu amo você!)

1. Eu tinha vergonha de sair com você porque você é muito burra. Com o tempo, de tanto fortalecer essa tese, passei a acreditar nela e reforçá-la em cada carta, em indiretas e diretas altamente ofensivas à sua perspicácia. E você, contrariando-me em tudo, achava minha acusação engraçadíssima e mais gostava de mim!

2. Eu tinha medo das eventuais implicações do nosso caso a nível familiar. Como um bom samaritano, estaria, no fundo, protegendo tua reputação e tua menoridade, à espera de uma ocasião mais propícia para a formalização do amor. A favor deste argumento ridículo, pesa o fato da prisão a que você é literalmente submetida pela família.

3. A terceira explicação é poética, e, portanto, a que sempre me senti mais inclinado a aceitar. Minha paixão por você foi tão intensa e acachapante que, no processo de construir uma Rosana ideal na minha cabeça (como os pastores da arcádia), acabei por inconscientemente recusar a verdadeira.

4. Meu amor por você representa, em última instância, a perda da minha liberdade. Assim, devo evitar maiores

envolvimentos para não correr o risco da absoluta escravidão dos casados e acasalados em geral, os quais, depois de apagado o fogo, passam a viver numa tortura chinesa de enormes sofrimentos à custa da conveniência social.

5. Quinta (esta é cruel): eu amo o *modo* com que nos relacionamos, não você propriamente dita. É justamente a espera angustiada, o segredo da troca de cartas na caixa postal, a dificuldade terrível do encontro, o mistério poético, a Rosa Vaga na minha alma, a possibilidade da literatura em estado puro, que me levam à paixão. Eliminados estes pré-requisitos básicos, seríamos um casal babaca de adolescentes, comendo pipocas na fila da matinê do *Love Story*.

6. Eu amo o ódio que você tem do teu pai. É uma possibilidade atraente, pois nosso afastamento reforça esse ódio. Logo, não podemos nos ver com frequência, sob pena de eu procurar outra, enfadado. Um Bom Pai (no caso, sogro) destrói o fogo da criação e anula toda revolta.

7. Sétima: quem sabe minha recusa de me encontrar mais com você não seja apenas uma técnica sofisticada para aumentar o prazer? Uma trepada depois de dois meses é uma senhora trepada, a gente fica com o diabo no corpo. Depois deste jardim das delícias momentâneo, é preciso armazenar energia por um bom tempo para o nível não cair: o sofrimento a serviço do êxtase!

8. (Isto não tem fim.) Estou simplesmente esperando que *você* tome a iniciativa de me procurar mais vezes, que *você* rompa os grilhões familiares, que *você*, e não eu, desencadeie o processo de liberar essa ansiedade, num desafio frontal ao resto do mundo. Se *você* espera, é porque não estamos maduros.

9. Você é apenas inspiração literária. Eu uso você para burilar meu estilo.

10. Etc.

Como vê, minha querida, não sei nada. Tudo isso é disfarce de um bloqueio medonho que me faz suar frio (é uma sensação física) cada vez (rara vez) que te vejo. Entretanto, neste ano e meio você ocupou todos os poros da minha vida, e não posso mais respirar. Não tem sentido a gente se amar e se largar e se amar e se afastar e sofrer sofrer sofrer. Toda minha literatura se reduziu a você. Penso Rosana, durmo Rosana, escrevo Rosana, amo Rosana. Choro Rosana. Rosana: não Fulana. Ao mesmo tempo, você se tornou minha única posse, um anel de ouro que a gente guarda no último sótão da alma, aquele intocável. Que medo terrível!

Acordo com o telefone.

— Alô?

— O que você tem, meu filho?

É minha mãe, ligando de Paranaguá, como faz toda semana. O "alô" foi suficiente para ela perceber que não estou bem.

— Nada. Bebi um pouco ontem à noite.

— Você deu pra beber agora, meu filho?

— Claro que não, mamãe. Foi só ontem.

A ansiedade dela passa para mim.

— Uma festa?

— Mais ou menos.

— Você está precisando de alguma coisa?

— Eu que devo perguntar se a senhora está precisando de alguma coisa.

— Ahn?

Provavelmente está telefonando da rodoviária. Repeti a fala, mas ela não ouviu.

— Eu vou subir para Curitiba. — Gritou: — Vou subir, ouviu? Alô!?

— Eu ouvi, mamãe. — Entrei em pânico. — Não faça isso!

— Ahn?

Uma tragédia: ela conheceria Izolda, Hélio, Trapo, os meus novos amigos, gente dessa laia, dentro da minha casa. Gritei:

— Não suba, mamãe! Fique aí!

— Por quê? Aconteceu alguma coisa? — Era já certeza: — Aconteceu alguma coisa, meu filho.

— Não aconteceu nada. — Única defesa: — Eu vou a Paranaguá amanhã ou depois. Me espere aí, mamãe.

— Você o quê?

— Vou a Paranaguá!

— Hoje?

— Não! Essa semana. A senhora quer alguma coisa?

— Traga daquele mel que vende na Mateus Leme, perto da igreja. Sabe onde é?

— Sei, mamãe. Eu que comprei a última vez.

— Não estou boa do peito. Um chiado.

— Tome cuidado, mamãe.

O chiado no peito durava já uns quinze anos.

— Então não preciso subir?

— Não. Logo eu vou ver a senhora.

— Traga o mel. Você não esquece?

— Não, pode deixar.

— Daquele que empedra. Senão não adianta nada.

— Claro, claro. Como da última vez.

— Qualquer coisa ligue pra venda do seu Vicente. Deixa recado. O seu Vicente é um homem muito bom. A filha dele vai casar mês que vem.

— Que ótimo, mamãe.

— Ele quer que você venha pro casamento.

— Claro que vou.

— Compre um presente bom, meu filho. Só Deus sabe o quanto eles têm me ajudado.

Sinto uma agulhada de culpa.

— A senhora recebeu o dinheiro?

— O dinheiro? Ah, recebi. Não dá mais pra nada. Mas a gente vai vivendo.

— É.

Silêncio. Resolvo acabar a conversa:

— Logo estou aí, mamãe. Um beijo!

— Te cuida, meu filho. Nessa idade.

Sou um homem sem iniciativa. Não bastasse a ressaca medonha — mais que física, uma ressaca psicológica, de humilhação, de falta de amor-próprio, de ofensa recebida e calada — minha mãe atropela-me com o mel da Mateus Leme, o presente da filha do seu Vicente, a vigilância e a necessidade de eu descer a Paranaguá. Porque se eu não desço, ela sobe — e, naturalmente, vai odiar Izolda e destruir todo o meu entusiasmo eventual por Trapo.

Esqueço mamãe e recordo a noite. Espanta-me agora, na irritação desta ressaca, minha capacidade de suportar ofensas, o inacreditável atrevimento de Heliosfante e minha estranha (estranha?) passividade. Tudo para respeitar a memória de Trapo — ou para tratar condignamente sua obra póstuma.

Assustado, relembro que agora ela me pertence. Alguma coisa razoável terei que fazer com este amontoado de disparates que, antes de odiar, verdadeiramente não compreendo. Tudo isso, é claro, porque sou um homem sem iniciativa.

Uma sede terrível e preguiça de me levantar: estou corrompido, esvaiu-se a disciplina espartana de tantos anos. Tenho a narina impregnada do cheiro de cigarro, o estômago nauseado de cerveja, o ouvido repleto de música histérica e palavrões, palavrões, palavrões. Nenhum sinal daquele eficiente filtro mental, o pequeno computador que sempre soube tão rapidamente explicar, delimitar e eliminar as coisas na minha solidão diária. Pensando melhor, talvez tenha descoberto por que me submeti a todo aquele sofrimento. Uma neurose miúda, mas capaz de me conduzir com absoluta determinação através de uma noite desconfortável: não foi propriamente o desejo de respeitar Trapo, de conhecê-lo melhor, de estudá-lo através de seu maior amigo; não foi tampouco a consideração por Izolda, uma resposta à confiança que ela depositou em mim; não foi, igualmente, curiosidade, esse sentimento a que sempre fui alheio — foi simplesmente o desejo de dar legitimidade à posse dos escritos de Trapo. Algum porão da minha cabeça me acusava de *intruso*, de ladrão da vida alheia: que direito tenho eu de devassar a intimidade de alguém? A procuração passada por Izolda é insuficiente: mulher vulgar, não teria pruridos de me envolver num roubo puro e simples; inculta, não tem estofo para decidir sozinha quem deve julgar a obra de Trapo.

Assim, sem saber, foi obedecendo aos escaninhos de uma consciência anônima, de uma moral silenciosa da qual sou escravo, que cheguei a aceitar o encargo. Que encargo?

Há um morto a ser exumado, e eis que sou o legista. Esta questão me atazana. De qualquer modo, parece que estou tranquilo — doravante, sinto-me mais à vontade com Trapo: tenho o aval do seu melhor amigo, o bêbado horroroso. Esta lógica minuciosa, que ponderei de olhos fechados, conseguiu suavizar meu mau humor — e explicar, inclusive, a paciência da última noite. Sou capaz de refrear meus impulsos, quando algum valor mais alto se apresenta. Neste breve pesadelo, não me interessa tanto a literatura de Trapo, mas legitimar a sua presença na minha casa.

A POESIA AO ALCANCE DE TODOS

1ª Lição

Rosa daninha:

Você quer que eu ensine poesia e se confessa envergonhada da própria ignorância. Mea Culpa, Rosante! Não te ofendo por ruindade, mas de leviano que sou. Teus versos são maus, mas puros — o que é uma qualidade. Falta informação, cultura a você — sensibilidade você tem de sobra. Ler *O estrangeiro* do Camus e gostar, na tua idade e com tua formação, é algo admirável por si só. Entretanto, você acha Drummond um chato, o que é um crime de lesa-pátria. Certas coisas são sagradas, Rosinha. Não existisse Drummond e hoje eu seria um próspero vendedor de ações. O mau dele é que encalacra na gente, como certa menininha, princesa de castelo, que eu conheço. Às vezes escrevo versos e percebo que há mais alguém participando da tarefa — esses malditos fantasmas, grandes demais para caberem no túmulo. Vivem se metendo na obra alheia.

Mas vamos à aula de poesia.

Artigo único: poesia não se ensina.

Está encerrada a lição. Mas, para não decepcioná-la por completo, falarei da poesia em geral, já que não posso ensiná-la. Antes de mais nada, dê uma folheada em algum manual de literatura (serve enciclopédias, daquelas que o teu pai compra em metro) para familiarizar-se ligeiramente com a História. Itens de pesquisa: Homero — Classicismo — Barroco — Arcadismo (ou Neoclassicismo) — Romantismo — Parnasianismo — Simbolismo — Modernismo — Concretismo.

Pronto? Ótimo. Se não entender alguma coisa, não faz mal: esse pessoal todo já morreu, e em geral eram muito chatos. Conclusão primeira destes três mil anos:

— a poesia não é rima
não é forma
não é metro
não é papel cuchê de primeira
não é assunto
não é necessariamente música
não é estrofe
não é um profundo mergulho na individualidade
[humana
não é uma borboleta voando
a poesia não é nada.
ou seja
que porra é a poesia?

Conclusão segunda da revisão histórica (preste atenção, Rosânida!):

— como não há mais nenhum discípulo de Homero e a Grécia virou uma bosta como os clássicos da Renascença eram muito posudos, como os barrocos faziam piruetas, como os árcades só cuidavam de ovelhas, como os românticos morreram todos tuberculosos, como os parnasianos eram a última raspa do tacho da boçalidade acadêmica, como os simbolistas compensavam a falta de assunto com Iniciais Maiúsculas, como os modernistas envelheceram, como os concretistas, práxis, poetas-processo e suas cinco milhões de dissidências cooptaram todos pelas agências de publicidade:

ESTAMOS LIVRES!
HIP! HIP! HURRA!

Não é um alívio, Rosaflor?

Isto facilita as coisas. Por que buscar um fio de meada que talvez tenha se perdido para sempre? Ora, a solução é cristalina. Não existe a metapoesia?

Pois acabo de inventar a mata-poesia.

A mata-poesia (nada a ver com ecologia!) propõe o assassínio da Poesia. O Esquadrão Matapô não terá piedade: matará, estraçalhará, estrangulará tudo o que aparecer por aí sob o codinome de Poesia. O filho da puta do poeta que aparecer com textinhos mimeografados, com vanguardas obsoletas, com tiradas de cinco estrofes, com rimas ou sem rimas, com vaguezas sonambúlicas, comícios e aquilhos, saudades, dores, fragmentação do ser, trocadalhos e poemas em geral, este comerá o pão que o diabo amassou. Para se filiar ao Matapô basta ser poeta e colocar seus préstimos a favor da destruição final da poesia. Vamos extirpar de vez esta vergonha nacional, esta horda de mendigos bem nutridos. Ofereçamo-nos em holocausto. Ave!

Rosance, essas cartas me estimulam! Refaço agora o título da aula: onde se lê A POESIA AO ALCANCE DE TODOS, leia-se A POESIA AO ALCANCE DO BRAÇO DE TODOS.

Porrada nela!

Izolda apoderou-se da minha casa — teve o desplante, inclusive, de mandar fazer uma cópia da chave de entrada.

— Você precisa de alguém de confiança, Manuel. E agora, com essa trabalheira do estudo do Trapo, se alguém não cuidar essa casa vira uma lixeira. Sei como são os homens. Essa cozinha tava que era só barata. E precisa trocar a borrachinha da torneira, vive escorrendo água.

Estou azedo.

— Vou providenciar um encanador.

— Encanador?! você ficou doido? com o preço que eles cobram?

Vontade de dizer: não sou rico, mas também não sou nenhum pé-rapado. Já chegam as indiretas da minha mãe. Mas tenho educação.

— Nunca mexi com isso.

— *Eu* troco, Manuel. Ora essa. Se eu não soubesse me virar, a minha pensão já tinha ido pro brejo.

Ainda grogue da ressaca, mastigo o pão com queijo e salame e bebo o café de Izolda. Sinto-me num hotel, o café da manhã é luxuriante, colorido, apetitoso. Não é justo.

— Precisamos esclarecer as coisas, Izolda.

— Lá vem você de novo com essa história. Esclarecer o quê?

Pela agressão da voz, o culpado deve ser eu. Na verdade (mas tenho vergonha de confessar) não é uma situação confortável uma mulher dentro de casa sem um papel claramente definido. Não é empregada, não é exatamente minha amiga; não é velha; não é minha esposa. Como colocar isso na cabeça de Izolda, sem ofendê-la?

— Você tem sua pensão para cuidar, seus afazeres. — Ela já esboça um sorriso irônico, me acha engraçado. — Pelo menos aceite um pagamento.

— Você quer me humilhar, Manuel. Se eu não te conhecesse ia ficar brava. Não sou empregadinha. Já tenho as minhas empregadas.

— Desculpe. Não quis dizer isso. Eu...

— Mais café?

— Um pouquinho, com pouco açúcar.

— Quer dizer que encheu a cara? Eh, velho Manuel!...

Ela muda de assunto com habilidade.

— Bebi um pouco só. Não estou acostumado. — Pigarro. — Preocupo-me com você, Izolda.

— Pois preocupe-se com o Trapo, que já é muito. O resto deixe comigo. Não me custa nada vir aqui duas vezes por dia. Minha pensão está bem cuidada, e estou ajudando você por duas razões: porque você precisa de ajuda e porque gosto de você, Manuel.

Minha careca ilumina-se, vermelha. Tenho o meu hábito de subentender tudo.

— Mas você está gastando dinheiro do seu bolso... — e, alarmado, mostro-lhe o magnífico café da manhã.

Ela suspirou.

— Está bem, Manuel. Até aqui foi presente meu. Tudo que peço é dinheiro para a comida e material de limpeza. Como na pensão compro tudo no atacado, fica barato pra você.

Sinto um pequeno alívio, a moral da convivência humana se restabelece. Tomo mais uma xícara de café, agora sem remorsos. Volto a pensar em Trapo, alfinetado por uma dúvida (e pelo desejo secreto de acuar Izolda):

— Estive pensando uma coisa. Quero que você me diga a verdade.

O tom da minha voz, sério, solene, assusta-a:

— Verdade do quê?

— O Trapo *deu* a papelada para você, realmente?

Agressiva:

— É claro!

— Sim, mas não deixa de ser estranho.

— Ele gostava muito de mim. Isso ninguém pode negar.

— Certo. Mas as coisas não encaixam. Se ele pretendia se suicidar já com uma semana de antecedência, o que também é esquisito, suicídio a longo prazo, não entendo por que ele deixaria os textos com você.

— Deixaria com quem? Ele só tinha a *mim*! — e bateu no peito, furiosa.

— Calma, Izolda. Calma.

— Não admito que desconfiem de mim!

Não tenho mais qualquer dúvida de que Izolda está mentindo. O nervosismo dela me delicia, uma vingança à altura. Sou um grande detetive. Izolda encheu uma xícara de café, acendeu um cigarro; agita-se na cadeira, provavelmente pensa em algo definitivo para derrubar minha autoconfiança. Mas desfecho-lhe o último golpe, feliz tanto por derrotá-la quanto por descobrir afinal algo concreto em toda a vida de Trapo:

— Izolda, entenda que não recrimino você por ter recolhido os textos depois que ele morreu.

— O quê?! Eu...

Prossigo, fleumático:

— Se você não fizesse isso, hoje ninguém no mundo saberia que ele existiu. Não sei se valeu a pena, mas você salvou sua memória, o que por si só é um gesto louvável.

Ela calou-se, olhos baixos, e acendeu um cigarro.

— Só não entendo *por quê*.

Seria indelicado demais dizer que ela é muito ignorante para avaliar poesia e valorizá-la a tal ponto. Izolda manteve-se de olhos baixos — e confessou:

— Ele não me deu a papelada. Mas foi praticamente a mesma coisa.

— Como assim?

— Na última semana eu vi ele empilhando as folhas no quarto. Fez uma verdadeira faxina, rasgou a metade. Estava feliz. "Velha, começo vida nova. Vou casar!"

— Casar?!

— Também me espantei. Mas foi o que ele disse.

— Com Rosana?

— Só pode ser. Nem perguntei, estava na cara. Então ele mostrou as pilhas de papel que estava juntando. Pegava uma folha, dava uma olhada, aí rasgava, pegava outra, olhava, botava na pilha. O chão do quarto era só papel picado. Então me disse: essa pilha aí vale milhões, Izolda! Vou ser o escritor mais famoso do mundo! Se um carro passar por cima de mim (parece que ele estava adivinhando, Manuel), pega essa papelada e põe no cofre, Izolda!

Um projeto de casamento e um suicídio em seguida; o detetive esfregou as mãos, satisfeito, e foi adiante:

— E por que você pegou os papéis?

A determinação acusadora das minhas perguntas (o professor inofensivo se transformando em carrasco, caninos salientes) incomodava Izolda. Desespero de confessar inocência:

— Não sei, Manuel. Não sei. Telefonei pra polícia, voltei ao quarto e vi as folhas amarradas num canto. Num impulso, peguei aquilo e levei pra despensa, morta de medo que alguém visse.

Silêncio.

— Não tinha intenção de roubar nada. É verdade! Se a polícia revistasse a pensão, eu já tinha a resposta: ele pediu pra guardar. Mas não revistaram, nem perguntaram, nem se interessaram. Se eu não pegasse, estava no lixo agora.

— Mas então — e eu sorri — você confessa que recolheu os papéis porque talvez eles valessem milhões?

Izolda negou com fúria:

— Está me chamando de ladrona, Manuel? Nunca pensei noutra coisa senão proteger o Trapo. Dois anos morando na minha casa! Era meu filho, praticamente. Se vale ou não vale milhões, pouco me interessa.

Silêncio. Ela agora me olhava com o canto do olho, um olhar de rapina, pálpebras espremidas, desconfiança e medo — um belo olhar. De repente:

— Vale milhões, Manuel?

Dei uma risada gostosa, vendo Izolda despir-se com tanta pureza.

— Rindo do quê, Manuel? Sou ignorante, mas sei que a inteligência do Trapo não era comum. *Eu* aposto nele! E parece que sou a única. Porque a família dele são uns corvos! E era bom mesmo que a cidade inteira admirasse o Trapo, lesse as coisas dele, pra dar um tapa de luva naquele pai. E na mãe, também. Porque de algum jeito eles têm que pagar o que fizeram. Aqui na terra mesmo, que esta história de inferno é pra fazer boi dormir. Têm que pagar aqui.

— Mas o que eles fizeram?

Indignação:

— O quê?! Ah, não fizeram nada... ora bolas! Largaram o filho, só isso. Um velho podre de rico. *Nunca* apareceram na pensão! Só foram buscar o corpo. Ah, que ódio.

— Mas o Trapo nunca quis saber da família.

Não há argumentos, Izolda espuma:

— É porque ele tinha vergonha na cara! Era um rapaz de fibra. Aguentou até o fim! E vou lhe dizer, professor: não sei o que aconteceu, mas esse suicídio, pra mim... Foi coisa deles, que Deus me perdoe. Ou daquela... daquela putinha da Rosana, ou da família dela. Como me arrependo de não ter conversado mais com o Trapo naqueles dias.

— Quando?

— Depois que ele me disse que ia casar.

— E por que não conversou?

— Ah, professor! Fiquei magoada. A gente cuida do menino, passa a roupa dele, faz tudo, sem ter obrigação nenhuma, que ele era só pensionista, e de repente vem ele e diz que vai casar. E com uma sirigaitazinha que mal saiu dos cueiros. O Trapo era inteligente, mas nunca teve juízo. E no último mês ele ficou mesmo diferente. Conversava muito pouco.

— Por que você não me contou antes esse episódio do casamento?

— Ahn? Ah, não me lembrei. Vai ver nem ia casar coisa nenhuma. O Trapo vivia inventando coisas, parecia criança.

Levantei-me decidido a mergulhar nos escritos do Trapo durante a manhã. Quem sabe a ressaca permitisse a leitura correta de suas cartas já que ele viveu eternamente embriagado: pela bebida, pelo fumo, pelo ego, pelas letras e pelo amor de Rosana. Um belo projeto romântico, levado até suas últimas consequências. Se o ato de se matar ganhasse uma semana de prazo, talvez ele vivesse até os sessenta anos, todos os fogos apagados. Como eu — única chama, esse gosto infantil do jogo detetivesco, o prazer das pequenas descobertas, de ter uma vida alheia, quase nua, à minha disposição, para um estudo minucioso. Izolda me chama, assustada:

— Onde é que você vai?

Pelo medo, talvez ela suponha que vou denunciá-la à polícia.

— Vou ler nosso escritor.

Izolda me vigia, intrigada, enquanto tento classificar as páginas de Trapo, fazendo montinhos na mesa da sala. Poesia. Carta. Carta. Conto. Carta. Bilhete. Carta. Poesia. Grande parte mistura tudo, inclassificável. Ela volta à questão, vacilante, um pouco mais discreta:

— Tem valor o que ele escreveu, Manuel?

— Monetário, nenhum. Literário, não sei ainda, Izolda. Acho que não. *Trapo* tinha valor, mas morreu.

Ela suspira, conformada:

— Bem, pelo menos *estamos* fazendo tudo o que a gente pode por ele, não é verdade?

Percebo-a ansiosa. Conheço bem o sintoma: sente-se culpada de alguma coisa. Izolda é ótima, gosto dela.

Produções Trapo apresentam: RETRATO FALADO DE UMA MENINA LEVADA DA CASQUEIRA. Ficha semiológico-policial zen-tesúdica. EPÍGRAFE: A paixão começa pelo físico e vai se intrometendo cabeça adentro feito trepadeira. NOME: Rosana. VOZ: rouquídea gargantulínea. DENTES: sídero-safadentos na ponta da orelha como certas plantas. LÍNGUA: fruta-do-conde. SEXO: um tambor batendo de noitezinha no coração da gente. MÃOS: regidas por um duende. ALMA: bicho do mato. CORPO: polpa. ALTURA: 1,60m e os píncaros da glória. IDADE: 17 anos? OLHOS: as asas da graúna. IMPRESSÃO DIGITAL: um caracol no labirinto. SINAIS PARTICULARES: timidez que desabrocha num silêncio triste alucinadamente afetivo. A vida é um brinquedo difícil. Vez em quando, um choro sem explicação. É intocável. Olhando de certo jeito, ela sou eu. ANTECEDENTES CRIMINAIS: filha única de pai carrasco e mãe passiva. Proteção de cárcere, de uma impiedade pia. Casa do enxofre e do pecado, nascer foi um erro, viver, um crime. Doce esquizofrenia, outra Rosana capaz de suportar a primeira, aquela-que-fala-com-os-outros. FORMAÇÃO CULTURAL: aulas particulares de piano, balé, redação para o vestibular, francês, inglês, A Cozinha Moderna, flauta doce do século XIV, oboé para principiantes, CONHECER para recortar, boas maneiras, a Bíblia Ilustrada, natação terças e quintas, a dieta revolucionária do Doutor No, ginástica budista para o relaxamento da terceira vértebra, Faça-Você-Mesma-Os--Cremes-Da-Madame-Frankestein (folheto anexo), fotografia é fácil, que tal uma excursão completa a Porto Stroessner, tudo incluído exceto a maconha? Vá à Disneyworld e conheça o Pateta de perto. RESULTADO DA FORMAÇÃO CULTURAL: letra redonda e tédio. O mundo é uma gosma. IDIOSSINCRASIAS: cultivo do segredo, regado a tesão. Um ser aflito e carinhoso, ama como quem morre, é sempre o último segundo, amanhã tenho dentista. Diabólica capacidade de ocultação. Foge de casa (polícia acionada: sequestro?) e reaparece. Nem o Demônio, com um alicate e um cigarro aceso, lhe arranca a confissão. Caixa Postal tal: cartas ocultas nos seios, no ventre, nas nádegas, picadas, comidas, queimadas depois de lidas. Recusou terminantemente o analista: suas sessões de um brutal silêncio que se rompeu num choro manso. Ganhou também esta batalha. Um puta tesão de mulher. DIAGNÓSTICO: sensibilidade metafísica, grandeza que só aos poucos se percebe. PROGNÓSTICO: deixado ao acaso, *eu* dividido para sempre, feridas sem cura, autodestruição. SOLUÇÃO (agite antes de usar): rompimento definitivo com a escravidão familiar e ligação imediata com Trapo, o Cavaleiro Andante, para que o Amor se realize na sua plenitude, extirpados para sempre o sentimento de culpa, a solidão, o suicídio, a morbidez, o medo, o medo, o medo o medo medo medo. PRAZO: Curtíssimo, Rosana! Curtíssimo! E por ser verdade, eu, Trapo, poeta desclassificado, firmo o presente retrato na presença de nenhuma testemunha que ninguém tem nada com a nossa vida. FIM DO RETRATO FALADO DE UMA MENINA LEVADA DA BRECA.

Almocei rapidamente a refeição que Izolda deixou no forno e voltei para a sala. Estou impregnado de Trapo, da profusão de imagens, sensações, trocadilhos, metáforas, palavrões, lugares-comuns, voos rasantes e voos altos, uma caverna de paixão e desespero. Que diferença de mim, que suave inveja! Cinco ou seis Trapos se misturam, sem cronologia. Não será fácil classificá-los. Talvez por assuntos — o poeta, o metido a filósofo, o memorialista — mas todos se somam. Um pânico me atormenta, faltam-me condições para a tarefa de restaurar o poeta suicida. Merecerá ele restauração? Uma enrascada, agora que os textos estão *oficialmente* nas minhas mãos.

Acabo cochilando no sofá, rodeado de papéis avulsos, ligeiramente febril. Talvez o que mais torture não seja o trabalho em si, mas a necessidade de romper a minha casca para compreender *outra pessoa*. Não tenho o hábito, a vida nunca me exigiu essa compreensão. Por que Trapo se matou? Já não é o escritor que me preocupa, mas o filho enjeitado, íntimo e distante. Estou velho demasiado para ter filhos; ele veio à revelia, tábua rota na maré. (Odeio esse humanismo pegajoso, essa necessidade autoritária de ser *bom*.)

Sonho com um Trapo de neblina, sem rosto, andando sobre trilhos de trem. Ele me irrita. Perguntou: "Ei, você aí, aonde vai?" Ele me dá uma risadinha de escárnio, sem boca, sem face. "Vou ver mamãe em Paranaguá. Perdi o trem." O trem se aproxima, pavoroso: batidas na porta. Não devo dormir depois do almoço, é um convite ao pesadelo.

— Já vai.

Lavo o rosto com força, mas permanece a ressaca, o tremor das mãos. Abro a porta e vejo Hélio cabisbaixo, um embrulho às mãos. Estou irritado, sem sintonia — e a pergunta estúpida:

— Que horas são?

Ele vacila um momento, sem entender, e consulta o relógio no pulso peludo:

— Quatro.

Constrangido, o avesso do bêbado:

— Cheguei em hora imprópria, professor?

— Não, eu que dormi demais.

Dignos de pena os destroços do bêbado; troca a perna de apoio, coça-se, funga. Fico imóvel à porta, numa espera agressiva, de quem pede satisfações. Ainda vejo Trapo sem cabeça andando nos trilhos. Uma lacuna mental, custo a voltar ao mundo dos vivos. Hélio gagueja, olhando os sapatos:

— Vim pedir desculpas, professor.

— Desculpas?

Um mea-culpa convicto, envergonhado:

— Ontem à noite fui muito inconveniente, professor. Estava bêbado demais. Queria agradecer a sua paciência. E o senhor pagou minha conta, também. Não é justo.

— Você dormiu na mesa.

Criança perdida, ele estende o pacote:

— Trouxe um presente, uma vodca. — Desembrulha a garrafa, mostra-me o rótulo e soletra, orgulhoso: — *Stolichnaya, Russian Vodca.* Contrabando do Paraguai, coisa fina, professor. Uma delícia.

Contrabando: era o que faltava na minha vida.

— Eu não gosto de vodca.

Arrependo-me de tê-lo convidado. De uma hora para outra, o mundo inteiro começa a me invadir.

— Mas *essa* é muito boa...

Relutante, aceito a garrafa, finjo ler o rótulo, sem convidá-lo a entrar — uma crueldade medida. A agonia dos solitários, ansiedade:

— O senhor... Ahn... me deixou o endereço no bolso da camisa... — e, como prova, me mostrou um papel amarrotado. Prossigo em silêncio, sádico, gozando a humilhação alheia, um velho monstro. Ele precisa saber que não sou um idiota.

— Eu... eu ia telefonar antes, professor, mas não tinha ficha de telefone. Nunca tenho ficha de telefone quando preciso... — sorriu, sem graça — ...então eu vim direto. Continuar nossa conversa sobre Trapo. Se o senhor puder, é claro...

— Entre, Hélio, por favor. Sente-se. — Remorso incômodo, consciência da estupidez diária dos detalhes da convivência. Mas não perco o ar de professor, o suspiro enfadado, superior. — Passei a manhã lendo os textos do nosso poeta.

Delicadamente Hélio arranca a vodca das minhas mãos:

— Se o senhor me dá licença, professor Manuel, eu ponho a vodca no congelador. — O sorriso dúbio: — Fica um néctar, cremosa...

Percebo que trouxe a bebida para ele mesmo. Voltou à sala já com um cigarro aceso, dedos trêmulos. Insiste nas desculpas:

— Ontem bebi demais, professor. Falei muita besteira... O senhor não leve em consideração. A morte do Trapo me arrasou... é difícil fazer a cabeça funcionar de novo...

— Eu imagino, Hélio. Tem cinzeiro aqui.

— Ah, obrigado. — Incapaz de parar, andava em volta, contemplando a papelada na mesa, nas cadeiras: — Então o senhor já começou a trabalhar com os textos?

Cacoete de empregado, apressei-me a mostrar serviço:

— Estou catalogando os papéis, o estágio inicial.

Ele fingiu-se impressionado:

— Ah...

Óculos no nariz, peguei uma folha e li os resultados, exagerando números:

— Para você ter uma ideia: Trapo deixou 107 cartas propriamente ditas, 622 poesias, na maioria curtas, 26 recados ou bilhetes, 32 contos, 401 projetos, em geral de romances, nunca maiores do que cinco páginas, 205 fragmentos, incluindo aí trechos de poemas, contos, frases, observações avulsas e esquemas de obras, e mais 209 textos, aparentemente cartas, mas a rigor inclassificáveis. Em quase tudo não há indicação de datas. Além disso, falta catalogar esta pilha de manuscritos, quase que totalmente ilegíveis. Talvez anotações de bêbado — acrescentei, severo.

Hélio largou-se na poltrona, agora sim, surpreendido com a extensão de Trapo, provavelmente percebendo que a tarefa de compilá-lo seria obra de envergadura, muito além de uma homenagem provinciana a um amigo morto. O olho vesgo passava ao largo de mim, farol sem rumo:

— Porra, professor. — Mão na boca, alarmado: — Desculpe.

Professoral, tirei os óculos e passei a mão no rosto.

— É isso que nós temos.

— Então ele passou a vida inteira escrevendo. Principalmente no último ano, eu acho.

Irrito-me: quem deve tirar conclusões aqui sou eu.

— Para comprovar isso, seria preciso uma análise estilística rigorosa, já que ele não datava os textos. Sem metodologia científica — e aqui tive consciência plena do ridículo da minha pose — não se chega a lugar nenhum, Hélio.

Os termos técnicos — "análise estilística", "metodologia científica" — afundaram desconfortavelmente o cartunista na poltrona. Um mal necessário: com certeza o bêbado desconfia das minhas aptidões literárias, dada a minha insegurança na noite anterior. Prossigo, impávido:

— Já tenho alguns indícios. Por exemplo, a frequência de erros ortográficos é significativamente maior em alguns textos do que noutros, o que por si só indica um amadurecimento, uma sequência cronológica.

Hélio sorriu, atrevendo-se a contestar:

— A não ser que ele errasse de propósito, professor. Ou esquecesse as regras. Ele vivia metendo o pau na gramática. Dizia: "Heliusfante, quero escrever como você desenha. Intuição pura!"

A observação era idiota.

— Ridículo. Escrever sem gramática é como... como desenhar sem lápis.

Ele se encolheu, derrotado — o meu aparato científico esmagava-o. Mesmo assim me senti mal, feito criança em competição: tinha omitido, de propósito, os diferentes sentidos da palavra gramática. Mas não teria piedade, o saber (um amontoado de definições) é minha única conquista. Fui adiante:

— Outro indício interessante é o grau de intimidade que ele demonstra com relação a Rosana. Também por aí seria possível estabelecer uma cronologia. Além, naturalmente, dos fatos que pressuponham outros fatos já narrados. — Embora pressentindo a ingenuidade e a impertinência dos meus critérios, mantive o ar de mestre, ressaltando minha própria grandeza. Suspiro: — Enfim, Hélio, um trabalho insano. Não vai ser fácil.

O olhar torto me atravessou:

— Puxa, professor. O Trapo teve sorte.

— Sorte?

— De encontrar o senhor, mesmo depois de morto. A pessoa certa, competente, gabaritada pra fazer o levantamento. E principalmente honesta.

Fiquei vermelho, vítima da armadilha da bajulação. Não era isso que eu queria ouvir? Não sabia se o esgar nos lábios de Hélio era sarcasmo ou sorriso inocente. Ele completou ao seu estilo:

— É o destino, professor. O destino é do caralho.

Desta vez não se desculpou, limitando-se a acender outro cigarro. Desarmado pela sua humildade (irônica?), disfarcei remexendo nos papéis de Trapo, sob a respeitosa vigilância de Hélio; tentava imaginar no que o horrendo cartunista me poderia ser útil. Estava diante de um jovem inseguro, confuso; sem nenhuma ideia brilhante sobre qualquer coisa, um bajulador cujo único mérito na vida parece o de ter sido amigo íntimo de Trapo, se é que isso representa algum mérito. E — ironia! — tanto que sofri (e ouvi) para conquistá-lo! Talvez essa a razão da amizade de Trapo: diante de Hélio e sob sua abnegada admiração mais ressaltaria o próprio brilho. Um espelho de circo, que nos aumenta o tamanho.

Incomodado pelo meu silêncio — eu fingia uma concentração extraordinária num papel avulso — Hélio resolveu falar, tateando em busca da intimidade:

— Professor, o senhor sabe que não entendo nada de literatura... mas eu posso lhe dar um monte de informações sobre o Trapo... eu...

Estufado de autossuficiência, nem este aspecto já me parecia relevante. Mas resolvi provocá-lo, solene; larguei os textos, tirei os óculos e voltei ao sofá.

— Talvez você possa me ser útil, Hélio. Por exemplo, que sugestão você daria para esse trabalho?

Num gesto mecânico, a mão de Hélio tateou a mesinha atrás de um copo imaginário.

— Como assim, professor?

— Em suma: o que fazer com os textos?

A exigência da minha pergunta confundia-o.

— Bom... eu não sei... o senhor que... o Trapo era...

— Quero a sua opinião pessoal, sincera. O que você acha que devo fazer?

— Bom, o senhor já está catalogando... acho que...

— Claro, claro. Catalogar é o primeiro passo. E depois?

Incapaz de raciocinar, ele continuava procurando o copo, o garfo, o lápis de desenho, a muleta, qualquer coisa essencial que lhe faltava na modorra da tarde.

— Eu acho que daí o senhor vê o que é melhor... O senhor desculpe, professor, eu... sempre gostei do Trapo afetivamente mas não entendo de literatura, já lhe disse. O senhor que vai julgar o que ele escreveu, dizer o que é bom e o que é ruim. — Repassava-me o encargo: — Qual a sua opinião, professor? — ele suspirou com alívio.

Detrás da sua confusão mental saía uma observação razoável, que pelo menos me obrigou a sistematizar o pensamento.

— Vejamos, Hélio. Por escrito. — Com pena do menino, resolvi sorrir do que me parecia um lance de humor: — Já diziam os latinos, *verba volant, scripta manent*! Ah ah!

Ele fez um esgar sorridente, de quem não entendeu nada.

— É claro, professor. O senhor tem razão.

— Os latinos, Hélio. Os latinos.

— Ah, sim. É claro.

Lápis e papel à mão, fiz o esquema, sob o olhar respeitoso do cartunista.

— Vejamos. É preciso esclarecer que não li tudo ainda, falta a metade. Mas já dá para ter uma ideia. Item *a*: poesia.

Ansioso:

— São boas?

Cocei a careca, desta vez sem fingir. É difícil julgar, a poesia escorrega. Na dúvida, fui rigoroso:

— São fracas. Trapo não tinha um verdadeiro talento poético. Foi poeta na vida, não na literatura.

— Isso é verdade, professor. Um porra-louca. — Tentou consertar a inconveniência: — Quer dizer, um esculhambado na vida... o senhor entende...

— O aspecto pessoal é irrelevante neste caso. É obrigação do crítico analisar estritamente a obra, não a biografia — acrescentei, didático, disposto a manter o comando da conversa e reduzi-lo ao silêncio. Prossegui: — Quando o Trapo projetou seus modos de assassinar a poesia...

— Ah, ele me falou disso! num fogo que nós tomamos na...

— Pois é — cortei. — Parece-me que nestes "assassinatos" ele estava respondendo mais a um sentimento de frustração do que de poesia propriamente dita.

Hélio devolveu-me a farpa, numa ironia cautelosa:

— É... se bem que a gente não deve levar muito em conta essa opinião pessoal, não é, professor? Como o senhor mesmo disse...

Engoli em seco, vermelho.

— Exatamente.

— Na minha ignorância, eu achei um barato a ideia de assassinar a poesia, assim, o jeito que ele falava... e...

Encerrei o assunto:

— Vamos ao item *b*. Contos.

— Nunca li um conto dele.

— São maus — decidi, inclemente. — A meu ver, não merecem publicação. Não tinha domínio nenhum da técnica do conto. São primários, mal escritos, sem precisão psicológica nem urdidura da trama. Um amontoado de disparates ginasianos — desfechei, um desejo cruel de arrasar com Trapo, com Hélio, com meu próprio trabalho. Ou eu venço minha má vontade, ou não consigo fazer coisa alguma.

Hélio balançava a cabeça, impressionado pelo meu ódio.

— Sobra o quê, professor?

Magnânimo, concedi:

— As cartas. Sobram as cartas, principalmente as destinadas a Rosana.

— Cartas?! Mas o que se pode fazer com elas?

— Como organização literária, nada. Mas o conjunto revela um pouco do que ele tinha de bom, de inteligente, lúcido às vezes, confuso quase sempre: enfim, o retrato desigual de um jovem torturado nesse... nesse... — e fiz um gesto que podia ser qualquer coisa — nesse mundo que está aí.

Hélio iluminou-se, escancarado, surpreendendo-me com o brilho de uma evidência genial:

— Porra, professor! É isso aí!

— É isso aí o quê?

O Hélio tímido desaparecia no entusiasmo da descoberta — ergueu-se, gestos enormes:

— Nada de livrinho babaca de poesias! Cartas! Só cartas! Nas cartas o Trapo tá inteiro! O título: Cartas do Trapo! Não é do caralho!

— Não tinha pensado em...

Ele não me dá espaço:

— Porra, velhão! Parabéns! — Delirava, atrás do título: — Ou então, trinta modos de assassinar...

— Vinte e três — corrigi, zeloso.

Repetiu, extasiado:

— Vinte e três modos de assassinar a poesia... que puta título! Porra, Trapo amigo...

E os meus restos de adolescente se deixaram levar por aquela alegria vulgar, mas de algum modo verdadeira. Hélio faz de mim o que quer, não tenho iniciativa.

ALGUNS MODOS AVULSOS DE ASSASSINAR A POESIA

I

Amarra-se a Poesia contra um muro
cheio de urubus.
Ela recusará a venda:
nem na hora da morte perderá a dignidade.

Dispõem-se os poetas lado a lado
em número de sete
e fuzis de ordem-unida serão distribuídos
um deles com pólvora seca
(será salva a consciência).

Mira-se o coração
suave sob o peito.
Um, mais fanático, preferirá entre os olhos
mas o braço tremerá.

Algum Presidente de Associação gritará: FOGO!
Os poetas
homens práticos, homens do seu tempo
homens que fazem o que deve ser feito
homens que não estão aí pra papos-furados
os poetas apertam o gatilho.
Pá.

II
De pequeno conheci a Poesia
uma balzaquiana elegante, sorridente, lúcida e vaga
com um anel no dedo.
Meu Deus, que coisa linda!
Secretamente lhe mandei bilhetes
pedi em casamento
marquei encontro.
Reticente, me afagou os cabelos, me deu um beijo na
testa.
(Era na boca que eu queria
um beijo de língua, feroz!)

Joguei futebol, tirei nove em português, oito vez cinco
quarenta.
Fiquei velho, mudei o mundo, instaurei o comunismo
enchi os cornos de pinga
entrei para o Banco do Brasil.
E ela veio de novo, madrugadinha.
Que mãos pálidas, que transparência, que sutileza!
Falava francês, a desgraçada!
Sentamos num bar.
Verde que te quero verde
não serei o poeta de um mundo caduco
mas que seja infinito enquanto dure
Senhor Deus dos desgraçados
as armas e os barões assinalados
ah que saudades que eu tenho
ora direis, Pauliceia Desvairada, rua torta, rua morta
e ela ali, deusinha vagabunda e arrogante
vou-me embora pra Pasárgada
fui lhe metendo a mão nos peitos
erguendo a saia de seda
vou estuprar a Poesia
que alegria!
E eis que ela me foge, bateram as doze horas
fiquei com o papel em branco.

Mulher difícil, a Poesia.
Eu de calça Lee, ela musa grega
Vênus de milo, romântica desvairada
solteirona neurótica cheia de pasta na cara.
Quem ama não esquece.

Vinha em sonhos, traiçoeira, brincava de 31
fazia-se maçã do éden, funcionária pública
manequim de propaganda.

Sou Jack o Estripador, lhe arranco a meia da coxa
enforco-a sobre o colchão
lhe encho a cara de porrada.

Num banco de praça vou lhe cantando sutil
sou um gênio da gramática
ataco de conjunção, preposito, verborreio, substantivo
com arte
vou de régua e de quarteto
rimo paixão e turbilhão
(vem cá, minha gatinha...)
ergo os braços com ênfase
(me beija a boca, doçura)
soneteio, eclogueio epopeio
ela me abraça quentinha
mas eis que passa um velho e lhe leva
maldito Carlos Drummond de Andrade!

III

Não te quero mais.
Quero te ver seca, morta, arreganhada e sorridente
como a carcaça de um boi
Não me provoques.
Não venhas de soneto
não inventes novidades
não redescubras Mallarmé, sequer Homero,

meta no rabo teus computadores e teu seiscentismo
quero te ver desdentada e em pânico
ave nua e morta.

Ao diabo com tua retórica!
Vou ser grosso que nem um bicho.
O que eu quero é comer tua filha gostosa
que logo vem me atentar

SIGA ATENTAMENTE AS INSTRUÇÕES DO RÓTULO

O poema não é um produto como outro qualquer
e não está à venda
como o sabonete de eucalipto, as pílulas de engov,
o volkswagen do ano.
Eu quero que a civilização se foda.

Para festejar, Hélio foi buscar a vodca do congelador:

— Já está fresquinha, professor. Se for preciso a gente põe no gelo de novo.

A mão treme ao encher os cálices: decididamente, é um alcoólatra. Incomoda-me beber a essa hora, às quatro da tarde de um dia de semana e com trabalho por fazer, mas não reclamo. Ele brinda:

— À memória do Trapo!

A vodca queima, lancinante. O mau humor se soma com a preocupação do trabalho, um monstro que cresce a cada instante, indócil, desajeitado, sem lugar.

— Vamos pensar melhor, Hélio.

— É claro, professor. O básico já resolvemos. Agora são os detalhes.

"Já resolvemos." Um absurdo. Renasce meu velho complexo de incompetente:

— Que direito temos nós de remexer na ferida?

Ele me olha sem me olhar, um olho para cada lado.

— Bem, professor... em primeiro lugar, acho que a obra do Trapo não é "ferida". O senhor mesmo que disse que...

— Eu sei, mas cartas são cartas. Se fosse ficção, não teria reparos. Mas trata-se de cartas pessoais, íntimas, um confessionário. Não cartas de José de Alencar, ou outro falecido qualquer. São cartas que falam de gente viva, os pais do Trapo, os pais da Rosana, a própria Rosana. Trapo morreu há pouco tempo. O mínimo que pode acontecer — e um terrível susto jogou por terra todas as minhas pretensões de historiador — é um processo contra mim, por furto, calúnia, difamação etc. etc. Isso dá cadeia!

Pronto: a monstruosidade dos efeitos da minha obra livrava-me dela em uma penada. Estava livre. Sentindo um alívio covarde, esvaziei o cálice de vodca, já vendo nos papéis de Trapo um lixo incômodo. Restava-me um futuro suave: cuidar do mel da minha mãe, meu verdadeiro destino. Recebi o olhar torto de Hélio, cada vez mais atrevido:

— O senhor está com medo, professor?

— Para ser sincero, sim.

— E se mudássemos o nome das pessoas?

— Seria mutilação. — Um argumento irrefutável: — Trapo jamais concordaria com isso.

— Também não concordaria com o seu medo.

— Ele está morto, não tem nada a perder.

Por que sou o advogado do diabo dos meus próprios projetos, sempre? Hélio se serve de vodca; segundo a segundo parece mais firme, mais decidido — ele acabará conseguindo me convencer de alguma coisa, e eu não terei defesa.

— Vamos pensar melhor, professor, como o senhor diz. A essa altura não podemos mais abandonar nosso amigo. Que argumento teriam para dizer que o Trapo das cartas é o mesmo que se matou? E...

Calou-se, súbito, na luz de uma outra ideia, fulminante:

— Ora, professor. Tenho uma ideia do caralho!

O palavrão me fere, incita-me a resistir. Seco:

— Que ideia?

— Já sabemos que o Trapo merece alguma coisa diferente. As poesias e os contos já descartamos. Mas mesmo as cartas do Trapo, pensando bem, por si só não dizem nada. Quer dizer, não dizem tudo. O importante é a vida.

— "Tudo" é indizível, de qualquer modo — filosofei. — Que sugestão você dá? A biografia dele? Procure outro.

Sequei o cálice de vodca, um calorão pela cabeça.

— Biografia é troço careta. O Trapo odiaria.

— O Trapo isso, o Trapo aquilo. Vivo me perguntando o que eu tenho com ele, o que essa papelada faz na minha casa. E, afinal, sou eu que devo decidir ou você?

— Calma, professor. Lembre-se do destino. O senhor é o homem certo.

— E de repente percebo que estou metendo a mão no fogo, vendo o quanto Trapo ainda pode me incomodar. Processo, correr atrás de advogado, ameaças da família.

Hélio encheu meu cálice novamente — talvez bêbado eu me tornasse mais acessível, cordial, menos arredio. A suavidade se destacava na face sem prumo:

— O senhor não sente, professor, a coisa extraordinária que está acontecendo na sua vida?

— O quê, por exemplo?

— Esta história porreta de os originais do Trapo virem parar na sua casa. O suicídio dele. As coincidências. Eu entrando no meio. Porra, isso é um romance!

Dei mais um gole. Implacável, a vodca já me entontecia.

— E daí?

— Ué, em vez do livro ser do Trapo, o livro fica sendo seu.

— Que história é essa? Um velho aposentado como eu assinando essa baboseira juvenil? Além de ser plágio, não faz sentido. Absurdo!

— Espere, professor. Deixa eu acabar. Por que o senhor, que sabe escrever e entende de literatura, não faz um relato do que aconteceu com o senhor mesmo? Conta a história dos originais, da Izolda, até eu posso entrar aí. Desse jeito o pessoal iria entender o Trapo. Como um romance — e a ênfase: — um puta romance!

Fui mordido pela mosca azul, uma alfinetada certeira. Bebi mais vodca.

— Eu nunca escrevi um romance na minha vida.

— Bem, sempre tem um começo. Competente, o senhor é.

Por que Hélio me bajula tanto? É evidente que sempre tive vontade de escrever um romance, com traços autobiográficos. Um belo projeto, mesmo que não se realize nunca. Uma espécie de vida passada a limpo, reescrita, revisada, sistematizada. Não reneguei totalmente a proposta:

— Digamos que sim, que eu escreva esse romance. E o Trapo? O problema continua. O objetivo é publicar as coisas dele, não as minhas.

— Bom, no fim do livro o senhor transcreve as melhores coisas que ele escreveu. Uma espécie de apêndice. Ou um estudo. Misturando cartas, poesias, contos, notas de rodapé.

— E o processo judicial?

— Que processo, professor? Disfarçando a coisa, ninguém vai perceber. Ninguém conhece o Trapo mesmo, só nós dois. E a família paga pra não se incomodar mais com ele. Além disso, a gente não vai publicar diretamente as cartas dele, assim, de cara. As cartas entram no bolo, coisa de literatura, de estudo.

A ideia do romance começava a suplantar o medo da Justiça. Hélio insistia, insidioso:

— Além do mais, professor, até o senhor acabar o livro, já se passou um ano, já desceu o pó. O que não podemos — e ele pôs mais vodca no meu cálice — é abandonar o Trapo. Pense bem, professor: ele só tem nós dois e a Izolda.

De algum ponto da sala Trapo me vigiava, sem rosto, esperando com um desespero infantil que eu lhe desse atenção, que eu fosse o seu pai. Reconheci:

— A ideia é boa, Hélio. A ideia é boa.

— Grande, professor! — Efusivo, me estendeu a manopla desproporcional: — Porra, eu sabia!

Ainda relutei, um sentimento de vergonha por aceitar uma proposta de um jovem perdido no álcool, como se fosse eu que necessitasse de estímulo, não ele.

— Mas há outros problemas.

— Esses a gente mata no peito e põe pra escanteio. O principal está resolvido.

— Digamos que eu escreva o romance, enxertando textos do Trapo. Problema um: o romance sai uma porcaria. E daí?

— Escreve-se outro. Pensa-se noutra saída. O importante é que durante todo esse tempo o Trapo vai estar vivo, aqui, com a gente. Mas eu tenho certeza que vai dar certo.

— Problema dois: admitindo-se que a coisa se realize, como publicá-la?

Com essa, eu já estava derrotado. Hélio se ergueu, na segurança e euforia dos primeiros goles:

— Deixa comigo, professor! *Eu*, eu vou por este Brasil de porta em porta, de editora em editora, com o livro na mão, até arrancar publicação. Ganhamos pelo cansaço. Se não der certo, pagamos do nosso bolso. *Eu* pago! Dou um duro numa merda de agência de publicidade qualquer e arranco a grana. O importante, professor, é que a coisa fique pronta, que a gente tenha na mão a homenagem ao Trapo. E vai ser uma homenagem no estilo dele, do jeito dele, sem caretice. Sabe como? Estou sentindo a coisa, o Trapo vivo, não um amontoado de textos póstumos para esses porras de merda de leitores que não entendem bosta nenhuma!

A avalanche de palavrões em cadência desta vez não me incomodou — eu já estava completamente tomado pelo projeto do romance (e pela vodca). Até para isso foi preciso que alguém me empurrasse, toda a inércia do mundo me escolheu como refúgio. Enquanto sonhava do meu lado, Hélio sonhava do dele, em voz alta:

— Podemos até fazer uma edição única do livro, professor, inteiramente manuscrita, com ilustrações em cores e capa de couro gravada a fogo. Um livro só, o único do mundo. Roteiro de Trapo. Qualquer coisa assim. Só para os eleitos. Nada de entrar nessa merda de sistema que transforma livro em batata. Porra, o Trapo ia vibrar com essa. Ele gostava dos meus desenhos pra caralho. Bem, fica como sugestão, em último caso.

Vagarosamente o romance de Trapo — e o meu — começava a se compor na minha cabeça, fragmentos isolados. Hélio atiçava:

— E tem mais, professor: invente à vontade. O povo gosta de história complicada, muita emoção. Já que as coisas do Trapo vão ficar à parte, integrais, do seu lado o senhor pode enfeitar o pavão. Se bem que vai ser difícil inventar mais que o Trapo. Porra, o mundo na boca dele virava um circo fantástico. Tenho uma porrada de desenhos tirados só do que ele me falava. Perseguições, muitas perseguições. O Trapo tinha mania de perseguição. — Fez uma pausa filosófica e concluiu, pessimista: — Esse mundo é uma merda, professor.

Meu silêncio prolongou-se, enquanto eu navegava no romance imaginário. Se eu não me deixasse levar pela retórica, se me disciplinasse à imparcialidade, se evitasse o excesso de adjetivos — poderia, realmente, escrever um bom romance. Por que não? Bebi mais vodca — garrafa a meio — na euforia apavorada do projeto tomando corpo. Não tive filhos, não plantei árvores, não escrevi um livro, como exige o ditado. Agora tinha a chance de eliminar dois itens: o filho — Trapo — e o livro. E havia algo neste filho nascido morto que era um mistério maior, sob o pretexto da literatura: a morte. Entendê-la em Trapo era entendê-la em mim. Talvez essa — e o álcool me estimulava a elucubrações — talvez essa a razão de recusar e querer Trapo tão sistematicamente. Por trás do comodismo, o medo da revelação. Trapo exige um mergulho que é também um mergulho na minha própria realidade, à tristeza bem-comportada da minha solidão. A literatura, mero pretexto. Interessa-me a figura torturada que deu um tiro na cabeça. Não entendo — e, súbito, a ideia me faz suar, a extensão da minha mediocridade — não entendo como me arrastei décadas e décadas sem dar um tiro na cabeça.

Hélio remexe nos textos da mesa, indócil.

— Porra, professor. Olha que carta linda do caralho! Ele era bem *isso*, professor. Desse jeitão! Parece que está vivo aqui! Que filho da puta.

Suspirei, humilde:

— Hélio, vou precisar da sua ajuda.

— Pode falar, professor.

— Você conheceu os pais do Trapo e a família da Rosana?

— O pai do Trapo eu vi ele uma vez. Só. Ah, e a Rosana. Porra, me lembro! Um vulto atrás do para-brisa de um carro preto, no banco de trás. O Trapo gritava na rua, me sacudindo o braço: olha lá, Heliusfante, a minha deusa! E ela sumiu.

— Você tem o endereço deles, das duas famílias?

— É pra já, professor. Preciso de uma lista telefônica.

Fui buscá-la, cambaleante. Ele gritou:

— Sabe o melhor disso tudo, professor? É que o Trapo continua comigo, enquanto o senhor trabalha.

Ouvi o gorgolejar da garrafa de vodca enchendo os cálices. Ao voltar à sala, Hélio me estendeu a mão desproporcional, comovido:

— Então, professor?! Amigos, finalmente?

Rosálida:

Mea-culpa! Cometi um crime. Mas há crimes e crimes. O objetivo desta carta é provar que o meu crime foi um crime bom, piedoso, necessário. Não falo das cadelas do teu pai, que mereciam a morte, embora ele próprio tenha escapado. Nada mais fiz do que corresponder ao ódio que você vota aos cães. Mas o crime de que vou falar tem outra natureza, mexe com sentimentos e desde já tenho medo de relatá-lo. Saberá você compreender? Se entendeu Dulce, se entendeu Marilda, se entendeu Leninha (aquele beijo solitário, sem mais explicações), entenderá também o que vou contar. (Você notou como sou prolixo? Nunca enfrento as coisas de cara. Fujo de tudo, principalmente do assunto. Falava do meu crime.)

À meia-noite Izolda entrou no meu quarto, com um copo de leite quente. Esclareço que eu estava meio grogue, tinha passado a tarde enchendo os cornos com o heterophante, o Drácula-que-desenha.

— Toma um leitinho, Trapo.

Ela veio por trás, se inclinou sobre mim (um perfume de quem saiu do banho, de sabonete) e colocou o pires com o copo sobre uma pilha de papéis. Quando eu voltei a cabeça encontrei os seios de Izolda, mal ocultos no roupão. Ela cruzou os braços (estava tensa, como se premeditada) e não saiu do lugar. Acontecia o exato teatro de uma historinha de sacanagem tipo catecismo. A velha Izolda não é nenhum tesão, mas tesão é circunstância, está sempre fora da coisa em si. Uma balzaquiana, digamos. Entendi que ao personalizar e assassinar a Poesia, em alguns dos meus textos-piada, tinha em mente a figura de Izolda. A ideia é engraçada: a Poesia, vítima do desprezo universal, acabou anonimamente como proprietária de uma torpe pensão de segunda, em pleno centro de Curitiba. Imagino que no sótão do prédio Izolda guarde carinhosamente um baú de recortes de jornais, referências elogiosas a um passado magnífico, glorioso, quando seu corpo de musa era cantado nos quatro cantos da Terra. Hoje, se satisfaz em trazer um copo de leite a um publicitário marginal. (Publicitário marginal: que piada!)

Prossigamos.

— Leite é veneno, velha.

Eu fiquei *realmente* nervoso. Não é fácil transar a mãe, é preciso desprendimento, espírito superior, essas coisas. Estou dizendo isto porque Izolda começou a passar as mãos nos meus cabelos:

— Chega de fumar e beber, Trapo. Você está se acabando.

Não há crime sem explicação, Rosa Traída. Naquelas circunstâncias, encurralado, não me sobrou opção — aliás, não acredito em opções. As coisas acontecem apenas de um modo, e pronto. O pior é que não aconteceram, porque, curiosamente, Izolda queria e não queria me dar. A vontade dela se chocava contra o próprio muro. Viver é isso, Roseira Espetante: dar cabeçadas e cabeçadas contra uma parede abstrata, até furá-la. Mas o mais comum é quebrar a cabeça e não se chegar do outro lado.

— É que sou um gênio, Izolda. Os gênios bebem, fumam, se fodem, morrem no esquecimento. Obrigado pelo leite.

Ela ficou magoada pela minha (aparente) indiferença. O que eu senti foi medo, Izolda insistiu:

— Você está precisando de alguma coisa, Trapo?

O oferecimento tinha um sabor de entrega, uma patética entrega, desespero que saía à revelia de Izolda para o mundo: um rosto desenhado a machadadas, primevo, sem disfarce nem pó: porque somos todos pequenos cães abandonados em busca de um dono. De olhos fechados (se eu os abrisse, tremeria) agarrei Izolda e dei-lhe um chupão na boca, metendo mãos pelo seu corpo, nem tão gordo nem tão flácido, uma carne que soube preservar o seu grau de dignidade.

Cometido o crime (crime porque de certa forma eu estava enchendo Izolda de vento, num carinho sem posse nem troca nem esperança, um pássaro que se mata ao acaso, por tédio), fui levando-a para a cama, boca na boca, para que ela não gritasse, apenas gemesse seus protestos de praxe, como manda a boa formação em choque com o demônio. Izolda debatia-se, mas sem exagero (também de praxe). Quando soltei sua língua, esparramando-me nos seus peitos e barriga e coxas, ela sussurrou:

— Pare, Trapo, pare com isso, pare, você ficou doidinho guri, saia daqui...

E como eu não saía nem falava e era um polvo cheio de braços e línguas a boa formação derrotou o demônio num empurrão:

— Trapo! você... — voz baixíssima, *meu Deus, se ouvissem!* — ... nunca mais faça isso, eu...

Amarrou o roupão na cintura, ajeitou os cabelos, perdida entre o caos e a vontade, e, de um modo secreto, feliz com o incidente, embora os olhos molhados. Quase uma ameaça:

— Eu devia...

Fui de novo a ela, desta vez com suavidade — e beijei-a, demorado, num abraço de filho, pedindo paz. E disse:

— Eu te amo.

Uma impertinência juvenil, mas Izolda me comoveu. Sou um Trapo romântico, indefeso na centrífuga da vida. Leviano, porém autêntico, muito perto de mim mesmo.

— Tome jeito, guri... ora já se viu...

E saiu do quarto, brusca. Hoje de manhã não me olhou nos olhos. À tarde, já estava mais semelhante à Izolda, e à noite virou Izolda de novo. Enquanto escrevo, não sei se ela virá de novo, para a segunda etapa do ritual de iniciação. Virá Izolda se entregar de novo ao seu fauno rejuvenescedor? Aguarde o próximo capítulo, Rosa ciumenta!

MORAL DA HISTÓRIA:

Se os amantes (eu e você) não se unem, obedecendo aos chamados metafísicos do Destino, correm o risco de se perderem, cada um por seu lado, nas órbitas errantes do universo, para nunca mais se encontrarem. (Descobri, súbito, que tenho um ciúme brutal de você, Rosaninha. O que você anda fazendo no silêncio da solidão? Confesse! Confesse, Rosapânico do Trapo!)

Estou perdoado?

— Um livro sobre o Paulo?

— Sim, um estudo literário. Ele me entregava periodicamente... ahn... algumas poesias e contos, para eu opinar sobre eles...

— Pois não.

— Eu peço desculpas se estou sendo impertinente, seu Fernando. Imagino como o senhor deve estar se sentindo, e...

— O seu nome, qual é mesmo?

— Professor Manuel. Eu... ahn...

— Sim?

— Pois é. Um estudo.

— E no que lhe posso ser útil?

— Bem... se não fosse inconveniência, eu gostaria de conversar pessoalmente com o senhor sobre o seu... sobre a obra do seu filho... que...

— Sim?

— É... ele... eu pretendo fazer esse estudo, ele de vez em quando aparecia aqui em casa, trazia textos para eu analisar... pedia sugestões. Sempre gostei do que ele escrevia e, dentro da minha área, naturalmente, aconselhava-o.

— O senhor dá aulas onde?

— Eu atualmente estou aposentado. Fui professor da Universidade Federal durante muitos anos.

— Ah, pois não.

— Quando eu soube do falecimento dele, fiquei muito chocado.

— Eu imagino, professor. E de que espécie de livro o senhor está falando?

— Minha ideia seria fazer uma coletânea de textos do seu filho. Uma homenagem póstuma.

— Ah, compreendo. Como pai, fico comovido com o seu trabalho, professor, e desde já agradeço a sua boa vontade.

— Por favor, não estou tirando o seu tempo?

— Absolutamente, professor. Prossiga.

— Então é isso, seu Fernando. Um livro. Se fosse possível conversarmos, com certeza o senhor poderá, como pai, esclarecer alguns aspectos do... da...

— A questão, professor, vou ser sincero, é que sou um homem grosseiro que não entende nada de poesia. O senhor quer alguma ajuda de custo para o livro do meu filho?

— Por favor, seu Fernando! Não se trata disso, em absoluto. Trata-se de esclarecer ao senhor a natureza do meu ensaio... afinal, o seu filho faleceu e a responsabilidade, com que direito eu... o senhor...

— Quem sou eu, professor. O senhor sinta-se à vontade, tenho até orgulho do fato de meu filho ser estudado por um professor universitário. Não tenho sequer o ginásio, professor, de modo que sei o que isso significa, um curso superior. E não sou ignorante a ponto de atrapalhar uma homenagem ao meu próprio filho. Pelo que percebo, o senhor entendeu meu filho melhor do que eu mesmo. Sinceramente, estou feliz. Fico-lhe grato.

— Não por isso, seu Fernando. De certo modo, é minha obrigação cuidar dos escritos do seu filho. É difícil explicar por telefone... se... a gente pudesse... na sua casa mesmo...

— Professor, não me leve a mal, mas eu prefiro receber o senhor na firma. Sozinho a gente fala mais à vontade. A Cláudia, minha mulher, não está muito bem, o senhor sabe como são as mulheres, ela está tomando remédios, e rememorar a... morte do Paulinho...

— Compreendo perfeitamente. Desculpe-me mais uma vez, eu...

— ...de modo que no escritório nós...

— Sim, não há dúvida, seu Fernando. Agradeço-lhe muitíssimo. Vou-lhe pedir ainda um último favor, se não for abuso...

— Pois não, professor.

— É o seguinte: se o senhor pudesse me ceder qualquer coisa que o senhor tiver do Paulo, quer dizer, textos, poemas, essas coisas... se o senhor pudesse tirar fotocópias, naturalmente são lembranças muito queridas e...

— É. É claro. Eu entendo. Eu... eu vou procurar. Eu vou... ele nunca deixou nada em casa, o senhor sabe. Eu nunca me importei muito, assim, eu não sabia que ele era artista, o senhor compreende, sou um homem simples, então ele nunca me deu nada escrito e... mas deve ter lá em casa...

— Desde já agradeço, seu Fernando. Qualquer coisa serve: um poema, uma carta, um texto avulso, mesmo um bilhete. A obra do seu filho é toda irregular, quer dizer, sem gênero definido...

— Pois não.

— ...mas nas mínimas coisas ele deixava a marca do seu talento.

— Sim, sim. Eu... eu vou falar com a Cláudia, alguma coisa dele deve ter ficado em casa...

— Fico-lhe muito grato.

— ...e o que eu encontrar eu entrego para o senhor. Por favor, o senhor podia anotar o endereço do escritório?

Rosa-Rosinha-Onde-Canta-O-Sabiá:

Acabo de inventar o Neorromantismo!

Pifada a Razão, por inútil, é hora do individualismo

exacerbado. O homem é um ser que se comove, e está assustado,

e quer se comover, e se comover é se libertar: Neorromantismo.

Está fundada a nova escola literária.

Desde já nomeio Garcia Lorca (aquele do verde que te quero verde) nosso Patrono.

O Neorromantismo é — mas basta de definições.

Canção de amor

Amavam-se tanto
e não podiam se amar.
Corriam becos à noite
atrás de uma lua verde
procuravam lá no alto
a chave de ouro e prata.

Mãos dadas eles corriam
ratos desesperados
suor no rosto nas coxas
cabelos cheios de terra
pupilas cheias de fúria
um pelo outro se amavam
e não podiam se amar.

Qualquer coisa acontecia.
Ela e ele tateavam
uma explosão os separava.
De longe sinalizavam
anéis de fumaça e nuvem
roteiros mapas relógios
levantar de sobrancelhas

boca a boca torturados
tanto se amavam os dois
e não podiam se amar.

Qualquer coisa acontecia.
Um gato voava neles
uma aranha atrapalhava
o roteiro se perdia.
Disfarçavam-se de noivos
tomavam porres no bar
e um muro se levantava.
Perseguidos a lanternas
caçados pelos dragões
sumiam atrás do morro
e eram presos numa jaula.
Ele uivava sem cura
ela trançava os cabelos.

Amavam-se tanto
e não podiam se amar.
Como ventos sem lembrança
se buscavam encadeados
eram bichos enfurecidos
correndo inda mais longe
pra perto de um vale azul
até que um raio, um apito
uma enchente, um tiro, uma morte
de novo os separava.

Eram cegos rastejando
atrás do cheiro um do outro.
O sol chegava tão perto
viravam achas de fogo
se tocando e se abraçando
se torcendo e se queimando
e urrando tamanha dor.
Tanto se amavam
que não podiam se amar.

O café que Izolda me prepara é cada vez mais maravilhoso. Sinto-me um rei — um rei deposto há muitos anos mas relembrado por alguns súditos fiéis, que resolvem homenageá-lo no fim da vida.

— Como vai o livro do Trapo, Manuel?

— Bem. Muito bem.

— Eu não falei que você ia acabar gostando dele?

— Ah, sim.

Como explicar a Izolda que doravante o livro será mais meu do que dele? Inútil, ela não entenderia.

— E aquele moço, o Hélio?

— Tem me ajudado bastante. Foi um grande amigo do Trapo.

— Gosto dele. De vez em quando aparecia na pensão. Coitado, é tão feinho. Mas o que tem de feio tem de bom. Muito simpático. Vai ver que se o Trapo convivesse só com pessoas como ele não teria se perdido na vida. Mais café, Manuel?

— Huhum. Está uma delícia.

Izolda enche minha xícara. Seus dedos são longos, e as unhas estão pintadas caprichosa e discretamente. Izolda anda mais bonita, mais *suave*. É difícil crer que tenha abordado Trapo, praticamente um menino. Seria verdade? Trapo era mentiroso, com certeza — falava demais. O *affair* eventual não deixa de ser verossímil, e explicaria muita coisa. Evidentemente, jamais vou perguntar nada a respeito. Como é provável que ela não leia meu livro, nunca ficará sabendo do que sei. Incomoda-me a ideia de Trapo beijando Izolda, confesso. Mais ou menos como eu beijar Rosana, ou Leninha, por exemplo. Certas coisas são intrinsecamente ridículas, senão ofensivas.

— Coma mais um pãozinho, Manuel. Você tem se alimentado pouco, com essa trabalheira.

— Obrigado.

Meu maior medo é *começar* o livro. Mas, rompida a barreira da inércia, tenho a impressão de que o resto deslizará. Sensação de que o romance — o *meu* romance — já está pronto em algum lugar, como o limbo poético de Drummond. Basta transcrevê-lo. Por outro lado, devo conformar-me com o fato de que Trapo, na sua loucura juvenil, escreve muito melhor do que eu — um reconhecimento vagamente doloroso, nesta idade. Afinal, nós *somos* nossa linguagem. Estive pensando num modo razoável de me ocultar atrás do poeta: um capítulo meu, um capítulo dele. Se não me aguentarem, os leitores ficarão apenas com o Trapo. Estúpido: o biógrafo competindo com o biografado. Comporto-me como uma criança versejando pela primeira vez: um entusiasmo luminoso e um medo terrível da crítica. Aos sessenta anos, isso não devia mais fazer sentido.

— Você falou com o pai do Trapo, Manuel?

— Falei. Amanhã tenho um encontro com ele, no escritório da firma.

Um misto de rancor e ciúme.

— Cuidado, Manuel. Ele não vale nada. Vai querer comprar você.

— Me pareceu mais um pobre coitado.

— Ah, nessas horas todo mundo é pobre coitado. Sujeitinho asqueroso. E tem mais, Manuel: não vá atrás do que ele disser sobre o filho. Eu sei muito mais do Trapo do que ele.

— É claro, Izolda. Mas preciso conhecer o pai dele também.

— Não sei por que falar com aquela coisa.

O telefone tocou, no meu quarto. Izolda me protege:

— Eu atendo, Manuel. Beba o café sossegado. — Já da escada, reclama: — Por que você não põe uma extensão aqui na sala, Manuel? Que coisa mais antiga, um telefone só! Hoje em dia é tudo mais moderno.

— Porque não tenho dinheiro.

Ela grita, já do meu quarto:

— Baratíssimo, Manuel! Pois até eu tenho extensão em casa!

Que me interessa que ela tenha extensão? Para que dois telefones? Assim como está, sou obrigado a fazer exercícios, subir e descer escada — ótimo para a circulação. Ouço Izolda discutir qualquer coisa, e volta o pânico: se for mamãe? O pão se engasga na garganta. Ela traz o recado, desconfiada:

— É uma tal de Leninha. Diz que conheceu você num bar.

— Leninha? Ah, uma amiga do Trapo.

Levanto-me para atender, Izolda me persegue:

— Uma dessas *zinhas*?

— Nada disso, Izolda. É uma boa moça. — Esclareço, um argumento humilhante: — Entre outras coisas, fala várias línguas.

Ela sobe a escada atrás de mim:

— Não parece. Se engasgou toda pra falar comigo. Toda enrolada, não entendi a metade. Veja lá, Manuel, se não estão fazendo você de bobo.

Mas ora se tem cabimento Izolda se intrometer assim na minha vida? Depois de tantos anos de solidão e alguma liberdade vou virar escravo de novo? Quando pego o fone, ela cochicha, impertinente:

— Estou achando você muito assanhado, Manuel. Você não me falou nada dessa tal de Leninha.

Faço um gesto furioso para que se afaste, que diabo.

— Alô.

— Professor Manuel?

Reconheço a voz: "profechor". Sei que Trapo beijou Leninha, pelo menos uma vez. Um beijo com gosto de suco de melão, suponho. Delícias da juventude, nada da esterilidade obsessiva dos velhos, dos gastos, dos sem esperança.

— Ele mesmo.

— Sou Leninha... o senhor me deu seu telefone e endereço... é... ahn... sobre o Trapo.

Gosto dela: da voz, da língua presa, da simplicidade. Provavelmente taras da velhice — ou provocação à Izolda, que me vigia:

— O que ela quer, Manuel?

— Estou lembrado, Leninha. Como vai?

Izolda resolve dobrar a roupa de cama do meu quarto, orelhas em pé.

— Tudo bem. É... eu gostaria de falar com o senhor. Como está indo o trabalho sobre o Trapo?

— Muito bem, Leninha. Estou separando o material, fazendo a classificação, mas já tenho um projeto em mente.

— Que ótimo, professor. O Trapo merece.

— Sem dúvida. Tenho recolhido alguns depoimentos sobre ele. Se você puder...

— Depoimentos?!

— É, mas nada de formal, evidente. Mais impressões de amigos, que me situassem melhor diante da personalidade dele. Gente da mesma geração naturalmente pode compreendê-lo melhor.

Izolda dobra pela quinta vez o mesmo lençol:

— Besteira, Manuel. Esse povinho novo não sabe nada da vida. Nós, sim, temos o que dizer.

Faço gestos que ela se cale, irritado.

— O que você acha, Leninha?

— Não sei, professor. Era... era difícil entender o Trapo. Conheci ele muito pouco, não sei se vou lhe ser útil.

— O mínimo que você disser me será útil. Estou começando do zero.

— Mas tenho algo que talvez lhe interesse.

— Sim?

— Um poema que o Trapo deu para a Luci. Uma amiga minha, estava no bar aquela noite. Ela está aqui em casa, comigo.

— Ah, sim, lembro-me...

— A gente estava justamente conversando sobre o Trapo e sobre o senhor. Ela concordou em ceder uma cópia dos versos.

— Mas que ótimo. Fico agradecido.

— E... bem, a Luci conheceu a última namorada do Trapo.

— Rosana?

— Isso, a Rosana. O senhor conhece ela?

— Nada além do nome. Mas foi uma pessoa muito importante para o Trapo, pelo menos segundo as cartas dele.

Uma brevíssima mágoa na voz de Leninha:

— É.

Sensação mútua de desconforto, qualquer coisa no ar. Quebro o silêncio:

— Desde já agradeço a confiança, Leninha. Sei que tudo isso são coisas íntimas, mas conversando melhor eu posso explicar meu projeto com mais detalhes...

— O senhor desculpe a sinceridade, mas a gente não estava muito disposta a conversar com o senhor, no início.

— Compreendo... afinal...

— A gente procurou tomar informações sobre o senhor, desculpe a franqueza, mas como o Trapo...

Fico vermelho: de repente, balde de água fria, a própria mediocridade desaba com todas as forças na minha cabeça. Gaguejo, indefeso:

— É... é claro... eu...

Izolda, antenas ligadas:

— O que foi que essa guria disse?

— Eu... eu entendo, Leninha. Afinal, é de se perguntar com que direito um professor aposentado e desconhecido revolve escrever sobre o Trapo.

— Mas que atrevida, Manuel! Desligue o fone na cara!

— Há alguém com o senhor aí, professor?

— É... ahn... a empregada. — Furioso, invisto contra Izolda: — Me deixe em paz!

Ela sai do quarto batendo a porta. (Pronto: perdi Izolda, o café da manhã, a proteção, a companhia.)

— Pode falar, Leninha. Estou só. Você dizia que tomou informações; naturalmente, descobriu que sou um velho anônimo e aposentado que nunca escreveu coisa alguma na vida.

Ela achou graça:

— Aparentemente sim, professor. Mas daí falamos com o Hélio.

Ansioso, estou nas mãos de um bêbado:

— E daí vocês falaram com o Hélio...

— Isso. E o Hélio disse que o senhor é uma pessoa *incrível*.

Emudeço, estupidamente comovido. É estranho, depois de tantos anos, sentir uma sombra de afeto alheio. Um bêbado, esse Hélio — mas sensível.

— Para mim e para a Luci foi suficiente, professor. Tenho confiança no Hélio, e sei que vamos gostar do senhor. Por favor o senhor desculpe se estou sendo grosseira ou desconfiada...

— Que é isso, Leninha. Vocês fizeram o que tinham que fazer.

Marcamos um encontro para dali a dois dias. Desligo o telefone, respiro fundo: agora, enfrentar Izolda. Tento me convencer de que não tenho mais medo dela, afinal sou uma pessoa *incrível*. Minuto a minuto o projeto de Trapo define mais os meus próprios contornos. Não sou tão amorfo, tão idiota, tão sem iniciativa. Na cozinha, encontro Izolda bufando, limites da fúria:

— Olha aqui, professor Manuel: se o senhor está pensando que sou sua empregadinha, que...

— Pelo amor de Deus, Izolda — e seguro a sua mão, carinhoso —, me desculpe, mil vezes.

Ela olha para as minhas mãos, espantada — e eu fico vermelho, careca quente. Largo-lhe a mão, encho uma xícara de café. Ela estende o açúcar, ainda agressiva, à espera de explicações.

— Desculpe a grosseria, Izolda. É claro que você não é minha empregada. Eu... eu tinha que dizer alguma coisa rápida para a menina e...

— Entendi. Sou um traste.

— Mas a culpa foi sua!

— Minha?! O senhor tem a cara de...

— Calma, Izolda. Você não pode ter o direito de devassar minha intimidade, compreenda! Só isso.

Ela acende um cigarro, baforadas violentas.

— Estou cuidando de você, Manuel. Cuidando. Você é um homem ingênuo. Ótima pessoa, mas ingênuo.

Meu coração se acelera, respiro mal: odeio confrontação.

— Consegui sobreviver todo esse tempo. Não sou nenhum imbecil.

Ela se cala. Mais tranquila, olha-me enviesada, olhos espremidos, de rapina:

— Marcou encontro com a mocinha?

Que absurdo! Resolvo me afirmar:

— Para depois de amanhã, às três. E quero estar sozinho, Izolda.

Ela respira fundo. Contemporizo, covarde:

— Você compreende, não é?

— Compreendo, Manuel.

Izolda olha a própria mão, que pouco antes eu havia alisado com tanta gentileza.

Rosa sem espinhos
superfície do lago:

Hoje de novo serei pregador. Digamos que esta carta é o segundo capítulo da Cartilha do Trapo para o Conhecimento das Coisas Fundamentais. Como sou naturalmente prolixo, cabem algumas explicações prévias.

1ª explicação: eu te amo.

2ª explicação: estou devorado pela paixão.

3ª explicação: precisamos nos unir.

4ª explicação: *você* é a única salvação. Que Jesus Cristo, que Buda, que dialética do materialismo, que macrobiótica, que a puta que pariu; *você, só você*, me salva.

5ª explicação: o Sistema nos espreita.

6ª explicação: é preciso que nos preservemos, tais como somos: dois pássaros voando altíssimo num céu sem horizontes.

É hora de tecer as considerações. Não, não ainda: esbocemos antes as perspectivas possíveis:

1ª alternativa: apresento-me a seu pai, peço sua mão, marcamos casamento. Haverá cerimônia religiosa e civil; presentes a bangu, cortarei o cabelo, usarei terno; enroscar-nos-emos em duas alianças de ouro. Teremos Lua de Mel. Compraremos casa. Ganharemos dinheiro. Logo estaremos discutindo furiosamente por que tal gravura deve ser pendurada na sala e não no quarto, e vice-versa, e versa-vice, até o fim da vida.

2ª alternativa: eu te rapto, fugimos de madrugada para um hotelzinho sórdido de Guaraqueçaba, mudaremos de identidade, aprendo a pescar. Você usará tranças e aprenderá a tecer redes. Teremos filhos, muitos filhos. Abandonarei de vez a Literatura e aprenderei a ler o tempo nas ondas do mar. Plantarei hortaliças. Haverá um tempo de plantar e um tempo de colher. Velhinhos, voltaremos ao Inferno Urbano. Você dirá: papai, esse é o seu neto, e nosso filho, uma águia, olhará fundo nos olhos do avô. Choro, comoção, emoção derramada. Felicidade geral.

3ª alternativa: casamos só no civil, rebeldes e indóceis. Serviremos ao Sistema com uma raiva acesa, uma independência digna: porque conosco não tem enrosco, somos incorruptíveis. Aceitaremos, condescendentes e mal-educados, um jogo de jantar, um conjunto de poltronas. Lerei poemas em voz alta para uma roda de amigos, os eleitos. Hierosphantum frequentará nossa casa. Continuarei uma alma rebelde. De repente, uma amiga tua, mais jovem, começará a me olhar muito. Porra, ninguém é de ferro. Os filhos atrapalharão nossos projetos para o resto da vida. Velhice tediosa, existência pela metade. Cadê o ninho de porcelana? Foi-se.

4ª alternativa: continuaremos escrevendo cartas e cartas e cartas, com encontros ocasionais de seis em seis meses. Súbito, resolvemos nos casar com outra pessoa, mais cheia de defeitos, porém acessível, como cadeira de bar. Esquecer-nos-emos mutuamente, a médio prazo. Restará um pedaço de metafísica, um fiapo de voo, incompleto, angustiado, tenso.

5ª alternativa: ?

Desde já, proponho a quinta alternativa, a única realmente saudável. Mas não se atropele, Rosabrupta: o Destino já está com as cartas na mão; nosso futuro, na pior das hipóteses, é questão de tempo.

Vencida minha neurose classificativa, vamos à pregação.

Já vimos, em carta anterior, que o Demônio é a família. Veremos, agora, que Deus é o Sistema.

Duvida?

Acha que faço humor?

Pois consulte as escrituras sagradas. Não falo das religiões organizadas: estas são subprodutos imbecis do Sistema. Falo de Deus mesmo, daquele senhor de barbas bocejando de tédio na eternidade. O Sistema. O filho da puta do Sistema.

Por partes, Rosaninha! Por partes!

Onipresente: o Sistema está em toda parte, monstro ubíquo. Esse papel que você lê, a tinta da fita da máquina, a luz acesa: o Sistema. Olhe em volta, cada coisa de artifício tem a manopla do Sistema.

Por ora, esqueçamos da pragmática, ou da utilidade, ou da realidade. Abstraiamo-nos das coisas para vê-las melhor.

Todas as coisas têm o toque divino do Sistema. Deus está em toda parte, ou não seria Deus. Por isso, o Sistema. Repita várias vezes a palavra *Sistema*, em voz alta. Repita-a ainda mais, até ela se converter num amontoado absurdo de sons, sem qualquer referência. Sistema. Sistema. Um significante puro, saboroso em si. Sistema. Não há rigorosamente nada feito pela mão do homem que não tenha o sopro angelical do Sistema.

Rosadendro, se eu não escrevesse à máquina você não entenderia minha letra, de tão bêbado que estou. Vamos lá. Sistema. Ainda mais: Sistema. Eu deveria trabalhar em cartório, bato à máquina rápido pra caralho.

Dirá você (você não dirá nada, fascinada pela minha argumentação) e daí? Sistema. Sistema. E daí?

Ora pois. Vamos ao segundo tópico, para então juntar as partes:

Deus, o Sistema, é onisciente. Ou seja: sabe tudo. Eu disse: tudo. Você pensou agorinha mesmo? Ele sabe. O Sistema planeja, arbitra, determina, faz, pinta, borda e acontece. É tão filho da puta que nos deu a liberdade, o ridículo livre-arbítrio, mas por princípio (ou não seria Sistema) já sabe o que você vai fazer.

E, consequência lógica, é Onipotente: pode e phode tudo. Entretanto, o Sistema é sorridente, espia atrás da porta e do sonho. O desgraçado se insinua nos gestos, nas intenções (principalmente nas boas), e se aloja, como um grande e rombudo berne, imatável, e se aloja no Medo.

Se há alguma coisa decente a se fazer na vida é livrar-se do Sistema. Ou, na pior das hipóteses, lutar contra ele 24 horas por dia. Cuidado aqui: esta luta é prevista pelo Sistema (ou não seria Sistema), e rapidamente ele se encarregará de transformá-la (a luta) em filial do próprio Sistema. Em geral com um sucesso estonteante.

O Sistema não será apenas o nosso casamento burguês (estou tentando resolver nossa vida feito um alucinado). Nem pense. O casamento é apenas um cartão-postal do Sistema, um miserável pôr do sol entre paisagens excitantes.

Interrompo minha pregação para mais um gole de vodca, presente de Heliuspálidum. Para encarar o Sistema, só bêbado.

Porra, esse Sistema me fode.

Cada vez que me meto a racionalista me fodo. Esqueça essa papagaiada toda, Rosana. Quero te ver. Marque o dia, a hora. Eu te amo.

— Por favor, sente-se. Fique à vontade, professor.

O pai de Trapo passa repetidas vezes a mão no rosto, e não me olha nos olhos. É um velho, de uma velhice precoce, carregada, tensa — um homem gasto. Nenhum resquício daquela voz fria e desconfiada com quem falei ao telefone:

— O senhor desculpe se o fiz esperar. Muito trabalho e...

Liga o interfone, pede café. Parece incapaz de se concentrar mais de alguns segundos em alguma coisa. Começa a suar, pressentindo que essa conversa representará uma troca dolorosa de curativos.

— O senhor tem filhos, professor?

— Não... eu... eu enviuvei muito cedo e...

Ele já não presta atenção. Abre e fecha gavetas, numa sequência mecânica e sem propósito — e de repente declara:

— O Paulo me matou.

Paulo: um nome neutro.

— Eu imagino... não deve ser fácil...

Ele me fita por um momento, olhar de vidro:

— O senhor acha, professor, que eu fracassei? Porque eu vejo minha vida e não encontro nenhum fracasso. Fiz tudo o que eu devia fazer. Do meu jeito grosso, mas é porque eu sou assim. E ele se matou.

Felizmente a secretária nos interrompe com o café. Açúcar? Pouco. Está bem assim, obrigado. Remexer de colherinhas. A secretária tem o perfume, os gestos, a maciez e a gentileza das estantes envernizadas. Para Trapo, suponho que o escritório deveria ser a porta de entrada do inferno, e o pai uma espécie de assessor do demônio, senão o próprio.

— Não quero tirar o seu tempo, seu Fernando.

— Nada disso. O senhor me comoveu, professor. — Ele está tremendo. — Fique à vontade, por favor. Eu... eu gostaria de ajudá-lo. Mas as empregadas jogam tudo fora.

— Perdão?!

— Os papéis do Paulo, quero dizer. A Cláudia revirou a casa comigo. Não encontramos nada... ele... ele nunca me escreveu.

Acende um cigarro, tosse: a mentira se atravessa na garganta, duplica-lhe a culpa. Ânsia de justificar:

— O Paulo, o senhor sabe, era um garoto problema. Sempre foi. A Cláudia queria levar ele num psicólogo, um médico, quando era criança. Eu achava que isso era coisa de mulher. Sempre quis fazer dele um homem. Como todo mundo, professor. Com o Toninho meu sistema deu certo, hoje é meu braço direito. Agora mesmo foi pra São Paulo, a serviço. Eu gostaria muito que o senhor conhecesse o Toninho, também, o filho mais velho, para o senhor não pensar que...

— Mas o Paulo também foi um grande homem, seu Fernando, ao modo dele. Com todos os defeitos, e...

— Um homem não se mata, professor. Desculpe se sou estúpido, mas alguma coisa estava errada. Ele andou se metendo com... com...

Fico suspenso, mas o pai de Trapo se cala. Pede socorro em seguida:

— Precisamos beber, professor. Talvez bêbado eu consiga explicar. É... é que nunca fui de muita fala, passei a vida *fazendo* coisas, e de repente preciso falar e não sei mais. O senhor entende isso? Com certeza que sou um pai monstruoso. Fiz tudo certo, mas sou um cavalo. Não, o senhor não pode compreender, o senhor não teve filhos. Desculpe minha grossura. Sempre achei que estudo não ensina nada dessas coisas.

— Eu entendo, seu Fernando. E concordo com o senhor.

Gestos sem rumo, acaba por apertar o interfone e pedir outro café. Em seguida, numa decisão súbita, abre uma gaveta e tira um velho e surrado caderno escolar.

— É do Paulo. A única coisa que sobrou lá em casa, misturado com as apostilas do Toninho. Mas acho que não serve para o que o senhor pretende fazer.

Enquanto a secretária — e seu perfume, e seus lábios pintados, lustrosos — deposita uma garrafa térmica na mesa, folheio o caderno de Trapo, de escola primária, cheio de decalques coloridos, rabiscos e contas de somar. Tudo a lápis, linhas apagadas, letra incerta. O pai explica:

— Nesse tempo ele era uma criança normal.

Aparentemente não há nada neste caderno infantil que denuncie o Trapo de alguns anos depois. Seu Fernando me vigia, numa ansiedade crescente, beirando a agressão:

— O senhor deve me achar um homem muito ignorante, não é, professor?

— Não... eu... por favor...

Ele se inclina à frente, voz mais alta:

— É que o que tenho na cabeça nunca ninguém vai entender, nem vou saber explicar. Não adianta escrever um livro. Que o Paulo me odiava eu sempre soube. O que eu não sabia era a força idiota dessa raiva, que ele tivesse tanta capacidade de acabar comigo. E por quê, professor? por quê? Nunca ninguém vai responder essa pergunta. Porque eu sei que a culpa não foi só dele. *Eu* sei. E estou tentando me acostumar com a ideia de que ele morreu. Porque eu tenho que aguentar a barra, porque eu tenho mulher, e tenho outro filho, e tenho a vida e todo um trabalho, e o Paulo está morto. Morreu. Acabou. Eu não vou ficar chorando o resto da vida. A Cláudia não vai entender isso, vive debaixo de comprimido. Mas eu não vou dar um tiro na cabeça. O que eu sempre quis foi *enfrentar* a vida de cabeça. Ninguém vai me dizer que eu fiz coisas erradas. A gente vai fazendo as coisas e de repente perde o controle. Mas a vida é isso, professor. É muito simples mesmo: ou se enfrenta, ou se foge. O Paulo fugiu. Eu vou ter o peito de dizer, professor. Nem sei direito quem é o senhor, nem sei bem o que está querendo. Mas eu vou dizer: o Paulo era um covarde. Se ele tivesse conversado comigo, comigo, eu... eu... — olhou desconsolado para os cantos do escritório, braços abertos, num pânico crucificado, cegueira em meio às trevas — e a minha vida virou uma bosta e...

Está chorando agora, como quem, no delírio da fala, procurasse o choro, romper os diques. Mas seu Fernando se envergonha, oculta o rosto, reprime soluços — e eu, num invencível silêncio, sinto-me o anjo do bem e do mal na encruzilhada dos mortos.

— O senhor me desculpe, professor. Eu não quero mais tomar calmantes, não tomo mais remédio nenhum porque eu vou ficar louco. A gente fala e fala e fala e não sabe o que diz. Pelo amor de Deus o senhor me desculpe. Eu não sou assim, não posso ser assim... tão...

Passa um lenço no rosto e vai endurecendo os músculos como pastilhas de um mosaico. Tento neutralizar o impacto da confissão, que me anulou.

— Acho que estou sendo demasiado inconveniente, seu Fernando. A minha intenção era...

Voz baixa, agora:

— Por favor, professor Manuel. Eu seria um animal se me recusasse a conversar sobre o meu próprio filho. E logo com alguém que entendeu ele melhor do que eu mesmo. É que estou esgotado, e... fale o senhor, por favor. Do livro que vai escrever.

— Bem, como já disse, em princípio trata-se de uma coletânea de textos...

Ele não quer ouvir — atropela-me, angustiado:

— O senhor precisa de alguma coisa? Despesas, edição do livro... eu posso contribuir com tudo que for necessário, professor. Afinal ele era meu filho, e...

Colocou a mão no bolso do paletó, o gesto mágico de remissão, em busca do cheque, talvez — mas não completou o impulso. A mecânica da *compra*, de que falara Izolda. Como quem se desculpa:

— Já que não posso ajudar em mais nada, professor, a não ser esse desespero...

— Por favor, seu Fernando. Não preciso de nada. Tudo que eu queria era conhecê-lo, para de algum modo entender melhor o seu filho.

— Então não deve estar adiantando muito. Outro dia, quem sabe, daqui a alguns anos. Mas bebendo, professor. Bebendo. Porque eu tenho um muro na cabeça que só bebendo sai. — Percebo que ele quer se livrar de mim, ocultando-se na gentileza tensa. — Espero que o caderno lhe sirva, professor.

— Ah, com certeza.

Folheio o caderno a esmo, relutando em sair — ainda não consegui relacionar pai e filho. Provoco-o:

— A sua esposa... ela lê bastante?

— Cláudia? Quando era jovem, gostava de livros. Ela tem carradas de livros. Cláudia era muito inteligente. Como eu sempre fui meio prático — ou grosso, pra dizer a palavra certa — a gente teve alguns problemas no começo.

Surpreendidos (eu e ele) pela inopinada confissão, sou indiscreto:

— Como assim?

Seu Fernando defende-se, subitamente alerta:

— Só no começo, professor, foi o que quis dizer. O senhor foi casado, sabe como é. A gente sempre leva algum tempo para se adaptar. Principalmente no tempo antigo.

Numa lembrança fulminante, revejo Matilde e nossa primeira noite: *eu te amo, meu amor*. Uma frase ensaiada, mas trêmula — e ela me abraçou, num choro manso, suave, um pequeno rio de águas claras.

— Eu entendo.

— Só no começo, é lógico. — A vontade terrível de falar: — Ela queria continuar estudando. Tinha curso de francês. Falava francês assim, que nem gente grande. — Entregava-se ao encantamento enterrado: — A Cláudia dava gosto, professor. Muito inteligente. O que eu tinha de grosso ela tinha de fina, de delicada. Lia o dia inteiro. Gostava de flores. Um dia chegou a me declamar uma poesia em voz alta.

Um sorriso envergonhado, a luta para se explicar:

— Não sei por que estou falando nisso, professor. — Mas prossegue: — E eu ali, batalhando que nem um cavalo pra subir na vida. E dava minhas farreadas, também. — Risadinha melancólica e safada: — Apesar de grosso, eu era um homem, assim, um homem bonitão... ahn... tinha lá o meu charme também. Eu atraía as mulheres, sabe como é. E... bem, a Cláudia soube disso algumas vezes. É que a gente tem um lado grosso, tosco, que também faz parte da vida, mas ela nunca aceitou. Eu digo com relação a...

Calou-se, abriu e fechou gavetas, perturbado. Queria e não queria rever o próprio passado. Sempre sem me olhar nos olhos, levantou-se, abriu um armário, tirou um copo e uma garrafa de uísque.

— O senhor quer, professor?

— Não, obrigado. Eu...

Dois, três, quatro goles seguidos. Encheu o copo de novo, mais goles. Guardou a garrafa e o copo. Ele começa a ter confiança em mim, ou, pelo menos, parece necessitar da minha aprovação:

— Nem sei que ideia o senhor está fazendo de mim.

— Eu...

— Aliás, nem sei por que estou falando. O senhor quer saber do Paulo e eu falo de mim.

— Ele era seu filho. De certa forma, é a mesma coisa — minto, por delicadeza.

— Nada. Nós dois éramos completamente diferentes. E mulher gosta de homem grosso. Isso eu tentei botar na cabeça dele. Continuo achando que fiz o certo. A Cláudia mimava muito. Até francês queria ensinar. Dava livros para ele, essas coisas. Durou pouco. Eu... eu devia estar bem bêbado agora, professor. Talvez daí o senhor ia me entender. Eu disse pra Cláudia (sou muito ignorante) que se ela queria ver o filho afrescalhado que continuasse tratando ele daquele jeito. Aí a minha vida, a nossa vida, virou uma bosta, porque eu... não sei. A Cláudia se fechou, envelheceu, silenciou, meio que morreu. Toma comprimido até hoje. E largou o filho, como eu queria. Só que... Quando o Paulo fez quinze anos, vou contar de uma vez, pro senhor entender o que quero dizer, eu levei ele na zona — pras putas. Mas ele... ele fracassou, e eu não sei por quê. Eu... com o Toninho, o mais velho, o meu sistema sempre deu certo. Está aí, forte, tomando conta da firma. Já o outro, deu um tiro na cabeça. Por pior que eu tenha sido, por mais desgraçado, eu não merecia isso.

O interfone interrompeu-o: Fulano e Beltrano o aguardavam.

— Despache. Estou ocupado.

Voltou ao armário, encheu e esvaziou o copo.

— Quer saber de uma coisa, professor? Falar mais claro é impossível: fodi com o Paulo, fodi com a Cláudia e fodi comigo mesmo. O Toninho eu salvei. Três a um. E o jogo acabou.

Vasculhei desesperado meu repertório de frases feitas atrás de um consolo — não encontrei nada. Fora preciso a brutalidade da morte para colocá-lo diante de alguma dúvida. No silêncio pesado, custava-lhe acreditar no próprio raciocínio, ansiando urgentíssimo pela absolvição:

— Mas o senhor não acha que fiz o que pude?

Lembro a carta de Trapo: *O Sistema dá o livre-arbítrio, mas já sabe, de antemão, tudo que você vai fazer.* A eterna luta contra Deus, em quem acredito. Atrás daquela face corrupta, sem qualquer grandeza, ou nobreza, ou ideal, consegui reconhecer um impulso de metafísica, um fiapo de sol cortando um lodo ressecado. Os poetas — e aqui incluo todos os sensíveis, os comovidos da Terra — já nascem derrotados, porque, contra a brutalidade mais estúpida da vida, que é a maior parte de tudo, não há vitória possível. Acostumar-se à solidão e salvar-se nela, quando possível — eis um plano (neste instante) razoável.

— O senhor, com certeza, fez tudo que pôde, seu Fernando.

Agora sou eu que quero me livrar dele. Porém, mais por covardia do que por pena, arrasto o consolo:

— Admiro a força com que o senhor enfrenta a realidade, seu Fernando.

Ele me fitou alguns segundos, na vaga desconfiança de quem entrevê a ironia. Volta ao armário, enche outro copo.

— O senhor é engraçado, professor. Agora eu entendo por que o Paulo era seu amigo. O senhor fala pouco, mas eu sinto que o senhor também vive no mundo da lua. Aposto que o senhor nunca precisou provar nada a ninguém. Tudo já estava mais ou menos pronto, não foi assim?

Repasso cinquenta anos de vida, um amontoado monótono. Suspiro:

— Acho que o senhor tem razão. Eu escapei do forno.

— Pois é. Eu não escapei. Eu tive que provar tudo a todo mundo a minha vida inteira. Nasci quase favelado. Fui pedreiro. O senhor não empilhou tijolo?

— Por necessidade, nunca.

— Pois eu comi de marmita, com a bunda na terra. Aprendi a ler no exército. Depois, criei galinha. Depois, lutei pra entrar em clubes. Hoje, professor, hoje eu sou sócio do Country. O que eu vou dizer é coisa de grosso, eu sei, mas não se constrói um prédio com poesia.

Fiquei calado. A miséria daquele projeto de vida — entrar para o Country — era tão medonhamente obtusa, e no entanto realíssima, em carne e osso, que beirava o patético, um poema às avessas. Ele deu um riso torto, agressivo:

— Eu sei que o senhor não concorda comigo. Desculpe minha estupidez, mas quem nunca precisou provar nada não pode entender. Como o Paulo. Estivesse passando fome, não daria um tiro na cabeça, ia cuidar da vida.

A agressividade do pai me estimulou a defender o filho, num impulso imprudente:

— Mas o Trapo... o Paulo saiu de casa, foi morar sozinho por conta própria e, que eu saiba, nunca pediu nada.

— É claro. Ele tinha herança. Questão de tempo.

A brutalidade da observação destroçou-o em seguida, numa vertigem visível. Correu ao uísque. Eu me ergui (uma indignação poética) pra dizer: *mas ele se matou!* Entretanto, me calei: era um universo do qual eu não sabia regra nenhuma. Ele se voltou, num transtorno crescente:

— O senhor acha justo, professor, que depois da minha morte, digamos, uma pedrada na cabeça, a qualquer momento, hoje, amanhã, depois tudo que eu construí na base da porrada ficasse meio a meio com o Toninho e o Paulo? O Toninho camelando dia e noite pra tocar a firma e o outro fumando maconha e escrevendo poesia? Me diga, professor. Vamos mandar à merda a filosofia e ver a coisa em si, pau--pau, pedra-pedra.

Afundei na cadeira, lutando para sintonizar aquele desespero liberado, uma torrente sem controle.

— Mas...

— Não tem *mas*. É claro, o senhor deve estar pensando: isso não é um pai, é um monstro. E eu vou dizer: eu fiz tudo, absolutamente *tudo* pra recuperar meu filho. Porque dói. Eu via a mãe dele morrendo dia a dia de desgosto. Dois anos sem aparecer em casa, morando na mesma cidade. Pico, cocaína, maconha e boteco. E... — ia acrescentar qualquer coisa, mas mudou de rumo. — Eu vou contar só um detalhe, professor. Quando ele começou a trabalhar em publicidade eu transferi toda a propaganda da firma pra agência onde ele estava. Porque eu queria ajudar o Paulo, eu pensei que ele vendo o meu gesto, vendo a firma do pai dele lá, ele de algum jeito ia se encontrar de novo com a família. E você sabe o que o filho da puta fez? — o copo de uísque está agora na sua mão, enquanto ele anda de um lado a outro — não sabe? Pois se recusou a escrever qualquer texto pra nós. Fiquei sabendo disso pelo próprio dono da agência, que também só não botou ele pra rua porque *eu, eu* pedi. O vagabundo nem trabalhava, aparecia lá duas vezes por semana.

Jogou-se na poltrona.

— Mas é claro. Ele se matou porque o pai dele é um animal. Até depois de morto eu tive que comprar a polícia pra que o nome dele não fosse pra sarjeta. Até nisso eu pensei.

O pai de Trapo afunda o rosto nas mãos e começa a soluçar em seco. No meio do choro, ouço a frase dolorosa, horrível, lancinante — um chamado:

— Eu amava o Paulo... ele podia estar aqui comigo... e a gente ia esquecer todas as bobagens, as criancices, as... mas ele morreu... nunca me deu a chance de dizer que eu amava ele, como eu amo o Toninho, do mesmo jeito, como a Cláudia, que tudo que aconteceu foi... como um acidente, um mal-entendido na vida... um puta dum desgraçado dum mal-entendido que se multiplicou e...

Tudo que faço — depois de alguns minutos silenciosos (a morte deve ser assim) — é lhe oferecer café. Ele pega a xicrinha, que treme, e com a outra mão insiste em dar goles no copo vazio de uísque. Por fim, bebe o café, acende o cigarro — olhos agora molhados vendo coisa nenhuma.

— Se a Cláudia não estivesse louca ia gostar de você, professor. Falar francês, comentar livros, ler poesia em voz alta. Sabia tocar piano. Quando comprei um piano — de cauda, Essenfelder, do melhor — ela nunca mais tocou. Está até hoje lá em casa, criando bicho. Eu devo ser um sujeito muito filho da puta. Um camponês tosco. Poderia estar plantando alface no mato, até hoje. Muito pobre e muito digno, como o meu pai foi.

Sei que devo ir embora, que não tenho o direito de, com minha simples presença, desencadear tanto sofrimento. Mas sinto uma atração irresistível por esse sofrimento, uma intensidade de vida que nunca conheci — e vejo, no pai, aos pedaços, a face de Trapo. Todas as forças do mundo não foram suficientes para divorciá-los — estão condenados a viver juntos até o último dia. Covardemente, justifico minha presença com a ideia de que a confissão faz bem ao velho, de que nesse escritório sou apenas uma concha acústica.

Passos lentos, ele se aproxima da janela. O seu tormento ocupa todos os poros, a memória é uma bola de ferro. *Tudo é desespero, numa abrangência sufocante.*

— Quase todas as noites a Cláudia me acorda: *por que você matou o Paulinho? por quê?* E grita histérica, até que lhe dou um murro e ela se acalma. No outro dia, não se lembra. *Ó, Fernando: machuquei o lábio.* E começa a rir. Depois dos comprimidos, dorme. Eu não aguento mais, professor. Mas eu vou aguentar, eu sei que vou, porque eu tenho outro filho que não tem nada com isso. Eu fiz tudo que pude. E vou continuar assim.

Aos poucos, ele se recompõe do massacre. Esvazia mais um copo, volta à mesa, senta-se. Um resto de voz:

— Não sei se fui útil ao seu trabalho, professor.

— Sem dúvida, seu Fernando. Só não sei como me desculpar, fui inconveniente...

— E eu não sei por que falei de tantas coisas que não interessam. Mas, quando o senhor publicar as poesias de Paulo, eu quero que cada linha tenha um peso maior, professor. Nunca li nada dele. Não sei se ele entendeu a vida. Não sei também se o que ele escreveu tem alguma utilidade, não sei que conselhos ele dava aos outros. O senhor, naturalmente, sabe julgar melhor. Eu sou um velho estúpido que não entende nada.

Ao me levar até a porta, ele repete o oferecimento, um modo gentil de me colocar novamente a distância:

— Não se esqueça, professor: o que precisar, é só pedir. Eu não quero carregar mais uma culpa. E eu sei que livro, homenagem, poesia, tudo isso custa dinheiro.

Melancólico, voltei às ruas e às praças de Curitiba, sentindo Trapo vivo dentro de mim. De seu túmulo de suicida, chegam-me sua voz, seus argumentos, sua loucura, seu cego mergulho, sua espécie inexplicável de coragem, e agora, ao escrever, sua própria linguagem, uma soma de impulsos muito mais alta e densa do que sua obra. Gostaria, realmente, que ele estivesse aqui, comigo, abraçado comigo, um pai enjeitado, um filho perdido, para que fôssemos à Bodega em plena três horas da tarde de um dia de semana para tomar um porre, e eu lhe contaria, comovido (porque sou um velho piegas) que sou seu irmão.

Tudo é sistema, o resto são Trevas.

Ouvindo a esganiçada e deliciosa e tesuda e rachada voz de Janis Joplin neste quarto de pensão, *Kozmic Blues*, reconheço, através destes sons que não entendo e que me rasgam numa ânsia de transcendência e salvação final, para além da terra de Peter Pan, reconheço

O Sistema se encalacra e apodrece e se renova, simultâneo e mágico e filho da puta, e no apodrecer renasce, bicho gosmento, e nos leva de cambulhada, minha ora nomeada esposa Rosana do Ilmo. Sr. Trapo. Nada de alianças de ouro: uma boa trepada no beco.

Li em algum lugar que Janis cantava com a buceta — nada mais legítimo, minha tara. Já não sei — volúvel — se amo mais você ou se a voz de Joplin, essa sardenta morta, não há cristal lapidado que resista a esse esganiçar orgástico. Alienação é isso, ponho os óculos agora, transmudado em intelectual: gostar de uma música da qual não se entende a letra. Ora pois, com tanta revolução pra se fazer, eis-me masturbando a solidão como um relojoeiro da alma. Que se foda. Que se fodam todos e tudo exceto nós dois, os novos românticos. Que falta me faz uma tuberculose!

É muito difícil perceber o Sistema, porque, contradição em termos, ele não pode ser sistematizado. Até aqui não se tem feito mais nada senão:

a) fazer outros sistemas

b) adaptar o Sistema

c) adaptar-se ao Sistema

d) ajoelhar-se ao Sistema

Janis Joplin chora e canta ao mesmo tempo, e muito mais que isso, simultânea e sem voz — porém afinada. Na sua música — na música dela! — estou com você, nós e as girafas, galopando elegantes numa relva, pescoços nas nuvens, lá no alto nos beijamos nós e as girafas e nos engalfinhamos, seráficos. Ou então estamos numa praia, excitados e preguiçosos, e você me persegue, sua gostosa. No Céu, Deus vira o disco, e agora ecoa no firmamento um torturado *Summertime*, e Jesus, cabeludão ao vento, comove-se.

Mas não se usa o Sistema, Dulcíssima Traição. Ou ele nos usa — ou Trevas. Há um momento na vida em que se desiste. Não é uma passagem lenta de um estágio a outro, um simples envelhecer. Seria fácil assim, porque não se percebe o tempo, ele nos toma, suave. Mas estou convencido de que há um momento específico, um minuto de silêncio, em que paramos de andar e tomamos outro rumo. Não a coisa de *fato*, você entende? Porque a vida, enquanto entidade física, o ato de falar, vestir, comer, andar, é soberana. Mas a persistência, a memória da revolta, o ninho sagrado.

Esse, entrega-se em um dado minuto, como quem desiste da brincadeira. Então, morremos. Contudo, leva-se muitos e muitos anos para se perceber essa morte, e, muitas vezes, descemos ao túmulo inocentes dela.

Janis Joplin me puxa pelos cabelos, rasga minha roupa, me esbofeteia, mete a unha no meu pescoço, me beija a boca e num abraço me esmaga as costelas. Canta, minha flor carnívora.

Esta era pra ser uma carta alegre. Para dizer: eu te amo. E um rosário infantil de banalidades, as miudezas do amor, o ritual do namoro. Essas coisas: pegar na mão, olhar nos olhos, adiar bastante o primeiro beijo do encontro, e se alisar, se alisar muito, dois passarinhos pelados. Procurar minuciosamente as belezas do outro: a ponta do nariz, a mecha de cabelo, as linhas da mão, o jeito. Fragmentar você inteira, e depois remontar, pedaço por pedaço. Esquecer — amor é fé — a abissal distância entre uma pessoa e outra, e chegar tão perto que nos tocamos, pendurados por um fio. Quando eu falo, é você que fala. Quando você fala, sou eu que falo.

Quando Janis Joplin fala, rouca louca, Deus fica puto da vida, o céu desaba, e nós viramos animaizinhos apaixonados. Nós só temos vontade, vontade, vontade, e a voz de Janis mistura todas as vontades numa sensação só, que é Agonia e Desejo — e total impossibilidade. Depois, na sequência da sua voz, a divisão se estreita, e, se tivermos muita paciência, uma joaninha pousa na testa.

Não consigo mais viajar, Rosazinha. O Sistema, a porra do Sistema volta e meia me dá um sorriso de oitenta dentes. Cheio de assessores. Maleta 007, terno e gravata. Abre a maleta: clact! clact! Remexe a papelada, tira uma folha em branco:

— Assine aqui, Trapo. O resto, deixa comigo.

Tô muito a fim de ficar ouvindo a Janis Joplin pro resto da vida. Temos que nos resolver, Rosa Ferida Debaixo da Chuva. Vou te ver hoje, a distância. No fundo do carro preto. Portão abre, portão fecha. Bruum...

— Pode ser em letra de forma. Que tal?

Rosana.

— Ou um risco qualquer na folha. Ou a ponta dos dedos. Basta encostar nela! Um pedacinho de vontade. Vale menos, mas sempre serve. Ahn? Feito?

Nada feito, Sistema filho da puta. Ainda não. Vou ver Rosana amanhã, aquela coisa maluca da minha vida.

— Professor Manuel?

— Tudo bem? Lembro de vocês. Você é...

— Leninha. Conversamos por telefone.

— E eu sou Luci.

Uma pequena angústia me atormenta, como sempre. Desta vez é o medo de que Izolda apareça nesta sala, fulminante, roída de ciúmes. As meninas sentam-se na ponta do sofá, tímidas, tesas — há alguns segundos de doloroso silêncio. O difícil da convivência são os circunlóquios — como as conjunções da escrita. Juntar uma coisa com outra, eis o inferno.

— Então vocês foram amigas do Trapo?...

— Sim. É.

Falam ao mesmo tempo e riem. Devo ser efetivamente um animal exótico. Finjo-me bonachão, para quebrar o gelo.

— Grande figura, esse Trapo. — Mostro a papelada da mesa: — Tomou conta da minha vida.

Pigarro. De repente nada para dizer — e elas gaguejam:

— O Trapo. O Hélio.

De novo ao mesmo tempo. Estamos frente a frente, mas há uma barreira, impossível atravessá-la. (Será a idade?) Leninha toma fôlego:

— A Luci tem um poema inédito do Trapo, que ele escreveu na mesa do bar. Talvez sirva para o senhor.

— Ah, ótimo. Vocês querem beber alguma coisa? Licor? Café?

— Não, não, obrigada. A gente...

— ...está meio de saída e...

Serão todos chucros em Curitiba? ou o fenômeno é universal? Luci — a tímida nata, como eu — prossegue:

— A gente queria pedir desculpa. Aquela noite, no bar. A Rosa e a Suzana foram grosseiras com o senhor...

Leninha emenda:

— ...é que a gente não sabia que o senhor estava pesquisando a vida do Trapo. Depois, conversamos com o Hélio e ele explicou.

— Ora, que é isso. Nem me lembrava mais. Também, eu estava me comportando como um velho abelhudo, como disse a amiga de vocês. Vocês nunca poderiam adivinhar.

As duas já se acomodam melhor no sofá. Leninha:

— Estamos à disposição, professor. O que a gente puder fazer pra ajudar no seu trabalho...

Luci:

— O Hélio contou que o senhor está escrevendo um romance. — Solidariedade simpática: — Fico orgulhosa de poder ajudar, professor. Não é sempre que a gente pode participar do trabalho de um romancista...

Imediatamente a careca se avermelha, num vapor sufocante — sinto-me nu. Que direito tenho de me proclamar romancista? Tanto quanto o de praticar medicina ilegal ou assinar plantas de prédios. E o maldito Hélio sai por aí dizendo que vou escrever um romance, reparte ao vento a intimidade que me arrancou à custa de bebida.

— Não... eu... na verdade...

Leninha se entusiasma:

— E o barato é que é sobre o Trapo, o poeta mais incrível que já conheci, professor. O senhor já tem algum plano?

— Nenhum. Quer dizer, a gente — eu e o Hélio —, a gente discutiu algumas coisas, e daí nasceu a ideia do romance. Por enquanto é só uma ideia.

Leninha é positiva:

— Tenho certeza que vai dar certo.

Saio do vexame contra-atacando à queima-roupa:

— O Trapo fala muito de vocês nas cartas.

É a vez de Leninha se ruborizar: as mãos amassam e desamassam, amassam e desamassam uma dobra da blusa. Uma confissão súbita:

— Eu gostava muito dele. Sofri muito com a morte, não deu pra entender.

— É um mistério. De tudo que li, não vejo nada de suicida. Assim, o que vocês puderem falar a respeito dele...

— Eu conheci a Rosana — diz Luci.

Levanto-me agoniado:

— Vocês não querem nada mesmo? Vou tomar um licor de butiá. Minha mãe que faz — esclareço.

Sensações de jovem: aventura, mistério, emoção.

— Eu aceito um licorzinho, professor — diz Leninha.

Luci insiste em não querer nada. Está indócil, nervosa. Esvazio o cálice de uma vez, desculpando-me:

— Depois de velho aderi à bebida. Influência do Trapo.

Elas riem. Leninha — que tem olhos muito bonitos — apenas molha os lábios no licor. Surpreende-me que tenha abdicado do suco de melão em favor da cachaça. Trapo nos coloca a todos diante de alguma espécie de renascimento, Luci fala aos pedaços, como quem ensaiou muito mas no momento de representar sofre uma pane:

— Ela... ela estudava na Aliança Francesa.

— Ah, sim? Você disse "estudava"?

— É. Foi para os Estados Unidos. É a última notícia que tenho.

— Depois que o Trapo morreu?

— Logo depois.

— Você era sua amiga?

— Mais ou menos. Quer dizer, se a Rosana teve alguma amiga na Aliança, fui eu. Era uma menina esquisita.

Leninha, calada, amassa e desamassa a dobra da blusa. Eu bebo, o caminho mais curto para me humanizar, a esta altura da vida. Volto a ser o inspetor da Scotland Yard:

— Como assim?

— Silenciosa, nunca falava com ninguém. Ninguém lá suportava a Rosana. Sabe, o tipo nariz empinado? Na Aliança todo mundo tem o nariz empinado, mas pelo menos se conversa. Às vezes a professora fazia perguntas e ela pensando longe. Não respondia mesmo. Vivendo num outro mundo. Assistir às aulas era pura obrigação. Pra dizer bem a verdade, era meio louca. Levou pau dois ou três semestres seguidos, mas a família insistia. A mãe era terrível!

— Você conheceu?

— Vi uma vez. Ia todo mês conversar com as professoras. "Minha filha tem problemas." "Minha filha isso." "Minha filha aquilo." "Como vai indo a Rosana?" "Por favor, precisa de ajuda." Era desse jeito, um inferno pra menina. Não dava folga. Queria saber: "Ela está assistindo aula?" Vontade de matar. Coitada da Rosana. — Luci dá um sorriso perturbado: — Como eu também sou meio doida, entendia a Rosana. Alguém tinha que entender a coitada.

— E foi para os Estados Unidos?

— Foi para os Estados Unidos. Corre um boato que está numa clínica especializada em não sei o quê. Autismo, catatonia, crise de alheamento, alguma coisa assim, muito grave.

Leninha, finalmente:

— Eu não conheci a Rosana. Mas sei que o Trapo amava ela.

E fica vermelha, fogem os olhos, deliciosamente tímida. Eu bebo mais, a doçura do licor me toma conta. Um velho tarado. Luci resume:

— A Rosana vivia em regime de escravidão.

— Bonita?

— Não era feia. Também não era exatamente antipática. Diferente.

— E assistia religiosamente às aulas?

— Nem sempre. Quer dizer, algumas vezes ela escapou da vigilância do motorista.

— Que motorista?

— O do carro preto, placa oficial. Acho que o pai dela é qualquer coisa do Tribunal não sei das quantas, parente do governador, essas mordomias. O carrão preto lá na frente, quase sempre em fila dupla, a rua estreitinha. Um dia ela me puxou na entrada: "me proteja" — e foi saindo, eu no lado. Na virada da esquina estava o Trapo. Uma vez ela voltou uma hora depois; outra vez desapareceu. Foi o maior rebu, o motorista lá, esperando, a mãe telefonando, aquele rolo.

— Você já conhecia o Trapo?

— De vista. Depois conheci melhor, quer dizer, papo de bar. Eu gostava dele, uma figura muito doida. Me deu um poema. Tirei uma cópia pro senhor.

Remexeu na bolsa, me estendeu o papel:

— Esse aqui.

Não consigo me fixar nos versos copiados com letra redonda, no capricho. Mais um gole de licor, percebo o silêncio depressivo em que caiu Luci. Uma conclusão filosófica: em Curitiba, minha doce Curitiba, todos querem falar e todos se arrependem de falar. Levo o papel à mesa, coloco-o sobre a pilha dos poemas. Professoral:

— Depois classifico-o com calma.

Luci se levanta (tem um corpo bonito), agita-se, tímida e assustada:

— Acho que vou beber um pouco de licor. Falei demais.

Sou decididamente um grande filósofo.

— Está uma delícia, o licor — diz Leninha, enchendo outro cálice. A vida está em crise, até os naturalistas se entregam.

Luci dá um gole, e outro.

— Isso é tudo, professor.

Retomo o inquérito, um policial delicado:

— Não quero ser indiscreto, Luci. Mas sobre o que vocês conversavam?

— Com a Rosana? Nada em especial. Sobre o Trapo, por exemplo, nunca ouvi palavra. Ela fazia desenhos nos cadernos, assim, quadrados, retângulos, círculos, traços. E comia caneta a aula inteira, pensando longe. E... e mais nada.

Outro gole — e relembra:

— Quer dizer, uma vez ela falou sobre o Trapo. Pouco tempo antes de ele morrer.

Reassumo o velho detetive, aquele que só descobre, só vive e só se emociona por acaso. Já estou quase bêbado, e a presença das duas moças na minha casa me dá um prazer singular, como se eu não só estivesse finalmente derrotando a solidão, mas também me saindo bem na tarefa de uma vida inteira.

— E o que ela disse?

— Cochichou: "Vou me casar com o Trapo." Ela sabia que eu conhecia o Trapo. "Eu gosto muito dele. Ele escreve poemas. Olhe esse aqui", e eu olhei, mas não consegui ler direito. E ela disse: "Não aguento mais vir pra escola. Não sei como você aguenta."

— Você não conseguiu ler direito porque a letra era ilegível? — perguntei, detetivesco.

— Não. Era datilografado. Não consegui porque... sei lá por quê. A Rosana tem um olhar... de pedra. Sempre me perturbou. Bem, tudo me perturba.

— E o que você disse pra ela?

— Eu achei tão absurdo aquilo. Não fazia sentido. O Trapo era um sujeito maluco. Eu disse: "Que bom, Rosana." Por dizer, só, não acreditava. E ela: "Minha família não sabe nada."

— E você?

— Fiquei quieta. A gente estava no corredor, cheio de gente, aquela mulherada toda, indo e vindo. E a Rosana: "Isso aqui é uma frescurada. Não aguento mais, Luci." Foi a vez, a única vez em que senti ela melhor, não melhor assim, mas quase carinhosa, próxima, afetiva. E eu disse de novo: "Que bom, Rosana. Que tudo corra bem." E ela: "A gente só tem que tomar cuidado com o sistema, Luci. O sistema acaba com a gente. O Trapo sempre me fala disso, do sistema."

Silêncio. E de repente:

— Quer dizer, não foi bem assim que ela falou. Mas me ficou a impressão de uma... de uma papagaiada, de uma máquina repetindo a programação, sem interiorizar coisa alguma. Ela estava obcecada pelo Trapo, mas... me dava a impressão de que não entendia nada.

Esvaziou o cálice e encheu-o de novo, trêmula. Logo estaremos todos bêbados e felizes. Leninha emergiu do silêncio:

— Eu sempre achei que o amor deles não podia dar certo.

O *certo* de Leninha soa entre o "certo" e o "cherto", um erro delicioso.

— Por quê, Leninha?

— Não sei, mas pelo que sei os dois eram pirados demais. Se alguém não põe o pé no chão... Não. Não é bem isso. Talvez o desnível de cuca. O Trapo era muito inteligente e...

— ...e a Rosana era burra — completei eu, como se ela já estivesse morta.

— Não é bem isso, professor. Digamos inculta.

— Você conheceu a Rosana?

— Nunca vi. Mas a gente fica sabendo.

— Vocês acham que ele se matou por causa dela?

Silêncio. Luci bebe o licor, vagarosa. Leninha:

— Alguma relação tem que haver, professor. É muita coincidência.

Ela baixa os olhos, as mãos amassam e desamassam a dobra da blusa. Luci:

— O senhor, que está investigando, deve saber melhor que a gente. O senhor encontrou alguma explicação?

— Nenhuma. Mas para um romancista — a bebida me deixa arrogante — a "verdade verdadeira" não tem importância. O Hélio sugeriu que eu inventasse à vontade. Como o Trapo viveu uma vida mágica, não vejo mal nenhum em prosseguir na magia...

Leninha sorri:

— Que barato, professor! Estou curiosa pra ler o romance.

— Nem comecei ainda, mas acho que já tenho um bom material.

Encho-me de vento, orgulhoso da minha obra imaginária, diante de duas discípulas fiéis — e encantadoras. Minha velhice merece esses prazeres miúdos.

— Uma pena que eu não possa falar com a própria Rosana. Mas vou procurar a família.

— Vai ser difícil, professor — diz Luci. — Eles...

A porta da sala abre-se de um golpe:

— Faz quase uma semana que você não me dá notícia, Manuel! Você quer me matar do coração, menino?! E pague o táxi que meu dinheiro acabou!

Era minha mãe.

Para Luci
a incompleta

Do abismo para a terra
vertentes verdes do abismo da Terra
era outra terra

tinha um sabiá-laranjeira bem em cima da cerca de pau podre
mesmíssima terra de quintilhões de anos
cheia de loucos babando espetados de cruzes e rododendros
mesmíssima terra inventada às três horas da madrugada
todo mundo já tinha perdido a esperança
arrotado mijado pagado a conta tontos tantas taras
levantadas as cadeiras por cima das mesas babadas cervejas palavras

Ficamos com as calças na mão.
Prometeram circo de cavalinhos.
Prometeram uma loira descomunal bem pra essa primavera.
Disseram que não iam cobrar ingresso.
Que a terra era nossa, osso de estimação
líquida e certa e sem aperto com garantia de eternidade.
Refeições incluídas,
cinco metros de saúde embrulhados em papel colorido.

E nós, muito burros, pensando que era a mesma terra.
Dá uma provada
            veja a cor
            cheire:
            só se for o rabo deles
                        aqueles
                        reles
                        sanafas
(bem que eu notei que eram infelizes)

O motorista de táxi recebeu o dinheiro com mau humor.

— É sua mãe?

— É.

— Muito desaforada.

— Ela está meio doente. O senhor desculpe.

Ao voltar para a sala, senti que minha mãe estava no ponto máximo de agitação, irritação e loquacidade, a fúria miúda e esclerosada que a dominava depois de qualquer viagem.

— Quem são essas duas?

O corpinho inclinado à frente, um feixe férreo de vontades lutando contra a morte, olhos piscando no fundo de uma rede minuciosa de rugas:

— Dando aula particular, Manuel?! Não me diga que está tão mal de dinheiro...

— Eu... — as duas se encolhem no sofá, diante daquele Hitler de saia negra — ...ahn... essa é a Leninha, e essa a Luci, nós...

— Bebendo licor às seis da tarde? — Aproximou a garrafa dos olhos, para se certificar da heresia. — Isso aqui é pra tomar depois das refeições, e um cálice só por dia. Você acha que eu tenho fábrica? — Olhou em volta, numa pesquisa irritadiça: — Cadê a Maria? Já foi embora?

— Eu...

Mamãe fazia gestos repetidos para as minhas alunas:

— Fiquem à vontade, fiquem sentadas aí, não quero atrapalhar. — Para mim: — Você comprou o mel?

— Não ainda, eu...

— Mas nem isso, filho? O que é que está acontecendo? Você nunca foi assim. Fiz bem em subir. O casamento da filha do seu Vicente está na porta e aposto que você não comprou presente nenhum. Com que cara eu vou no casamento?

— Não tive tempo, mas a gente pode ir hoje...

— O comércio já fechou. Quero saber o que você anda fazendo. Que imundície é essa na mesa?

Sou um perfeito idiota rodeando mamãe, enquanto Leninha e Luci se espantam, imóveis.

— Estou escrevendo um livro, mamãe.

— Depois de velho? Isso você devia ter feito quando era moço, podia até ganhar mais dinheiro. Agora já não tem cabeça. Quero um copo d'água. Essa água horrível de Curitiba. Que viagem, meu Deus. Esses ônibus da Sul Americana não há corpo que aguente. Não sei por que não fiquei sossegada no meu canto. Só pra me incomodar.

A velha desapareceu na cozinha, para meu alívio. Larguei-me na poltrona, derrotado, implorando perdão às minhas admiradoras. Não tinha o que dizer. Leninha ergueu-se:

— Professor, acho que a gente...

Pânico:

— Pelo amor de Deus, não me deixem sozinho! Minha mãe não é sempre assim. A viagem é que transtorna a cabeça dela. Logo se acalma. Onde a gente estava?

Piedosas, as duas conformaram-se em ficar. Rápido, enchi e esvaziei mais um cálice. Leninha pigarreou:

— O senhor queria falar com a família de Rosana...

— Ah, sim. Eu...

A velha apareceu no esquadro da porta:

— Você não respondeu cadê a Maria. Ou pensa que eu estou caduca?

Levantei-me. Eu não estava realmente furioso, ou irritado, sequer desagradado pela presença de mamãe — mas grogue, um lutador que subitamente leva quinze murros no queixo e resiste a cair, perambulando na névoa da derrota.

— Eu despachei a Maria.

Não se surpreendeu — uma risadinha curta, sinistra, de bruxa:

— Arre! que até que enfim tomou alguma iniciativa. Eu sempre disse que essas empregadas de Assembleia de Deus não prestam. — Acusadora, dedo em riste: — Mas alguém está limpando essa cozinha! Você sempre foi um menino relaxado.

A careca intumesceu, roxa de um ódio impotente, de um desejo abissal de morte, o funil doloroso da humilhação. Sessenta anos resistindo — é minha mãe.

— A senhora não quer uma colher de maracujina, mamãe? Descanse um pouco, a senhora está muito nervosa.

— Não é para menos. Que hora acaba a aula das moças?

— Mamãe, elas não são minhas alunas.

Fuzilou-as:

— São o quê?

Elevei a voz, grosseiro:

— Minhas amigas, mamãe!

— Ahn?

A velha caiu numa amnésia de segundos, o branco súbito da velhice em luta, queixo trêmulo, olhos vagos, até reencontrar um fiapo de rumo:

— Estou exausta. Fiquem à vontade. — Procurou o sofá, sentou-se ereta, tensa. Pescoço espichado, o rosto pontudo, de rapina, transformou-se numa estátua furiosa, em negra solidão: — Fiquem à vontade.

— A senhora não queria um copo d'água?

— Já bebi. Essa água é horrível. Já disse pra você comprar um filtro de barro.

— Não tive tempo, mamãe.

— Filtro de barro é um barato — arriscou-se Leninha, a naturalista, para meu desespero.

A velha fitou-a, com acinte. Diálogo de surdos:

— Vocês são alunas do que, mesmo?

— Literatura — sorriu Luci, entregando-se à teimosia de mamãe.

— Ah.

De algum modo o mundo se organizou na sua cabeça. Respirava fundo, quase assobiando. Iria reclamar do chiado do peito? Não; remexeu na bolsa:

— Estou completamente sem dinheiro.

Sorrimos, nós, as três pessoas normais. A loucura virava graça.

— Depois a gente vê isso, mamãe. A senhora não quer deitar um pouco?

— Ahn?

— Deitar um pouco, mamãe?

— Não. Estou muito bem assim. — E olhava para minhas alunas, desconfiada e em guarda. Mas: — O Manuel me trata como se eu fosse um traste. Se eu não subo pra Curitiba, nunca que ele desce pra Paranaguá.

— Falta de tempo, mamãe. Uma trabalheira.

— Só se for agora, com as alunas — as "alunas" estavam atravessadas na garganta de mamãe. Confidenciava, uma ótima velhinha: — O Manuel é estouvado da cabeça. Se não fico de olho, sei lá o que pode acontecer. Todo mundo sempre fez ele de bobo. A Matilde era uma mulher muito boa, mas morreu de tifo, faz um século. Não sei por que o Manuel não casou de novo.

Vagarosamente minha careca se enche de sangue — a bebida me deixou impaciente e não consigo vislumbrar nenhuma salvação para o fim de tarde (talvez para o fim da vida num rompante de amargura). Vontade de encontrar o Hélio e sair pelos botecos, beber, chorar miséria e desesperança. As duas se divertem com mamãe, numa visível traição. O Manuel isto, o Manuel aquilo. O bobo. O idiota. O sem-iniciativa. O ingrato. Tamanho rosário de frustrações mordido pela mosca azul: romancista. Ridículo. Todo desejo de revolta, de revide, estrangula-se na garganta, irremediável: que dizer a uma velha caduca de oitenta anos? Que saia da minha casa, que suma, que me deixe em paz?! Serei suficientemente monstro? Enfiá-la num asilo? Só porque me impede o prazer generoso de conversar com duas moças suavíssimas sobre um poeta que se matou, sobre um mundo ao qual nunca tive acesso?

As duas ainda se divertem com esta velhinha maravilhosa que é minha mãe, quando um furacão irrompe pela sala, o apocalipse da minha vida:

— Manuel! Sabe o Moca! Pois mataram ele no Ahu. *Taqui*, ó, na *Tribuna*! O Moca, que vendeu o revólver pro...

Fecho os olhos: é Izolda, brandindo um jornal ensanguentando meu rosto.

— Ah, desculpe.

O perfume de Izolda — e sua calça comprida, seus cabelos, batom, unhas pintadas, seu tamanho e sua voz — encheram o silêncio de brutal inconveniência. Mamãe ergueu-se, no abismo da tensão, os olhos furiosos, tentando colocar ordem naquele desabar universal:

— O que é *isso*?!

— É minha mãe, Izolda. E as moças são...

As velhas entreolharam-se e odiaram-se para todo o sempre, o ódio terrível dos muito semelhantes. Izolda abriu-se num sorriso hábil e ressentido:

— Como está a senhora? Muito prazer!

Minha mãe, tesa, recebeu os beijinhos de praxe com um profundíssimo desagrado, num balbucio em que tentava recuperar as rédeas da casa — mas Izolda não lhe dava espaço, exuberante:

— Ah, e vocês são as meninas do Trapo! Tudo bem?

As meninas do Trapo espantavam-se, divertidas — enquanto eu previa novos furacões, esmagado entre dois titãs. Enchi o cálice de licor, aguardando o massacre. Mamãe exigia explicações, no fogo cruzado de tantos estímulos:

— Você deu pra beber, Manuel? Era o que faltava! Quem é essa?

E o dedo — um osso cinza, retesado e trêmulo — apontava Izolda. Minha nova empregada? minha aluna? minha amiga — não tive tempo para nada.

— É minha noiva, mamãe.

Izolda — um sorriso de triunfo (o único derrotado era eu) — assumiu o papel instantaneamente:

— A senhora não sabia? Ô Manuel, você não tinha falado nada pra sua mãe?

— É que...

— Nem me consultou, filho?!

Leninha e Luci levantaram-se, aflitas:

— Desculpem, eu acho que a gente...

Mamãe, desesperada por mudar de assunto, esquecer o noivado:

— Atenda as meninas, Manuel!

— É claro... vocês me perdoem...

— Mas que surpresa, dona... qual é o seu nome mesmo, que eu...

— O Manuel nunca na vida me falou de você.

— Faz pouco tempo que a gente noivou, a gente estava planejando uma visita pra senhora, pra formalizar o noivado...

— Até mais, professor. Desculpe o atrapalho...

— Desculpem vocês... mais tarde a gente volta a conversar.

— Por respeito, pelo menos devia tirar a fotografia da Matilde da parede. O que você faz na vida?

— Tenho uma pensão.

— Se virem o Hélio, mandem um abraço.

— Obrigada pelo licor. Estava ótimo.

— Depois eu explico, Luci.

— Estou curiosa pra ler o romance.

— Você é solteira, pelo menos?

Rosana, meu amor:

onde foi parar minha literatura? em que beco se escondeu essa deusa neurótica, razão da minha vida? Doravante, minha literatura é você. Você você você. Nunca mais um poema, um conto, um projeto de romance — o já clássico romance-da-nossa-geração, aquele-que-falta-ao-Brasil--pós-64. Só sei escrever cartas. As cartas são o meu mundo. Não qualquer carta — mas cartas a Rosana. Vez em quando releio algumas e chego até a ter a veleidade de transformá-las num romance, uma história de amor. Que piegas! Seria o Triste Fim do Trapo Quaresma; depois de resvalar durante cinco anos pela tangente da genialidade, desiste de tudo, assume o fracasso e tasca pau numa história de amor com final feliz, para deleite das moçoilas. O novo Love Story: ficarei milionário e melancólico, ninguém me encontrará. Um divórcio dois anos depois cairia bem. Passaria o resto da vida estudando arqueologia no Nepal. Morreria no mais negro esquecimento. É difícil aceitar a morte.

Suspiro. Nem tesão pra beber tenho mais. Aboli a maconha. Coca, só de reserva, para o abismo que se aproxima — a cada período de euforia corresponde uma fossa igual e contrária. Eu te amo.

A violência, cadê? Nada mais daquela raiva acesa, aquele estopim curto. Começo a ter paciência. As pessoas não são tão filhas da puta assim. Me deu até vontade — heresia! — de reencontrar meu pai. Como se eu já fosse adulto, sabe como? Aquela transa do filho pródigo. Reencontrar minha mãe. Pacificar-me. Olhem, não sou mais aquele porra-louca, sentei o rabo na vida, sou um grande escritor, vou me juntar com Rosana. Chega de guerra. Será que quebrou o ninho de porcelana?

O ninho de porcelana tem história. Vou contar pra você.

Muito tempo atrás — antes ou depois da morte do galo? — havia uma cristaleira lá em casa. Cristaleira é aquele móvel cafona, uma espécie de túmulo em pé, de madeira envernizada, com arabescos nas bordas, com duas portas de vidro e prateleiras também de vidro, onde se guardam cristais. Aquelas coisinhas: xicrinhas, cálices, copos, pires, biscuits, frescurinhas. Toda casa de gente velha tem uma cristaleira, uma espécie de altar profano no meio da parede da sala. As crianças gostam, porque basta pisar forte no assoalho de madeira, e a cristaleira se sacode, um pipocar delicado de vidros. Tric-tric-pim-tic-tic-pic. Um sino metafísico.

Uma vez minha mãe ganhou uma porcelana chinesa. Era um objeto excepcionalmente caro, riquíssimo, porque minha mãe fez um carnaval com o presente, e colocar a porcelana chinesa na cristaleira foi uma cerimônia memorável. Eu, Toninho e meu pai assistimos ao ritual. Minha mãe pegou a chave da cristaleira — que ficava na gaveta da mesinha de cabeceira do seu quarto —, abriu a tumba transparente, achou um espaço entre os vidros, na prateleira do meio, e depositou a relíquia. Ficamos olhando, escravos do enterro de Ramsés II, condenados à morte e à adoração eterna. Minha mãe disse: que coisa mais linda — e torcia as mãos. Meu pai, não tendo o que dizer para encerrar a missa, saiu pela grossura, como de hábito:

— Quem de vocês mexer nessa porcelana vai levar a maior coça da vida.

Foi exatamente nesse momento que me surgiu a ideia de mexer na porcelana. Transformou-se numa ideia fixa à espera de um pretexto. Alguns dias depois, qualquer incidente fez crescer em mim um ódio ilimitado contra tudo e todos — aquela maldade celerada que só as crianças têm, vontade de matar (por estrangulamento, por exemplo) pai, mãe e irmão, de colocar fogo na casa, envenenar a comida — sentimento sempre seguido de um inaguentável remorso que acaba explodindo numa crise de choro na hora de dormir. É claro que me lembrei da porcelana chinesa. Esperando o momento adequado, peguei a chave da cristaleira e profanei o túmulo. Entretanto, a magia do amuleto me tomou: remexia entre os dedos aquela delicadeza sem mais nenhuma ideia do que fazer com ela. A ideia de espatifá-la — projeto original — se esvaneceu, dando lugar a um susto covarde e contrito. Muito pior que matar alguém era quebrar aquela joia. Ao ouvir uma porta batendo, apertei a mão em desespero — e quebrei a porcelana em duas partes. Rápido, recoloquei os pedaços na prateleira, encaixando-os como pude, fechei a cristaleira e devolvi a chave ao lugar de sempre. Passei uma semana sem entrar na sala. Tudo parecia subentendido, olhares, vozes, jeitos — e nada de acusação formal. Ninguém notou. A porcelana continuava lá, no seu frágil equilíbrio. Um dia (anos depois?) um pisão mais forte no assoalho e foi-se a porcelana chinesa. Mas ninguém era culpado, uma pena, a porcelana se quebrou por si.

Deste episódio guardei o sabor da coisa perdida para sempre. Ou do que não se deve perder nunca, como você, Rosana, como esse fio entre nós dois. O ninho de porcelana, na minha imagem infantil. Como sofri a culpa! E muito mais, terrivelmente mais, porque nunca me acusaram.

Pronto, contei a história. Gostou? O que eu queria mesmo era escrever um romance com a sem-cerimônia com que escrevo a você. Talvez eu me transforme, depois de muito velhinho, cheio de netos, num bom contador de histórias. Viu? Tudo futuro, tudo amanhã, depois de amanhã, daqui a um mês, ano que vem. Ou então lá atrás: quando eu tinha cinco anos, quando saí de casa, quando isso, quando aquilo. Entre um e outro, esse buraco negro.

Vou nanar, meu amor. Nem bêbado, nem pirado, nem gênio, nem burro. Muitas saudades de você, um gostinho azedo, confuso, na boca, prenúncio de euforia. Sensação boa, Rosana, apesar de tudo. Ah, confirmou o atraso? Me desliguei do problema, botei um tapume no cérebro: é proibido colar cartazes. Oh doce melancolia — a paz (aquela da Utopia) deve ser muito parecida com o que estou sentindo exatamente agora. Um beijo na boca — e o resto — do Trapo.

Dois dias depois fui levar minha mãe na rodoviária, devidamente abastecida com o mel da Mateus Leme e com o presente da filha do seu Vicente — um jogo de travessas inoxidáveis, se bem que a velha preferisse as panelas de ferro, "daquelas que não fabricam mais". Tive que comprar passagem com antecedência — apesar de haver ônibus para Paranaguá de meia em meia hora — e, claro, chegamos cinquenta minutos antes, o que daria tempo a ela para minuciosas preleções. Sentamo-nos ao lado do portão de embarque, em meio a uma multidão provisória, na angústia da viagem, o vazio entre um mundo e outro. O que me irrita na minha mãe é que ela fala muito alto, tanto mais alto quanto mais gente houver em volta.

— Filho, eu vou dar minha opinião de mãe. Izolda não serve pra você.

— Por favor, mamãe. Eu nem sei se vou casar. Somos noivos, apenas noivos.

— Tomara que não case. Mas ela já tomou conta de você. Você é muito bobo.

Já havia umas quatro pessoas olhando para mim, esse ridículo velho careca que está noivo.

— Você não nasceu pra casar com mulher dessa laia.

Respiro fundo.

— Fuma e bebe, pinta o cabelo, nunca entrou numa igreja. Fala como se fosse a dona da casa. Uma pé-rapada.

Escondo o rosto nas mãos.

— Por que não falou comigo antes? Aliás, achei você muito estranho. Você nunca foi assim.

— Mamãe, eu não sou criança.

— Pois eu digo que é. O que é que tuas alunas vão dizer? Você dando aula e entra *aquilo* na casa, parece bordel. Que Deus me perdoe.

Deus não vai perdoar minha mãe. Uma outra velha sentou mais perto, para ouvir melhor a conversa. A careca — um mecanismo regular, treinado, metódico — começa a se encher de sangue.

— Se ainda fosse empregada. Pra empregada até serve. É caprichosa, nunca vi a casa tão limpa. Isso é verdade.

Fujo do terror real da espera alienando-me na filosofia. Que forças tornam uma pessoa tão brutalmente egoísta? Será a velhice sempre esse funil absoluto, esse desespero pendente, esse fel inconsumido?

— A Matilde não merecia isso.

Matilde morreu há quarenta anos. Ou, quem sabe, tudo seja apenas uma questão de jeito. Ocultar sentimentos, ser tolerante com o próximo, estar predisposto antes a compreender que se revoltar. Esta fórmula ingênua salvaria o mundo, ou, pelo menos, tornaria a vida mais suportável. Sou um velho idiota. A vida é um terremoto, e eu tentando recuperar o cavalheirismo medieval.

— E que história é essa de Trapo? Isso lá é nome de gente?

— Pseudônimo, mamãe. Era um grande poeta.

A velha não ouve; se ouve, não entende. Em qualquer caso, a única realidade é o seu próprio cérebro, uma caixa transtornada de vontades.

— Não estou gostando nada dessa história. *Tsc tsc...*

— É um livro, mamãe. Estou escrevendo um livro.

Mas ela pensava em Izolda:

— Se você já não ia nunca me visitar, agora, com o casamento com essa bisca, então, nem se fala. Porque a primeira coisa que ela vai fazer é separar nós dois. Conheço essa gente. Eu posso estar morrendo lá, que...

Mamãe ainda encontra energia para fazer chantagem. Olha-me de viés, conferindo o efeito. Eu me concentro na caixa da lanchonete, que manuseia a registradora como máquina de escrever, para uma fila de viajantes aflitos. O relógio parou.

— Você não está mais em idade para isso, meu filho.

Uma nesga de revolta:

— Isso o quê? O casamento?

— Isso de se meter com essa gente. Por que não escreve o livro sozinho? Depois, você já está muito bem com tuas alunas pra arrumar mais complicação.

Não tenho mais é idade para o nirvana.

— Que complicação, mamãe?

— Então você acha que eu sou burra? Sou velha, mas burra não!

Todos em volta prestam atenção, a velha se esganiça.

— Calma, mamãe. Fale baixo.

— Ahn?

— Fale baixo — grito eu, respiração opressa, vergonha, revolta e desânimo. É minha mãe.

— Complicação com a polícia. É isso que você está arranjando. Ficasse sossegado no seu canto e era melhor. Esse ônibus é o meu?

Passageiros se aglomeram no portão de embarque, indecisos entre a viagem e minha mãe. O limite da vergonha.

— Não senhora. Faltam trinta minutos ainda. A não ser que a senhora queira ir para Cascavel.

— Que história é essa de revólver de Trapo? E aquele tal de Mó-não-sei-o-quê, que mataram na penitenciária? Isso é coisa que se estude?

— A senhora não está entendendo nada, mamãe.

— É coisa de Izolda. E você de bobo, como sempre. Quero só ver no que vai dar.

— O Trapo já morreu, mamãe. Estou estudando as poesias dele. Esse Moca é outro assunto, uma notícia de jornal, só.

— Pra completar, o teu casamento com uma desquitada. Sem falar que é dona de pensão. Que vergonha, filho. Quem é esse Moca? Mataram por quê? O que você tem a ver com isso? Na frente das alunas!

Sou o maior espetáculo da rodoviária, minha careca é um sol de primeira grandeza. Levanto-me (por que não pensei nisso antes?).

— Vou tomar café.

É questão de manter distância, como lutador de boxe, braço estendido. A velha segue no crescendo de agitação e fúria:

— Venha aqui! Vai fazer coisa de eu perder o ônibus!

As viagens sempre transtornam mamãe. Do balcão da lanchonete controlo-a a distância. Rapidamente mamãe se adaptou à minha ausência; puxa assunto com a outra velha, sentada ao lado. Vez em quando olham para mim, reprovadoras. Minha mãe fala, a outra assente com movimentos de cabeça, muito impressionada. Por certo estou no banco dos réus: filho ingrato, desmiolado, sem iniciativa, principalmente sem iniciativa. Conheço o refrão. Mais difícil ainda do que me despedir de mamãe será enfrentar Izolda, agora alçada à categoria de noiva. Com que facilidade encarnou o papel! Instantânea, hábil, dissimulada, matreira. Tenho certeza absoluta de que o que foi apenas um recurso para satisfazer a ansiedade de mamãe vai se transformar em realidade. Que palavras terei de escolher para explicar a Izolda que o noivado foi apenas uma encenação? Passei a vida escravizado às mulheres. Sem iniciativa. Ser noivo de uma mulher que se prestava a brincadeiras libidinosas com um adolescente bêbado. Resolvo tomar outro café, ganhar tempo. Vulgar, dona de pensão, pinta o cabelo, fuma e bebe. Minha mãe tem razão. Tomar café sempre me irrita, o antigo trauma de que não terei sono à noite — e o bombardeio da velha me deixou incapaz de agir. Felizmente o relógio avança: faltam dez minutos e a velha já me faz sinais furiosos, apontando a hora. Com certeza será a primeira a entrar no ônibus.

— Desculpe qualquer coisa, filho. Você sabe que eu sempre quis o teu bem.

A velha tem os olhos molhados, e me abraça com força — sinto-lhe o corpo mirrado, seco e tenso, ossos, pele e roupa preta.

— É claro, mamãe. Qualquer coisa a senhora me telefona. Se eu puder, vou ao casamento.

— Vê se vai, filho. Não faz essa desfeita pro seu Vicente.

Está chorando agora, mas em silêncio. Reluta em partir, me olha nos olhos, segura meus braços. Por que não vai logo, detesto despedidas, esse choro piegas, essa emoção que me toma.

— Cuide-se, mamãe.

— Quem sabe a gente não se veja mais, filho. A morte está próxima.

— Que bobagem, mamãe. Nunca vi a senhora tão bem.

— O chiado continua, filho. Fiquei muito velha. Me visite.

— É claro, mamãe.

Saio rapidamente dali, depois dos acenos. Estou embargado e irritado, essa emoção não me pertence. Entro no táxi, tiro o endereço do bolso:

— A João Gualberto, por favor.

Há outra escravidão além das grades: a teia asfixiante de todos os milhares de pequenas obrigações cotidianas que, juntas, tecem o que chamamos vida — sessenta anos de vida. Abrangem tudo, da escova de dentes à necessidade do choro, e tudo acaba acontecendo no momento certo, porque somos implacavelmente treinados.

— Pega a Mariano Torres?

— Pode ser.

Por trás da muralha existe uma lucidez ansiosa por se perguntar, uma consciência que, desavisados, achamos que não somos nós. Entretanto, ao contrário de Trapo, eu creio em livre-arbítrio e considero inaceitável a ideia de que não seja capaz de conduzir meu próprio destino. Resvalo para essa área imaginária da razão, a tentativa de reduzir os fatos — a monstruosamente complexa realidade dos fatos — a um esquema mental, uma explicação, uma tábua de mandamentos. Não entendo coisa alguma.

— O senhor está bem?

— Estou, obrigado. — Passo o lenço no rosto, enxugo os olhos, sob a vigilância do espelho retrovisor. Sou obrigado a me explicar? Não me ruborizo desta vez. — Eu me despedi da minha mãe.

O motorista procura o que dizer, indócil no sinal fechado. Um homem próximo aos cinquenta anos.

— Deve ser uma senhora de idade.

— Sim.

— O senhor é feliz. Minha mãe morreu quando eu era novinho. Mãe é mãe.

— É verdade.

O lugar-comum resolve tudo, com a sua sabedoria idiota, porém neutra. Alivio-me. Não é a solidão que me perturba, condição inevitável, ao final das contas — mas a derrota. Não há lugar no homem para a derrota. Acordar de repente e perceber que se perdeu, que absolutamente tudo ficou para trás, para nunca mais. Ainda tenho Deus, é verdade, este magnífico imponderável da vida, a força poética que redime. Mas Ele é muito pequeno para o tamanho do meu silêncio, nesta vida — deixo-O para depois, na comunhão da morte. Por ora, interesso-me pelas mesquinharias menores, a dos segundos. Foi tão conveniente, cômodo e inevitável creditar à minha mãe, à família, à Matilde, às contingências econômicas, ao bom-senso, à urbanidade, à sobrevivência, creditar ao mundo o meu fracasso! Como eu poderia fazer aquilo se aconteceu isso, ou fazer isso se aconteceu aquilo?! Como eu poderia me salvar se eu nunca gostei de café? Como eu poderia casar de novo se as duas prostitutas que procurei me deram náusea? Como eu poderia escrever um livro de poemas se a Maria deixava o rádio ligado? Como eu poderia ser um homem feliz se sobrava tão pouco tempo? Viajar, impossível — pois minha mãe.

Sou um homem suspenso.

Antes de apertar a campainha, resolvi dar uma volta na quadra, dar tempo para que meu organismo voltasse ao compasso normal. É difícil aceitar que não se tem mais energia para um rompimento na vida, que faltou treino, confrontação, o hábito da revolta. Ando a passos lentos e respiro fundo, neste fim de tarde. Há uma identidade esquisita entre a melancolia e a paz, conforme Trapo, o filho que não soube nem ser, nem ter.

O casarão corresponde mais ou menos à descrição do meu poeta, grades em lança, pátio extenso, muro, muralhas, pontas de castelo — exceto as cadelas. Estou nervoso. Vir direto para cá me pareceu mais cômodo que a angústia do telefonema prévio. O ato de maior coragem da minha vida. Aperto o botão do interfone.

— O doutor Fontes, por favor.

(A ideia de que sou um velhinho respeitável me tranquiliza.)

— Ele não chegou ainda. — É melhor assim. — Quer deixar recado?

— E a dona Isaura, está?

— Quem quer falar com ela?

— O professor Manuel.

— Um minutinho.

Interfone desligado. O detetive se saiu razoavelmente bem nesta primeira investida. A grande dúvida é se dona Isaura virá atender um professor desconhecido. Enquanto isso, aguardo na calçada, ao lado do imenso portão, a autorização para atravessar o fosso do castelo. Por estas grades Trapo matou as três cadelas negras, de certo modo destruiu a filha única da casa e acabou por se despedir do inferno. Um currículo razoável. Sinal no interfone: agora, o mais difícil.

— Dona Isaura?

— Ela mesma. Quem está falando?

Percebo o tremor na voz metálica do aparelho.

— Aqui é o professor Manuel, de Língua Portuguesa e Literatura. Sou (e não me ruborizo com a mentira, uma conquista) catedrático da Universidade Federal.

Algum alívio, o "Federal" impressiona:

— Pois não. O meu marido não está. É só com ele?

Estarei vendendo enciclopédias? Pigarro.

— Talvez eu pudesse falar com a senhora mesmo, é rápido. — Silêncio. — Eu... estou escrevendo um livro sobre o Paulo e...

— Quem?

— Paulo, aquele poeta... ahn... meio louco, que se assinava Trapo.

Silêncio. Silêncio terrível. Mas vou em frente.

— A senhora não é mãe da Rosana?

— O que o senhor quer? A Rosana não está no Brasil. O que o senhor quer? Qual o seu nome? Não estou entendendo.

— Desculpe-me, dona Isaura. Peço mil desculpas pela inconveniência. É que sou professor de literatura, e como pesquisador tenho a obrigação de procurar... eu poderia falar com a senhora pessoalmente?

Sinto-lhe o pavor:

— O meu marido não está. Eu não sei do que o senhor está falando.

— Eu sei que este é um assunto delicado, dona Isaura.

— Do que o senhor está falando?

Dona Isaura já não demonstra nenhum controle. Tenho uma diabólica intuição:

— Sou um cientista de literatura, dona Isaura. Prometo sigilo absoluto. Se for possível a senhora me dar um minuto de atenção, é claro, eu...

A dubiedade da minha última frase — a sugestão de alguma chantagem apenas num tom de voz — provoca-lhe outro silêncio agoniado. Ela quer desligar o fone, quer me ameaçar, quer chamar a polícia, mas reluta, já corroída pelo medo. Eu começo a suar, tremem minhas pernas, queda súbita de pressão — apoio-me no muro.

— Eu... — um pedaço de riso nervoso — ... continuo sem saber do que se trata. O meu marido...

Falo mecanicamente:

— Trapo foi namorado de sua filha durante dois anos e escreveu muitas cartas, poemas e contos para ela. Esse é o material que estou estudando. Sei que é um assunto delicadíssimo, doloroso, o menino se matou, uma coisa terrível, mas, a senhora compreende, como pesquisador, já tenho alguns dados, se a senhora tiver qualquer texto dele escrito, ou informações sobre...

— Isso é um atrevimento! Se o senhor soubesse...

— Mil desculpas, dona Isaura. Tenho plena consciência do meu atrevimento. Na vida há obrigações difíceis... e...

Ela quer me ameaçar — mas transparece um rasgo de medo:

— Por favor, o senhor... o senhor me deixe seu nome completo, endereço e telefone. O meu marido com certeza vai entrar em contato com o senhor.

— Fico-lhe grato, dona Isaura.

Forneci os dados, feito réu, e o interfone silenciou. Pelas grades, vejo uma cortina se abrir no janelão ao longe, e um vulto me espia.

Rosaninha, minha planta:

Briguei com o Etereosphante, o Heliossal. Porra, ele não entendeu nada. Ficou na dele, quando eu precisava repartir um pouco do meu desespero feliz. Caralho, Trapo, você tem é que escrever, essa mulher tá te fodendo... O filho da puta está com ciúme, o velho monstro amigo. Vou me juntar, Hélio, que tu acha? Ele me atravessa os olhos vesgos, são três da manhã, dois porcos bêbados. Lembra o Sistema, Trapo? É Deus. E aí, fodeu-se. Você não tem treino pra essa guerra. Não nasceu pra ser babaca. Vai quebrar o ninho de porcelana.

O QUE É QUE ESSE DESGRAÇADO SABE DE MIM?

Vai com tudo, poeta. Já sabe onde me encontrar: por aqui. Sentado no meio-fio. Vê se tem cabimento, Rosana! Um amigo da vida inteira. Fiquei magoado. O filho da puta daquele bêbado de bosta não entendeu merda nenhuma. Vontade de chorar, não digeri o papo por inteiro. Ah, que se foda, porra.

Estou só e totalmente interessado em você, Marília Bela, amor, paixão, tesão e liberdade. Quanto mais te amo, mais voo — substantivo e verbo. E agonia: quinze dias sem carta! Ando rondando o Castelo, na esperança de te ver. Não te encontro mais na Aliança. Continuo sem colar cartazes no cérebro. Estou vago de Expectativa. Suplico urgência. Tá vendo aquela estrela no céu? É tua.

Trapo.

Minha primeira providência ao chegar em casa — já à noite — foi tirar o retrato de Matilde da parede. Para que forçar a memória? Antes Matilde ficar comigo por força própria, do que na parede, feito obrigação escolar. É uma revolução miúda, eu sei, tarde demais, mas não me custa tentar alguma coisa. Lutar por uma causa perdida não é propriamente uma derrota — e a causa sou eu. Além do mais, construí (ou me construíram?) um grande objetivo na vida: revelar Trapo, enquanto o velho professor vai de carona nesta obra tardia. Contemplo a papelada sobre a mesa: quanta vida! Quase acrescento: desperdiçada — como um dono de venda, tudo é crédito e débito.

Nada disso, professor Manuel, respeitável, simpático e aposentado professor Manuel: Deus não tem livro-caixa. O senhor fez o possível para resgatar o poeta anônimo e suicida — inclusive por meio de atitudes inconvenientes que não lhe seriam próprias, e até aqui recolheu coisa nenhuma. Aflição e desespero em volta do poeta — e um elo perdido, em alguma parte: explicar a morte, compreendê-la, ou, no mínimo, torná-la verossímil. Um gosto azedo: Trapo viveu menos que merecia, e o senhor, mais. No entanto, Deus existe, esse Motor Primeiro, o Grande Lógico. Afinal, não foi a lógica a sua mestra, ao longo da vida inteira? Se não, para que ensinar gramática, regras de crase, conjunções, análise sintática? Para que os meninos sentados lá, e o senhor aqui, ao lado do quadro-negro? Ensina-se matemática, tudo é matemática, o resto não é da nossa conta. Oh, meu Deus, não resvales para a escuridão depois de tanto tempo! Fica próximo, à minha imagem, Pequeno Companheiro!

Abro mais uma garrafa de licor, disposto a me livrar da metafísica. Beber em solidão já é outra conquista. Tenho consciência de que devo superar logo esta primeira fase da libertação, em que se contraria a norma apenas pelo prazer da revolta, sem valor nenhum em troca. Também estou cônscio — ainda no primeiro cálice — que continuarei sendo o que sou, até o fim. Restarão, pelo menos (e não é pouco), alguns pedaços de liberdade, alguma anarquia que escapará pelas frestas da vigilância. Já no segundo cálice, pouco me importa o que vai acontecer, mando à merda a classificação da vida. No terceiro — e agora sinto a doce euforia do escritor — contemplo meu romance imaginário. E o telefone toca.

— É o professor Manuel?

— Sim?

Uma voz seca, furiosa, aos solavancos:

— Quero lhe avisar, professor, que a próxima vez que o senhor vier à minha própria casa fazer ameaças à minha esposa, eu vou acionar os dispositivos legais para lhe pôr na cadeia, se for o caso. O senhor está ouvindo?

Começo a suar.

— Perdão, eu não estou entendendo...

— O senhor está entendendo, sim, professor. Já sei que o senhor não é catedrático de Universidade nenhuma, e não consigo imaginar que estranha pesquisa de campo é essa que o senhor, um mestre-escola aposentado, está promovendo. Eu acho que estou sendo claro. Sou o promotor Fontes, se lhe interessa saber.

— Pois não, doutor Fontes. Acho que houve um mal-entendido...

— De minha parte está claríssimo, professor. E já basta.

— Trata-se meramente de um estudo literário. A sua senhora deve...

— A minha senhora teve uma crise de nervos em decorrência da sua visita, professor. É inacreditável a sua petulância!

O homem está no limite. Desligo? Respiração funda, desânimo:

— Lamento profundíssimo, doutor. Por favor, eu...

— Em nome de um suposto estudo literário, de um suposto poeta que se matou e destruiu minha filha, o senhor vem profanar minha residência?! Ou o senhor é muito estúpido, ou mau-caráter, professor. Este seu poeta estava prestes a ser colocado na cadeia por tráfico de cocaína, entre outras coisas. Se o senhor lesse uma carta, uma só, das muitas com que ele acabou com a minha filha, minha única filha, se o senhor constatasse o inferno em que ele transformou minha família...

Ouço gritos próximos, esganiçados: "pare com isso, desligue o telefone! Pare com isso!" — e o promotor eleva o tom:

— ...o senhor pensaria dez vezes antes de aparecer aqui! O senhor faça o que quiser com o seu artista, professor, o que quiser. Mas se o senhor envolver um fiapo de cabelo da Rosana nesta história, eu vou tomar todas as providências cabíveis e levá-las até o fim!

Contrariando a lógica, ele não desliga em seguida. Ouço cochichos, choro, gritos abafados. E o vulcão recomeça, enquanto minhas pernas tremem:

— Não quero mais ouvir falar do senhor, está entendido? E nem desse vagabundo, celerado, cafajeste, que... que... o senhor está me ouvindo?

— Passe bem, doutor.

Desliguei o telefone, esgotado. Minha velhice não suporta mais essas confrontações absurdas, este rio de desaforos. Processo, cadeia: o antigo temor se revela concreto, em carne e osso, mas, desta vez, não sinto medo, talvez ainda abobalhado pelo massacre. Vontade de beber, continuar a beber, não pensar em coisa alguma. Terei sido tão inconveniente assim para receber esta pancadaria? Quem sabe minha vida demasiado neutra tenha eliminado a noção das coisas mais sensíveis, mais delicadas. Súbito, a perspectiva das represálias — mas que pode fazer um promotor neurótico contra mim? Um passado limpo, sempre tratei bem minha mãe. Também subitamente, a visão de um Trapo horrendo, figura deformada e corrupta, um jovem monstro dos tempos modernos a semear a violência, o fel, a bílis e a morte, cavaleiro do apocalipse. Por onde passou, um rastro incurável de desgraças.

Nem uma coisa, nem outra; estamos sempre inapelavelmente no meio, esforçando-nos, furibundos, por alguma espécie de grandeza. Mais um cálice de licor, esta bebida de amadores. Quando começo a me afundar na tristeza, batem à porta: Hélio.

— Parabéns, professor, pelo noivado!

Cumprimenta-me com a sua mão enorme, enquanto a outra carrega a vodca. Fico sem resposta, complicado ainda mais por esta imprevista variável: noivo.

— Estive à tarde aqui. A Izolda me contou a novidade. — Segura meu ombro, fita-me com seus olhos vesgos. — Que barato, professor! Merece uma cachaçada!

— A Izolda exagera um tanto...

Hélio vai direto à cozinha e volta com dois copos:

— Não beba mais desse butiá, professor. Bebida adocicada é um crime. Tome vodca, que não dá ressaca.

Resolvo seguir seu conselho. Por precaução, bebo previamente alguns copos d'água — enquanto penso em como evitar o noivado inexistente. A ideia do noivado não é de todo má; no mínimo, justifica a presença de Izolda em minha casa sem despertar falatórios. Uma boa solução: na dúvida, coloca-se um rótulo. Além do mais, desmentir Izolda com veemência seria grosseiro. O velho professor Manuel continua lançando mão de todos os seus pequenos truques para enganar a vida.

Hélio me estende um papel:

— Este é o Trapo, professor.

Finalmente, o rosto do meu biografado, sob a ótica de Hélio. Cabelos em convulsão, cheio de cobras, um nariz reto e grande, olhos com uma imensa concha branca abaixo das pupilas, lábios finos, tensos, magreza ossuda onde deveria haver bochechas e uma barbicha rala. Hélio gira em minha volta, depois de secar o primeiro copo de vodca. Envergonhado:

— Não está muito bom, professor, desenhei ele num boteco, meio bêbado...

— Está ótimo, Hélio — e, desta vez, não minto.

O cartunista fica nervoso, coça-se inteiro, uma violenta timidez. Balbucia:

— Não está muito bom. Eu desenho melhor. É... é que o Trapo é difícil de desenhar. Que filho da puta. Fico emocionado, professor. Esse porra morreu.

O retrato do poeta desencadeia nossa euforia:

— Muito bom, Hélio. Vai para a contracapa do nosso romance.

Ele se abre num sorriso feliz:

— Numa boa, Manuel...

— Estava justamente pensando por que não pedi uma foto do Trapo ao pai dele. Ele não recusaria, acho eu.

Hélio se agita:

— Nada de fotos, professor. O Trapo nunca coube numa fotografia. Ele era exatamente o que o senhor está vendo neste desenho. Cheio de cobras na cabeça. Fotografia é troço babaca.

— Tem razão. Acho que esqueci da foto porque não queria perder este rosto vago, essa sugestão de Trapo, mais importante que a realidade. É esta quase caricatura que me interessa.

— Gozado, professor. Era pra ser uma caricatura, brincadeira de boteco, mas ficou um desenho pesado. O Trapo está vivo aí. Ó o jeitão dele olhando pra gente. — Hélio enche outro copo, estamos todos no reino do alcoolismo desenfreado. — Eu gostava do Trapo pra caralho. Vou confessar, professor: é doido dizer, mas parece que ele morreu no tempo certo. Nosso último encontro foi doloroso. Ele... ele estava na porta do sistema, cabeça na guilhotina. Não era mais o mesmo, o tempo tinha passado, menos para mim.

A vodca é labareda: arrepio-me, entontecido.

— A morte a gente suporta. Morreu, fica o melhor. Mas a perda é fodida, a perda do amigo, professor. Ah, porra, sei lá por que estou falando disso.

Ficamos em silêncio, rodeados de fantasmas. Devem ser oito ou nove horas da noite, mas não tenho fome. Devagar, minha vida vai virando do avesso — a agressão do promotor, curiosamente, me aliviou.

— Fiquei contente com seu noivado, professor.

Mas alguma coisa incomoda Hélio. Num rompante, me estende outra folha de papel:

— O senhor conhece essa moça?

É Leninha, sem caricatura — um desenho cheio de pássaros minúsculos, em contraste brutal com as mãos grossas do autor. Hélio morde a unha, um monstro assustado. Justifica-se, sem me olhar:

— Eu acho a Leninha o maior barato. — Junta os dois desenhos lado ao lado: — Não combinavam, um com o outro?

— Se combinassem, a história seria outra.

Ele suspira:

— É verdade. Trapo morreu sem me entender.

Hélio se afunda na tristeza, mundo em pedaços. Tento fazer humor:

— Pena que a voz dela não possa ser retratada.

Um sorriso encolhido:

— É verdade, "profechor".

Rimos, um começo de alívio — e mudamos de rumo. Ele se levanta, vai à mesa, remexe em papéis:

— Como está o nosso romance, professor?

— Quase pronto, na cabeça.

Ele se anima:

— Mesmo? Então o senhor não desistiu?

Fico ofendido, nem os bêbados me levam a sério.

— Você acha que estou brincando, Hélio?

— Não... é que... com o noivado... eu pensei que...

Irrito-me:

— O noivado é outra história. E nem é bem noivado! — Volto rápido ao Trapo, careca vermelha: — Encerrei minhas pesquisas.

— Mesmo?

— Fui até onde resistiu meu talento detetivesco. Um amontoado de impressões e quase uma ameaça de morte, do pai da Rosana.

— Eu avisei: aquela família não presta.

— Nenhuma família presta, Hélio. Aprendi isso com o Trapo. São inevitáveis, mas não prestam.

Hélio sorri, impressionado com a minha raiva. Serve-me mais vodca, numa alegria de criança corrompida:

— Estou gostando, professor. O espírito do Trapo baixou no senhor.

Nunca sou eu — sempre os outros por trás de mim. Faço o relato sucinto:

— Falei com o pai do Trapo, com as amigas, com você, com Izolda, com a mãe e o pai da Rosana. Só não falei com Moca, assassinado no Ahu, e com Rosana, que está louca, a milhares de quilômetros. O tal do Fontoura não sei quem é, e a essa altura nem interessa. Li todas as cartas, poemas e contos. Trapo está inteiro na minha cabeça, mas uma coisa não fecha: a morte.

— A morte não fecha pra ninguém, professor. A morte não tem humor. É uma sacana.

— Eu digo o fato da morte dele, as circunstâncias. Sinto que tanto os pais de Trapo como os de Rosana poderiam explicar muita coisa, mas parece haver um pacto de silêncio: nisso, não se toca. Tenho uma intuição, mas acho que estou muito velho para ir adiante. Todos os dados, menos o fundamental. Por que ele se matou, Hélio?

— Não sei, professor. Ele nos tapeou. — Silêncio. — O senhor não chegou a nenhuma conclusão?

— Nenhuma, por enquanto.

— Mas já tem algum plano definido pro romance?

— Sim, para o *meu* romance. Decidi trocar todos os nomes, exceto o do Trapo. Daqui para a frente, interessa-me a obra de arte, não a realidade. Dessa, já estou farto.

A bebedeira abraça-me de repente, e me comovo. Hélio balança a cabeça, talvez tentando chegar naquele miolo imponderável da vida, a pequena chave. Suspira:

— Tanto melhor, professor. Se o senhor não sabe por que ele se matou, está livre.

Grávida Rosana-Rosálida, aquela-que-faz-nascer:

Viva! Iúpi-hurra-Catrimbãm!

Estou arrepiado emocionado afetistraçalhado de amor — um filho!

UM FILHO, ROSANA! Puta merda! UM FILHO!

Lá está no teu ventre uma coisa miúda sem forma e com todas as formas, mil cabeças e uma só, leito de um rio enorme de outros tempos!

EU TE AMO!

Tirei o tapume da cabeça, colando cartazes um em cima do outro, homenagem a esse (essa) porrinha que não vai parar de crescer, pé de alface regada! Na tua barriga, Rosaminha, autofagia ao contrário! Chorei feito um filho da puta duas horas seguidas em cima do teu bilhete, um choro de limpeza, chuva mesmo, aliviante, feliz que um passarinho! Nem pânico, nem medo, nem susto: ALEGRIA MESMO, euforia-pólvora-pavio-curto, caralho!

EU TE AMO!

Já não estamos sozinhos! O exército Trapo de Libertação do Mundo conta com mais um adepto, vamos virar a vida do avesso — já tenho Fé! As gruminholas da cabeça, as fossas físicas, a solidão cultivada -- tudo por água abaixo, um valor mais alto se alevanta, Rosânica pura do Trapo, mamãe de repente e do acaso.

Nada de medo, Rosaninha! Deixa pro beque! Deixa com o Trapo que tudo se resolve! As conveniências, o ritual e o circo em volta irão todos à puta que pariu! Vamos cuidar do(a) nosso(a) pagãozinho(a), o resto que se foda!

Baixou o santo; escrevi QUATRO poemas, porrilhões de adjetivos, subordinadas, luas cheias, pores do sol, sorrisos, infinito, uma enxurrada de má poesia, muita retórica, segunda do singular levada à risca, versos posudos, sentimentalismo, pieguice, romantismo desvairado, e eu ali, mandando a concisão à merda e amando meu filho do jeito que veio, no redemoinho da paixão, do fogo e das ânsias da vida: EU TE AMO, ROSANA!

Do abismo
para a terra:
a criança se faz.

É a nossa criança, Rosana! Quem não quer uma criança já morreu!

Preciso chorar mais, tomar vinho e chorar e te beijar na boca e alisar teu umbigo, porque agora começou a Segunda Etapa da Vida do Trapo, Cavaleiro Andante Raptor da Princesa do Castelo Envenenado. Viva o Neorromantismo! Em vez de tuberculose, filhos, filhos filhos a mancheias!

Uma criança é um manuscrito egípcio

Nada de angústia! Doravante, temos Fé! Se há algum valor que mereça consideração neste mundo de bosta, este valor é um filho! Nós ambos, mal-amados de nascença, sabemos disso. Não projete nada, Rosana, não olhe pra trás, nem pra frente: nós estamos aqui, no miolo. E a criança também, nosso miolinho, piolho, tico-tico, mijão, beiçudo, teimoso, atrapalho-da-vida, saí-de-sete-cores, canário-do-reino, olhudo, sanhaço, coleirinha, pardal, esse sem-vergonha. Ou essa, maldito machismo! Se pinto, bom, se xoxota, ótimo — que venha aquele-aquela-que vai nascer, o ser.

Fragílimo e oculto
carne e sangue
— o filho espanta

Lembra da quinta alternativa, o ? Pois chegou nosso ?, sem explicação e resolvendo tudo! Não te disse? — era questão de tempo, e o tempo chegou, em pleno verão. E não pretendo contar pra ninguém! Falar gasta, corrompe, expõe às intempéries: no silêncio, o ninho.

AVISO
ser
conciso

Festa Rosana, muita festa!

Não gostei da tua letra cabeça baixa, linha descendente no papel, corte do t fora do lugar. Meu Departamento de Grafologia indica que tua letra revela depressão, medo, ansiedade. Tá certo, você que carrega o pimpolho, marsupial do papai. Mas o Trapo guenta firme — o acaso decidiu por nós, como tudo. Vai pensando no nome do serzinho. É nosso. Arroz com feijão eu garanto, nem que tenha que dar o rabo. Estou curioso: homem ou mulher? Em qualquer caso, já tem poesia.

O mundo é cheio de conselheiros, de ciganas, de agouros
de sábios e de deuses.
Sempre alguém quererá fazer de ti um molde repetido
sempre alguém terá a verdade à mão
sempre alguém tentará vender um Formulário Infalível
um Caminho Certo
um remédio contra a caspa
mas o melhor de tudo é comer pipoca
na arquibancada do Circo Real Madri
de lonas remendadas
que se instalou na esquina.
O resto é contigo.

Meio cafona, mas bonito, né? Mas tracemos os planos, Rosana. Plano é comigo! Já confirmada a gravidez, fato irreversível, felizmente, e uma vez que os astros determinam que nascemos um para o outro — até asteroide em contrário, o que não é da nossa conta — tratemos de providenciar a vida em comum. Não fique nervosa, nem tenha medo. Eles vão ter que encarar na marra o que nós encaramos há muito tempo. Fale antes com a tua mãe — as mães entendem melhor essas coisas, não são tão babacas. Abra o jogo e finque o pé. Quanto ao teu pai — isto no segundo estágio do plano — prove pra ele que não sou tão fodido assim. Peça o máximo: juntar os trapos com o Trapo sem casamento algum. Não estamos à venda. Pedido o máximo, depois a gente acerta as sobras. E se encherem demais o saco, a gente foge. Negócio fechado? Aguardo ansioso telefonema seu, se der ligue pra Agência amanhã. E descanse, meu amor. Essa vai ser a última carta, acabou a agonia. Pra me acalmar, vou puxar um fumo sossegado, barriga pra cima, olhando o teto e o céu, mergulhar no silêncio, mãos dadas com o filho:

> Este é o labirinto, o espelho é este.
> Ficarei aqui
> nesta lua cheia
>   tocando flauta
> à espera de que chegues onde estou
> e me ensines o resto
>
> *Trapo*

Caneta à mão, contemplo o vazio da parede onde antes estava Matilde. Escrevo:

> *Não é muito comum que batam à minha porta, depois do* Jornal Nacional, *da Rede Globo, quando então desligo a televisão colorida e retorno para os meus livros e minhas revistas...*

Releio, corto meia dúzia de palavras, substituo um verbo e prossigo. Meia página redigida, tomo um café da garrafa térmica que deixei à minha frente, ao lado de alguns textos do Trapo, do esquema da obra e de quinhentas folhas em branco.

Que delícia contar uma história!

Abro a gaveta, escolho um dos três cachimbos que comprei — o recurvado, à Sherlock —, tiro o fumo da lata, preparo-o com cuidado e acendo o fósforo. A cachimbada me enche de prazer e perfuma a sala. Tranquilo, ouço a chave na fechadura, o ranger da velha porta — e vejo Izolda parar, de susto:

— O que é isso, Manuel?! — ela se abriu num sorriso intrigado —, fumando cachimbo?

Cruzo as pernas, confortavelmente reclinado na minha nova cadeira.

— Huhum. Quer um café?

Ela se aproxima, olhos em tudo, uma alegria de noiva.

— Então já começou o livro?! Que bom, Manuel!

— Ainda há pouco. — Dou uma boa cachimbada, acompanho a fumaça e o perfume subindo lentos com graça e leveza. — Já sei tudo do Trapo, Izolda.

Ela se agita:

— Espere eu tomar um café e acender um cigarro. — Parou para me olhar, meio sorriso: — Você... você está estranho, Manuel! Nunca te vi assim!

Dou uma risada gostosa, a risada mais gostosa dos meus últimos trinta anos — e Izolda me acompanha, no começo relutante, depois mais solta. Serve-se de café, bebe de um gole, cavouca a bolsa atrás do cigarro, e em seguida puxa uma tragada fulminante (percebo as unhas pintadas com capricho). Não tira os olhos de mim:

— Mas me conte, Manuel. Você passou uns dez dias andando na casa de um lado pro outro, feito alma penada... já estava me preocupando. — Ela traz a cadeira mais para perto, prega-me os olhos, está *mesmo* intrigada: — E agora te vejo todo faceiro, bonito... elegante, Manuel! Que cachimbo bacana! Você está... *posudo*!

Mas eu penso longe, vendo a fumaça subir.

— Hoje de manhã dona Isaura esteve aqui.

— Quem?!

Coisa corriqueira, entre uma cachimbada e outra:

— Isaura. A mãe de Rosana — e olho de viés, esperando a reação.

— Aquela bruaca?! Na certa veio trazer a polícia!

O Inspetor Maigret, alheio ao mundo, junta os cacos do seu quebra-cabeça:

— Você sabia que a Rosana estava grávida?

O murro na mesa:

— Bem que eu falei pro Trapo, te cuida guri! Bem que eu falei praquele desmiolado! Essa, agora! A Rosana de barriga! Mas me conte, então...

— Ela *estava* grávida, Izolda. Ele ficou sabendo na quinta-feira, provavelmente pela manhã. Escreveu sua última carta e empacotou suas obras completas — que você, num lance iluminado, recolheu antes de a polícia chegar.

Ela fica feliz com a referência, serve-se de outro café.

— Eu tenho intuição, Manuel. Intuição! Mas esta da menina grávida não me passou pela cabeça... Ora se um guri de bosta daquele tinha condição de ser pai?! Tá explicado, Manuel. O menino não aguentou, ficou acuado, de pânico, se matou. Você não acredita? Pois conheço muito caso desses.

Ah, a lógica fácil dos amadores! Suavemente entontecido, dou mais um cachimbada — o ópio deve ser assim. Inspetor, uma grande revelação está nas suas mãos!... Observo as volutas — que bela palavra! — as volutas do fumo movendo-se à frente.

— Com o Trapo foi diferente, Izolda. Ele ficou muito, muito feliz mesmo, ao saber que seria pai. Dia seguinte ele acertaria com a Rosana o encontro com a família, para se casar.

— Que ele queria se casar, eu sei. Vivia falando disso. Sempre fui contra, ora bolas. E o tempo provou que eu estava certa, que Deus me perdoe.

— A família de Rosana também foi contra, mas de uma forma mais violenta. Sexta-feira Rosana contou, muito provavelmente para a mãe, que estava grávida.

— Por que "provavelmente"?

Ignoro a interrupção — sou um sortista às avessas, na fumaça leio o passado.

— Posso imaginar o horror que se seguiu. Aquele belo rosto de menina, começando a nascer para o mundo, contando sua história, a alma aberta pela primeira vez... e posso imaginar o terror daquela mão em garra súbita nos cabelos, para matar, sacudindo Rosana de um lado a outro — "sua vagabunda! sua puta!" — e a outra mão batendo fechada no rosto, nos olhos, no queixo, batendo num frenesi histérico, de quem luta para esmagar a matéria, a frágil matéria que é nossa única marca, para sempre — "você sabe o que você fez, sua vagabunda?!" — batendo para esmagar os ossos, e com eles a memória, até que a filha se transformasse numa pasta de sangue, só aqueles olhos, já de vidro, já refugiados no outro lado do abismo, fitando o rosto semelhante da mãe...

— Rosana... Rosana morreu? Então...

Descubro que minha lenta e medida retórica envolveu Izolda por completo — as palavras constroem o mundo.

— Isaura desce a mesma mão em garra para erguer a filha do chão — e o Inspetor imita o gesto — percebendo que ela respira, olhos abertos. Ficará sempre assim, a pequena morta-viva, no limbo dos inocentes. A mãe tem outra crise de nervos, agora estéril — uma sucessão de urros e de portas batidas, que nenhum empregado se aproxime do horror. E ainda resta, uma hora depois, talvez, uma faixa de calma, a reserva burocrática da sobrevivência miúda, das pequenas providências que nos deixam em pé — telefonar ao marido, por exemplo.

O cachimbo apagou. Tiro os apetrechos da gaveta e começo a limpá-lo com método, bato o fornilho no cinzeiro, raspo o fundo, cuidadoso, sem erguer os olhos. Sinto o olhar de Izolda na minha testa, o respirar suspenso.

— Continue, Manuel.

— O doutor Fontes quer resolver logo aquele outro inferno. Digamos que ele arrasta a mulher para o corredor, numa determinação sinistra: "Tem que tirar a criança! Tem que tirar a criança!" Isaura concorda, com o olhar parado, igual ao da filha. As coisas agora seguem rápidas, já se resolveu tudo. Talvez tenha havido alguma confissão entre os dois; talvez Isaura, num final de crise histérica, tenha soqueado o peito do marido, em prantos, e revelado que Rosana não é filha dele — mas é mais provável que ele já soubesse, essas coisas não se ocultam durante tantos anos.

Izolda abre a boca para me interromper, mas desiste: ouso dizer que ela está fascinada. O Inspetor Maigret guarda o cachimbo e continua seu preciso jogo de adivinhações.

— Para o doutor Fontes, talvez não seja exagero supor alguma alegria no telefonema ao médico, alegria entremeada com os cuidados de praxe: "Não tem perigo, Fulano? É rápido? Precisa anestesia?" Depois, naquela mesma noite, pai extremado, conduz Rosana, uma Rosana trôpega e ausente, para o carro. Trapo diria: gentil e pegajoso, um verme impotente. Mas quem pode julgar tão sem piedade?

Foi rápido o aborto, e indolor — àquela altura, qualquer dor já estava seca e morta.

— E então...

— E então Isaura passou a noite junto com a filha, na cabeceira da cama, segurando sua mão, numa espécie estranha de viagem de volta. Tem-se sempre a ilusão ferrenha de que as coisas podem voltar a ser como antes, seria difícil viver sem ela. Rosana decidiu — sabe que eu acho que ela *decidiu* mesmo? — nunca mais voltar. Mas a mãe já estava de novo na terra, ansiando por se comunicar com o pai do Trapo, o que só veio a fazer — acredito — no dia seguinte, pois o doutor Fontes também passou a noite em claro, tomando calmantes e lendo a Bíblia, o promotor é um homem extremamente religioso. Não é impossível que tenha lido salmos em voz alta, para as duas ovelhas.

— Que sujeitinho filho da puta... — espanta-se Izolda.

Mas o Inspetor não julga — apenas reúne evidências.

— Em algum momento, de madrugada, ou já de manhã, para providenciar o café, ou mesmo na hipótese remota de arriscar um telefonema secreto, Isaura saiu do quarto, e na volta encontrou a filha com um estilete, começando a retalhar o corpo, os pulsos, o rosto, sem choro, a frio, numa tarefa meticulosa. Isaura tratou dos cortes sozinha, como pôde, já sentindo que nunca mais teria a filha.

— A coitada ficou louca, Manuel... E o Trapo, ele chegou a falar com ela?

Continuo a escrever meu romance, um prazer inefável.

— Não naquele sábado. Não sei se tentou — se tentou, não conseguiu, telefone desligado, com certeza todos os empregados de folga, portão fechado — ou se passou o dia e a noite bebendo. É certo que Rosana não telefonou na sexta, nem nunca mais, mas a euforia de Trapo era tanta que a vida já estava pronta, só faltavam os detalhes, que podiam esperar um ou dois dias. E é bem possível que ele estivesse dando um tempo a Rosana, para ela se resolver em sossego com a família. O que me parece muito provável, como já disse, é que Isaura tenha falado com o pai do Trapo, se não naquele fim de semana, certamente nos dias que se seguiram — em qualquer caso, já era tarde demais. Cheguei mesmo a imaginar que eles tivessem se encontrado pessoalmente no Country, um encontro supostamente fortuito sábado à tarde, mas a hipótese não fecha: com quem teria ficado Rosana?

— De fato, Manuel — concorda Izolda, subitamente lógica. — Mas... hei!, espere aí... — e agora ela tenta adivinhar alguma coisa realmente assustadora. Não lhe dou tempo:

— Mas no domingo, pela manhã, Trapo foi até a casa de Rosana. Deve ter esperado o velho sair de casa para a missa, como sempre, para só então apertar a campainha. — Inclino-me à frente, empolgado, o mistério se desata: — Posso até ver, Izolda, aquele menino batendo furioso no interfone, exigindo aos berros que o atendam, vendo, como eu vi, um vulto de mulher nas frestas da cortina lá adiante, e depois a sombra de Rosana abrindo a porta e a velha tentando segurá-la pelos cabelos — "não vá! não vá!" — mas já sem forças nem coragem para impedi-la ou sequer para acompanhá-la até o portão. Ficou atrás, em pânico, num outro grau de terror, enquanto via o resto da filha se aproximar de Trapo com o rosto e os braços e o corpo remendado — e aqueles terríveis olhos de gelo — avançar contra ele aos gritos e socos num último impulso de louca. Sabe-se lá o que disse a ele, mas o que ela disse foi demoníaco o suficiente para que ele voltasse ao quarto e se matasse, numa linha reta.

Reclino-me na cadeira, uma esquisita emoção: meu livro, finalmente, se fecha. Há um silêncio demorado, até que me fixo em Izolda. Suas mãos tremem.

— Quer dizer que... — mas o espanto é sufocado pelo seu brutal senso das pequenas realidades: — Só tem uma coisa que não me entra na cabeça, Manuel. Você quer *mesmo* que eu acredite que aquela bruxa da Isaura, que mal e mal atendeu o interfone pra você, que eu acredite que ela pessoalmente bateu naquela porta ali, entrou nessa sala, sentou aqui onde estou sentada, e contou pra você toda essa história maluca?

Quase me ofendo, mas eis que consigo pela primeira vez controlar o formigamento que me avançava careca acima. Respondo, reclinado na minha cadeira estofada, com um sorriso superior:

— E por que não?

— Mas é *absurdo*!

— Pode ser absurdo. Mas faz sentido. É o que me basta.

— Mas Manuel, isso parece novela de rádio!

Um segundo formigamento, muito mais forte, começa a me queimar a careca. Reajo, furioso:

— E daí? sua burra! Você sabia que a novela foi inventada pelos gregos?

— Que gregos?!

— Os gregos, ora! A diferença é que eles levavam a tragédia até o fim, sem remissão. Exatamente como o Trapo.

Silêncio ofendido e constrangido. Ela acende outro cigarro, pensativa. Arrependo-me: fui grosseiro com Izolda, justo quando mais estou gostando dela. Desaparece o romancista, desaparece o Inspetor Maigret. Resta-me — e é o bastante — este belo e comovido professor Manuel. Abro a gaveta dos cachimbos, para um novo ritual.

— Izolda, que tal a gente festejar o início do livro do Trapo? Tem uma vodca novinha no congelador, presente do Hélio. E é das boas, de contrabando. Que tal?

Ela sorri:

— Boa ideia, Manuel. Preciso beber mesmo, e muito, pra botar a cabeça de novo no lugar. — Levanta-se, hesita um segundo, uma inesperada timidez: — Hoje faz quarenta dias que nos conhecemos.

Vejo Izolda se afastando, as pernas firmes e bonitas.

Posfácio

"Roteiro de Trapo"

O título original deste livro, que sutilmente traía uma cabeça no início de sua longa imersão acadêmica, era *Roteiro de Trapo*. Meu guru à época, o escritor W. Rio Apa, pressentindo que seu discípulo desgarrava-se perigosamente dos valores telúricos, irracionais e discretamente anti-intelectuais dos já então velhos anos 1970, reclamou: "Que história é essa de 'roteiro'?! Ponha 'Trapo', e só. Diz tudo." E assim ficou.

Tenho vários motivos para sentir uma ligação afetiva com este romance, na maior parte extraliterários. O primeiro deles é a simples vaidade de escritor: depois de publicar na minha amada e odiada província curitibana quatro livros — *Gran Circo das Américas* (1979), *A cidade inventada* (1980), *O terrorista lírico* (1981) e *Ensaio da paixão* (1986) — sem qualquer repercussão em lugar algum, o que fazia de mim um jovem escritor precocemente em fim de carreira, o lançamento de *Trapo*, pela editora Brasiliense, em 1988, teve uma recepção crítica inesperada e surpreendente (especialmente para a modesta medida do meu *lugar de fala*, como se diria hoje): assim que o livro saiu, resenhas positivas na *Veja*, no *Globo* e no *Jornal da*

Tarde foram abrindo caminho e chamando a atenção para meu trabalho até mesmo na minha cidade. Do ponto de vista prático, o relativo sucesso do romance (foram quatro edições na Brasiliense entre 1988 e 1994) me abriu as portas das editoras. Meu romance seguinte, *Juliano Pavollini*, já sairia em 1989 pela Editora Record, que mais tarde viria a publicar praticamente todos os meus livros.

Naqueles tempos pré-internet, ser editado no eixo Rio--São Paulo não era pouca coisa, de um modo mais radical do que hoje, quando a ideia de isolamento geográfico começa a perder sentido. Na virada dos anos 1970 para os 1980, o Brasil ainda era um país predominantemente rural, na geografia e na cabeça. Quando *Trapo* foi lançado, eu ainda não tinha telefone, esperando há anos um número na fila de espera da Telepar, a empresa paranaense de telefonia, e o correio era o meu grande meio de comunicação. Eu passava as noites diante da máquina de escrever, datilografando cartas, o gênero que, talvez, mais me ensinou literatura. E quem perdesse a página literária do jornal do dia teria de suar para conseguir com alguém uma cópia desta ou daquela resenha. A fortuna crítica de quem escrevia, inteiramente analógica, saía do ar na manhã seguinte; e o bar e os amigos próximos, exclusivamente ao vivo (uma diferença notável), eram a grande ágora rebatedora dos valores críticos, literários, existenciais.

A clássica dificuldade do escritor iniciante em busca de uma grande editora parece que era muito maior naqueles tempos, mas talvez isso seja apenas uma impressão da distância. É verdade que, hoje, a internet abriu um mundo de possibilidades paralelas, o que inclui até edições digitais gratuitas com lançamento instantâneo, ainda que o charme da publicação em papel continue insuperável. Se à primeira vista houve um aumento de candidatos a escritor — na era da internet, parece que todo mundo é *obrigado* a escrever —, houve também uma ampliação concomitante do número de editoras de prestígio, com nichos para todos os gostos; décadas atrás, elas se reduziam a um funil de três ou quatro selos literários, se tanto.

De qualquer forma, é bom relembrar que escrever literatura nunca será simples, nem fácil; e a dificuldade de publicação e, em seguida, a angústia do reconhecimento crítico são parte integrante do "pacote" de quem quer que mergulhe no projeto insano de se tornar escritor. É preciso aguentar esse tranco — e, mais uma vez, estamos no terreno extraliterário. O jovem personagem Trapo em boa medida é uma projeção dessa angústia, na forma do tradicional "gênio incompreendido", sob os olhos respectivamente otimistas e pessimistas de Izolda e Manuel.

A própria história da publicação deste livro ilustra o tema. Terminei de escrever o romance em dezembro de 1982, num momento pessoal complicado que significou uma virada emocional, profissional e intelectual na minha vida, e começava ali uma lenta peregrinação em busca de editora, com as tradicionais recusas se empilhando na mesa. Num primeiro momento, Caio Graco Prado, editor da Brasiliense que já havia publicado minha novelinha juvenil *Gran Circo das Américas*, interessou-se pelo livro, desde que eu o reduzisse à metade, porque o selo em que o romance se encaixaria, Cantadas Literárias, só permitia volumes menores, em torno de 100 páginas, e eu recusei a oferta. Mais tarde, quando a

Brasiliense criou o selo Circo de Letras, sem limite de páginas, voltei a procurá-lo, e então, finalmente (em abril de 1987), assinamos contrato. E só mais de um ano depois, em agosto de 1988, *Trapo* apareceu nas livrarias.

Foram seis anos de espera. Ainda no terreno extraliterário, uma curiosidade: quando, enfim, um exemplar do livro chegou às minhas mãos depois de uma greve nos Correios, descobri que a capa trazia uma informação inesperada com grande destaque: "Posfácio de Paulo Leminski." Por incrível que pareça (o que dá uma ideia do mundo editorial brasileiro da época), eu não havia sido consultado sobre o posfácio. Uma surpresa dessas, hoje, seria impensável — tanto mais porque o curto comentário de Leminski era, para dizer o mínimo, *antipático* ao romance. Às vezes me pergunto se minha irritação (que guardei comigo) ao ler aquilo não seria apenas a vaidade ferida de um autor que não se viu retratado "à altura" de seu talento, justo no primeiro livro que publicava por uma grande editora, e com o agravante de a crítica fazer parte do próprio livro.

Bem, o leitor decide quem tem razão:

POSFÁCIO

O Suicídio da Literatura, Segundo Trapo
Paulo Leminski

De Bukowski, visivelmente sua principal influência, *Trapo* traz o gosto pelas situações grotescas, tipo "a vida como ela é", o lado estúpido da existência, cozido no sarcasmo, os ambientes sórdidos, o sexo apresentado em preto e branco, sem as cores do lirismo, os minúsculos destinos sem grandeza dos simples.

Do John Fante, de *Pergunte ao Pó*, *Trapo* tem, pelo menos, a circunstância de ser um romance sobre um canhestro e bisonho candidato a escritor, com o agravante aqui de ser um adolescente, vale dizer, um pré-candidato. Mas Tezza trata seus personagens a socos, como o velho "Buck", sem a ternura com que Fante envolve os ridículos da vida de Arturo Bandini.

Do seu conterrâneo Dalton Trevisan (o romance se passa em Curitiba), o Tezza de *Trapo* apresenta um gosto acentuado pelo registro mórbido, o desprezo implícito pelas pequenas misérias da vidinha do interior e suas pequenezas, o flagrante da fala e do oral, o sufoco do dia a dia sem remédio, o licor de butiá. De Dalton, não tem a tensa eletricidade das elipses, os súbitos relâmpagos e abismos de uma escrita trabalhada até o preciosismo.

Trapo se insere numa certa escrita que se chamou "literatura *pop*", filha dos anos 70: linguagem oral, palavrão, registros do banal e do reles, uma escrita antinobre.

Resta acrescentar que *Trapo* é metaliteratura, um romance sobre literatura. A publicação do espólio do infortunado Paulo Trapo permite a Tezza praticar exercícios de subliteratura, em tom paródico, gozando de todos os cadernos de poesia de adolescente metido a gênio.

De Tezza mesmo, que se sai bem na síntese de suas influências, a habilidade narrativa de um romancista já testado e a segurança no manejo dos vários tons e climas.

Alguém poderia dizer que Tezza é explicativo demais em inúmeras passagens, explicando falas por si só transparentes e claras. Ou, discursivo, comentando o caráter dos personagens *à la* Balzac.

Não importa. *Trapo* é um romance bem-feito, sobre uma boa ideia.

Nem parece que o autor quis mais que isso.

Perguntei ao Caio Graco Prado (em 1988, eu enfim já era o feliz proprietário de uma linha telefônica) o porquê daquele posfácio, e ele me explicou com simplicidade que o nome de Leminski na capa, então uma grande presença *pop* da nova poesia brasileira, seria importante para a divulgação do romance, uma vez que se tratava de um escritor completamente desconhecido fora de Curitiba.

Leminski foi um escritor de uma geração imediatamente anterior à minha (ele nasceu em 1944; eu, em 1952), com quem tive pouquíssimo contato pessoal, até pelo orgulhoso (e um tanto selvagem) isolamento voluntário que vivi em meus anos de formação na comunidade de teatro de W. Rio Apa. Para resumir o que, à época, poderia parecer, aos desavisados de mesa de bar, uma guerra mortal, eu diria que éramos apenas de panelas literárias diferentes, com interesses e projetos distintos. Além disso, é claro, ele já era um nome consolidado na agitação intelectual dos anos 1980, com vasta obra publicada (desde sempre um chamariz para ciúmes e ressentimentos no pequeno mundo literário — o que, dizia-se à época, ele mesmo ironicamente alimentava em Curitiba, grafitando muros com a frase "Pau no Leminski"...), enquanto eu não passava de um iniciante inseguro em fase de mudança de pele.

Poucos meses antes de sua morte, em junho de 1989, conversamos longamente uma tarde, a convite do poeta e jornalista curitibano Cesar Bond, amigo de muitos anos, já falecido. Foi o único encontro pessoal mais demorado que tive com ele na vida. Na verdade, eu mais ouvi do que falei — Leminski já estava visivelmente mal de saúde, falando sem parar sob um grande estado de agitação, que era a sua marca nesses últimos anos. E ali ouvi dele a confissão inesperada: "Eu achava que o Trapo era eu."

Só então me dei conta de que o nome do personagem Trapo é Paulo. Ao escrever o livro, nem me passou pela cabeça fazer do Trapo uma representação do Leminski, como num romance *à clef*, recurso que jamais me interessou. E, decididamente, *Trapo* não é uma sátira. Se não fui traído por uma insídia do inconsciente, o nome "Paulo" veio prosaicamente de um parente meu, com esse nome, também publicitário e também transitando no universo em que se movia meu personagem, que, numa vaga lembrança minha, teria sido detido por posse de maconha no final dos anos 1970. Foi a referência acidental que me ocorreu para dar um nome "real" ao Trapo, na rápida passagem em que essa informação aparece no livro.

De qualquer forma, muito do que Leminski escreveu de má vontade no seu posfácio fazia sentido à revelia do autor do romance. Por exemplo: ao ler, anos mais tarde, a correspondência de Leminski a Régis Bonvicino,* levei um choque ao sentir a estranha semelhança estilística de suas cartas com a linguagem do próprio Trapo, até nos

---

* LEMINSKI, Paulo. *Uma carta uma brasa através*: cartas a Régis Bonvicino (1976-1981). São Paulo: Iluminuras, 1992.

recursos epistolares gráfico-poéticos. É possível que, ao ler meus originais, ele se sentisse parodiado. E, ao dizer que Bukowski era "visivelmente" minha principal influência, Leminski acertava num certo espírito do livro (nos textos do personagem Trapo, embora a narração do professor Manuel tivesse um registro romanesco inteiramente distinto do tom de Bukowski), mas cometia um anacronismo básico: eu só conheci Bukowski em 1984, quando o amigo Cesar Bond, visitando-me em Florianópolis, onde eu iniciava minha vida de professor na UFSC, presenteou-me com um exemplar de *Mulheres*, que a Brasiliense acabara de lançar, justamente pelo recém-criado selo Circo de Letras.

Detalhe que, uma vez que eu não havia conseguido publicar o romance por outra editora, com a gaveta cheia de recusas, me levou a escrever de novo ao Caio, propondo mais uma vez a publicação do *Trapo* por este novo selo (já que *Mulheres* tinha mais de duzentas páginas...). Ele concordou e, depois de muitas idas e vindas pela contínua crise econômica da época, sob uma inflação renitente e devastadora ("Xô Sarney!", me escreveu ele num momento, o que é engraçado reler hoje, na era do "Fora Temer!"), o livro acabou publicado em 1988. Fechando a questão, lembro ainda que um amigo jornalista me perguntou se, para a criação do personagem Trapo, eu havia me baseado em... Cesar Bond!

O personagem Trapo, afundado em sua pequena vida provinciana e mergulhado numa crise amorosa, que ele sublimava como valor literário, captou uma certa alma daqueles anos — a ressaca das utopias dos anos 1970, a geração mimeógrafo, a anarquia altissonante, a típica abundância de palavrões, lado a lado com o fracasso da vida assumida como "performance". Finalmente, o trágico impulso suicida que corria por baixo da compulsão pelas drogas, como se elas ainda coubessem na ideia libertária de abrir "as portas da percepção". Essa expressão (tirada de uma frase do poeta William Blake) é o título do célebre livro de Aldous Huxley, de 1954, que relata suas experiências com a mescalina, e que acabou por inspirar gerações de transgressores genéricos contra o "sistema", dando-lhes um aval intelectual (e em alguns casos religioso) para todo tipo de viagem lisérgica.

Mas a fonte psicológica do personagem era basicamente eu mesmo, olhando para trás. E aí entram as razões, digamos, literárias, para minha ligação sentimental com este livro. O ponto de partida não foi um projeto de romance, mas um conjunto de poemas-piada chamado de "Vinte e três modos de assassinar a poesia", que eu escrevi durante meu período de estudante tardio do curso de Letras, como uma espécie de vingança mesquinha contra as aulas de teoria literária. Era uma brincadeira poética inconsequente. Mas um amigo sugeriu: "Por que você não publica esses poemas? São engraçados!"

Avaliei o que eu havia escrito, para decidir que aquilo não passava mesmo de uma brincadeira — jamais publicaria os poemas, até porque não me sentia um poeta. E então veio o estalo: *mas alguém poderia assinar esses versos — um personagem.* Imaginei um poeta suicida, e a figura, que nascia paródica, começou a crescer num registro mais sério à medida que a narrativa ganhava corpo. Como todo personagem literário, Trapo é uma espécie de criatura de Frankenstein, em que sentimentos pessoais, às vezes inconscientes, afloram e se revestem de uma biografia inventada, como álibis realistas, religando memórias emocionais do escritor a aspectos concretos e objetivos do seu próprio tempo. Nesse sentido, a "atmosfera Bukowski" estava no ar e entrou no livro por osmose, mas sua fonte original eram antes os botecos que eu havia frequentado do que os livros que eu lia.

Um desses botecos foi especialmente importante: a famosa Velha Adega, antigo bar curitibano, já desaparecido, que na virada dos anos 1960 e 1970 representou uma espécie de porão intelectual* onde este jovem candidato a escritor, então um pequeno "Trapo", ouvia e absorvia os gurus de seu tempo e do seu espaço, como os escritores, publicitários e jornalistas Jamil Snege, W. Rio Apa, Aramis Millarch, Fábio Campana, Nêgo Pessoa, Luiz Geraldo Mazza, Walmor Marcelino, entre muitos outros. Quando faço o professor Manuel frequentar a "Bodega" ficcional, cometo um típico anacronismo romanesco — reinvento um espaço mítico da minha adolescência, para nele colocar personagens da geração seguinte. Trapo não é um personagem vivendo a efervescência da geração 68, embora seja filho cultural dela — mas ele expressa a ressaca da velha viagem, quando os ideais da suposta pureza e autenticidade que moviam a contracultura já se contaminam irremediavelmente do desencanto e do cinismo que os anos 1980 passavam a prometer.

E o professor Manuel, uma figura discretamente repressora, surgia no livro como uma defesa psicológica contra o perigo do culto irracional ao ideário do Trapo. O resto é

* A Velha Adega ficava, de fato, num subsolo — e as paredes de pedra, as mesas de madeira maciça e toda a sua decoração simulavam uma taberna medieval.

instinto narrativo, mas me agrada a análise psicanalítica que inventei para explicar o contraste entre as duas figuras. O personagem contestador, o Trapo "fora do sistema", que até então eu havia assumido como projeto existencial e que alimentei por muitos anos, protegido na comunidade alternativa de teatro de W. Rio Apa, agora saía da margem e "entrava no sistema". Na virada dos anos 1980, quando o sonho definitivamente já havia acabado, eu vi a mim mesmo afunilado numa carreira acadêmica que haveria de destruir o antigo "poeta". O professor Manuel teria nascido como uma espécie de projeção de mim mesmo, um retrato falado de como eu seria anos depois. Mas há um toque conciliador, ou mesmo sentimental no livro, de raiz otimista, que me agrada olhando daqui, como quem flagra uma marca do tempo que há muito eu perdi, mas que, pelo mistério da literatura, aos meus olhos permanece viva.

Para encerrar, advirto que o leitor deverá dar um desconto cauteloso ao que digo aqui, porque, muito provavelmente, minhas explicações estão redondas demais para serem todas verdadeiras. Pela dose inevitável de vaidade e pretensão que move quem quer que se meta a escrever um livro, o escritor costuma ser um péssimo analista de si mesmo. De qualquer forma, é sempre bom lembrar: a biografia do autor pode dar um certo colorido à sua obra, mas jamais terá o poder de substituí-la.

C.T.

Curitiba, 22 de fevereiro de 2018

Este livro foi composto na tipografia Melior
LT Std, em corpo 10/15, e impresso em
papel off-white no Sistema Cameron da
Divisão Gráfica da Distribuidora Record.